黄金の稲とヘッジファンド

波多野 聖

角川文庫
22540

目次

プロローグ

二〇二〇年の春、全人類は突然それまで経験のない危機を迎えた。

新型コロナウイルス……中国武漢《ぶかん》で発生したとされるその未知の感染症はインフルエンザの数百倍の致死率を有し、瞬く間に世界中へ拡散、パンデミックとなり数千万人が罹患《りかん》し百万人以上が死亡した。

各国は都市封鎖、ロックダウンで感染食い止めに動き、日本も緊急事態宣言を発出、国民生活並びに経済活動を大規模に抑制した。生産活動はストップし個人の行動も制限され、いつ正常に戻るか……誰にも分からない。

株式市場は未曾有《みぞう》の大暴落となり現金の価値はそれまでの数倍に跳ね上がった。

「当社のサプライチェーン（供給網）はどうなる？」

肥料製造国内二位を誇る勧業肥料株式会社社長、城山良太《しろやまりょうた》は生産拠点としている中国、台湾、インドネシア、ベトナムの工場長に連絡を取った。

「ロックダウンで従業員は動けない状態です。工場がいつ稼働出来るか……全く見通しは立ちません」

異口同音にそう言う。

城山は全役員、部長とオンラインで会議を行い現状確認を急いだ。

「製品在庫は国内に三ヶ月分あります。秋までに中国が稼働してくれれば……なんとか支障なくいけそうです」

その言葉で良太は息をついた。

「今は誰にも先は見通せない。それでもデマンドサイドの顧客状況とサプライチェーンの現状把握に常に努めてくれ。動けるようになった時に全速力が出せるように整えておく。そう心掛けてくれ！」

そうして会議を終えた。

「…………」

良太は昔からの習性で金融市場がどうなっているかを確認する。良太の机には金融機関と同じ仕様の情報端末が備えられている。

「酷《ひど》いもんだ。あっという間にベアマーケット《弱気相場＝株式市場が直近高値から二割以上の下落》入りじゃないか……」

三十年以上金融市場で戦って来た良太もここからどうなるのか全く読めない。

「城山、考えることを止めるな！　思考停止したらお終《しま》いだ！」

嘗《かつ》ての上司、神宮薫《じんぐうかおる》の声が聞こえる。

「？」

スマートフォンが震えた。

着信画面で相手の名前を確認し「ふう……」と短く息を吐いてから良太は出た。

「城山だ。大変だな」

そう言って出た良太に対し相手は緊張を感じさせる間を置いてから言った。

「どうすればいい？　この状況で……俺はどうすれば？」

良太の嘗ての職場、第一次産業中央金庫、世界最大のヘッジファンドである〝産中〟の理事長、三嶋祐二《みしまゆうじ》だった。

三嶋は良太の同期だ。

良太は二年前まで産中の専務理事として資金運用業務を指揮していたが、今は岳父から継いだ大手肥料メーカーの社長だ。

だが良太の産中への思い入れは強い。長年に亘《わた》り産中の１００兆円となるポートフォリオ（運用資産）を動かして来たのは良太だからだ。

「三嶋、大丈夫だ。俺が作った組織と育てた部下たちはちゃんと動く筈《はず》だ。彼らを信頼して任せればいい」

三嶋はそれは分かっていると言った。

「頭で分かっているが……駄目なんだ！　トップとして泰然自若としていないといけないと分かっている！　だが……二兆円あった含み益がこのままでは消えそうだ！」

その数字は良太の推定と合っている。

良太は落ち着いた口調で言った。

「いま全世界の金融市場が未曾有の混乱に陥っている。誰も経験したことのない大混乱だ。リーマンの時のように金融市場だけではない。世界経済全ての話だ。ヒト・モノ・カネの動きが止まっている。株式市場の未曾有の暴落は当然のことだ。だが金庫は強い。この状況でも最強だ」

産中の人間は自らの組織を〝金庫〟と呼ぶ。

「こんな状況でも金庫が強いと言うのか？」

三嶋は力なく言った。

良太は「あぁ強い」と力強く言った。

「今、現金の価値はコロナの前の五倍にも十倍にも跳ね上がっている。いいか三嶋、今は金庫の資産ではなく、それを支える預金を、預けている人々のことを考えろ。メンバーシップバンクである金庫が大地や森や海と共にあるということを思い出すんだ！」

良太はそう言って幻視した。青々とした稲の苗の連なりが揺れる光景、そこで見つけた〝理想〟というものを。

「知らぬ間にそれを目にしていた。だがその本当の姿に気づいたのは……何十年も後だ」

第一章　夏の汗

田んぼの広がりを切り取るような県道を、50ccスーパーカブが走っていく。

真夏の太陽は西に傾いている。

ハンドルを握る若い男は半袖《はんそで》の白いワイシャツに濃紺のネクタイ、グレーのズボンに黒の革靴、荷台で括《くく》りつけられている黒のブリーフケースが揺れている。

淡路《あわじ》島《しま》の田園風景の中、地味な恰好《かっこう》で商用原付に乗る男が口ずさむメロディーはその場や姿とは不似合いなＡＯＲ（アダルト・オリエンテッド・ロック）だ。

「♪」

ボズ・スキャッグスやルパート・ホルムズ、スティーヴン・ビショップ……。

男の名は城山良太。

昭和五十七（一九八二）年。二十四歳になった良太はこの夏を本当はハワイで過ごそうと考えていた。

良太はカブをおもむろに停めた。

『POPEYE』に載っていたマウイ島のビーチの写真が思い出される。

「それがなんで淡路島の田んぼなんだよ」

面白くなさそうに呟《つぶや》くと胸ポケットからマイルドセブンを取り出しBICのライターで火をつけた。

「――――」

長いため息のように煙を吐き出してから、ゆっくり周りを見回した。涼しさを含んだ風が吹き抜けて稲の苗が整列する姿をサーッと撫《な》でるように揺らしていく。

「…………」

そこには島とは思えない景色の広がりがあった。

三毛作が盛んな淡路島、米と玉葱《たまねぎ》と白菜が同じ耕作地で季節の移り変わりに合わせて作られる。

夏の今、良太の目には稲の苗の植えられた水田の広がりが映るが春や冬は別の作物が育つ場所なのだ。そのことは昨日教えられた。

そう思って見ると不思議な気分になる。

だが良太は我に返った。

「片岡義男《かたおかよしお》の小説みたいな夏にしようと思ってたのに……」

ただ気分良く生きていたい。

そう……気分だけで生きて来た良太だった。

時代はそんな青年を大勢作り上げていたのだ。

――もはや戦後ではない――

経済白書にそう記されその言葉が流行した昭和三十三（一九五八）年五月、良太は東京の下町、本所吾妻橋《ほんじょあづまばし》で機械製造の町工場を営む両親の長男に生まれた。

高度経済成長下で商売は伸び、良太と二歳下の弟は人並み以上の暮らしを味わえた。欲しいものは買って貰《もら》える贅沢《ぜいたく》で幸せな子供に育つ。サンダーバードのプラモデルやモデルガン、漫画本は読みたいものを全部買って読んだ。

大阪万博にも連れて行って貰えた。

その良太が中学二年の学力テストで思いもよらぬ好成績を取ったのをきっかけに勉強に欲を出す。親も驚くほど勉強する子供に変わったのだ。都立の進学校から一浪した後、一橋大学法学部に入った。

「法学部ってなんかカッコいいじゃん」

それだけの理由だ。

大学での四年間は面白おかしく過ごした。

好きな映画や音楽と色んなガールフレンドとのデート。良太は子供の頃から人に好かれた。合コンの度に新しい女の子と付き合った。

だが女の子と深い関係になることはなかった。いつもどこか醒《さ》めている。そんな良太は気分だけで生きることにたまらない喜びを感じた。一橋はそんな良太にぴったりの大学だった。ガツガツした雰囲気とは無縁の快い余裕をまとった学生ばかりだ。

「もうちょっと頑張ったら東大に入れたんだけどね」

どこか力の抜けた……そんな学生たちを包む時代も軽く楽しく優しいものだった。

〝就職貴族〟とされる一橋大生にとって大学での四年間はモラトリアムの最たるものでテーマパークのようだった。

良太も多くの学生同様、殆《ほとん》ど授業には出席せずに過ごした。そうして四年生となり就職を考える時が来た。

「城山くん」

学食でコーヒーを飲んでいた良太は声を掛けられた。

同じゼミの女子だ。

「これあげる」

良太の隣に座るとトートバッグから取り出したのはフランスの煙草ゴロワーズだった。

欧州旅行の土産だという。

彼女とは映画を一緒に観に行った。ボーイッシュでちょっと見は可愛い子だ。

良太はサンキューと受取るとジッポーで火をつけ「本場ものは旨《うま》いね」といってから訊《たず》ねた。

「就職どうするの？」

「男の子たち〝就職貴族〟と違って私たちは大変。限られてるからね。私は公務員、神奈川県庁を考えてる」

「試験があるんだろ？」

「そう。地方公務員試験」

なるほど女の子は大変だなと他人事で呟いてからゴロワーズを深く吸った。

「城山くんはどうするの？」

煙を吐きながら良太は小首を傾げた。

「楽で給料の良いとこにするよ」

バカじゃないのと彼女は笑った。

「楽な仕事ってないでしょうけど、給料の良いのはやっぱり銀行じゃない？」

そうなんだ？　と良太は何も考えずに言った。

「興銀とか長銀、ＩＢＪとかＬＴＣＢとか、アルファベットで呼ばれてカッコいいじゃない。そんな銀行にしたら？　似合ってるよ」

カッコいいという言葉は響いた。

それから良太は周囲にいる銀行志望者を訊ねて回った。すると興銀は一橋でも成績上位でないと難しいと言う。

「俺のAの数では難しいな」

それではと長銀、日本長期信用銀行（LTCB）を第一志望にするという軽さだ。

それからリクルート雑誌の資料請求葉書の『金融』の欄を適当に切り出し都市銀行を含めた何通かを送った。適当に第二、第三志望を選ぼうとしてのことだ。

数日後、お葉書を頂きましたがと電話があった。

「第一次産業中央金庫？　そんなところに葉書出したかなぁ？」

改めて資料を見ると日本全国にある農林水産業の共同組合の金融部門の全国組織で一般には〝産中〟と呼ばれているとされている。

「話を聞くだけ行ってみるか」

大手《おおて》町《まち》の農共ビル。その地下にある喫茶店を指定されて良太は出掛けた。

（ずいぶんのんびりした人だなぁ……）

一橋の四年先輩だというその人は空腹なのか自分だけジャムトーストを頼むとむしゃむしゃ食べながら応対する。それまで面接した長銀や都市銀行の先輩の真剣さとは対照的だ。

「あ、うちは楽ですよ。預金集めのノルマは無いし、給料は都市銀行並みですから……」

その言葉は良太に響いた。そしてその後に会った人事部の人間の話が決め手になった。

「城山さんは映画が好きなんですか？　うちは五時に帰れますから毎日観られますよ」

へぇと良太は嬉《うれ》しくなった。掘り出し物を見つけた気になったのだ。

そして十月一日の会社訪問解禁日。

良太は長銀、産中、そして都市銀行一行の順で回った。

産中と都市銀行はその日のうちに内定が出て「さすが〝就職貴族〟。ちょろいもんだ」と思った。

だが、翌日になっても長銀は何も言ってこない。

「エッ？　駄目なの？」

結局長銀に落とされ良太は産中に決めた。だがそこから良太は後悔の日々となる。

「産中？　農共でしょう。なんでそんなダサいとこにしたの？」

周りが一様にそう言うのだ。いや違う、凄《すご》い金融機関なんだよと説明しても分かってくれない。

（かっぺと思われてる？）

気分が全ての良太にとってカッコ悪いところに入った奴と思われることは我慢ならない。

内定を断ろうとしたが全て後の祭り。就職に向けて動かざるをえなくなった。するとそれまでとは全く違う方向に自分が進んでいくように思える。パステルカラーの世界がダサい原色に変わったのだ。

「…………」

四月一日の入庫式から二週間の新人研修を終えると良太は大阪支店に配属となった。

四月、五月、六月、七月と支店の預金課で新人に与えられる業務を無遅刻無欠勤で良太はこなした。

癖がなく仕事の要領も良いことから良太への周りの評価も悪くなかった。

だが良太は産中にその本心を隠していた。

そして八月になった。

産中の新人は二週間、支店近隣の農共に研修に出される。

そうして良太は淡路島にいたのだ。

「この研修が終ったら……辞表を出そう」

田んぼの広がりを見ながら呟《つぶや》いた。

稲の苗の群れは風に揺れている。

「♪」

頭の中ではボビー・コールドウェルの歌声が響いていた。

◇

第一次産業中央金庫、産中。

日本全国にある農共、農林水産共同組合の金融部門の中央組織だ。

農共が集める預金を県単位の組織、系統連合会（連合会）が集め、それが産中に上がって来る三段階のピラミッド構造になっている。

産中は集めた資金を運用し、利息（通常の銀行預金利息より高い）を支払う。

産中の総資金量は三十五兆円、都市銀行トップクラスと肩を並べる。

『第二の日銀』

金融業界で産中がそう呼ばれることがしばしばある。事実、地方都市にいくと日銀の支店の直ぐ隣に産中の支店があったりする。

「銀行間マーケットでの最大の資金の出し手」

それが第二の日銀と呼ばれる所以《ゆえん》だと新人研修で教えられたが良太にまだその意味するところは分かっていない。

産中はあくまで農共の一組織であり、そのことを農共、産中相互の人間に理解させるという理由で右も左も分からない新人を農共に研修に出すのだ。産中に就職した大多数の人間にとって農共の現場に触れるのは職業人生でこれが最初で最後になる。

東京の下町で生まれ育った良太にとって農共体験は大きな衝撃となった。

産中に就職して大阪への配属は驚いたが、御堂筋《みどうすじ》にそびえる産中大阪支店の建物は立派だし千里中央《せんりちゅうおう》にある独身寮が豪華ワンルームマンション並みなのは僥倖《ぎょうこう》だった。

前年に新しく建てられたばかりの独身寮にはナイター照明付きのテニスコートが三面あり、高級ホテル並みの高水圧シャワーが完備された浴場は快適そのもの。

「やっぱり産中は金持ちなんだなぁ」

支店で配属された預金課の仕事も新人が任される単純なもので大きな責任も残業もない。

まだ明るいうちに独身寮に戻り、テニスの壁打ちをやって汗を流してからシャワーを浴び、寮食（これは不味《まず》くて玉に瑕《きず》だった）を食べてから好きな音楽を聴くという……気分だけの良太にとっては望外となる理想の生活だったのだ。

「やっぱり産中は、めっけもんだったかな」

ダサイと周囲に思われる産中を辞めようと思っていた良太の心はぐらついていた。

「夏休みに考えよう」

お気楽にハワイにでも行ってのんびり進退を考えようと思った矢先、農共での研修の話を上司から聞かされたのだ。

「淡路島へ……二週間ですか」

淡路島では商人宿に宿泊し農共が貸してくれたスーパーカブで行き帰りをする。

片道十五分、あぜ道を通る近道をすれば十分の距離だった。

初日に農共を訪れた時、まずその小ささに驚いた。東京下町の郵便局くらいの規模だ。生まれて初めての農共に良太は触れたのだ。

組合長は四十半ばの男性、その他には三十代の男性と女性、そして二十代前半の男性と女性、そして昼食の時に分かったが賄いのおばあさんがいた。

良太は初日、挨拶《あいさつ》をして回った。

「中金さんの人て初めて見たわ。僕らからしたら中金は雲の上のもんやからな」

農共系統の人間は産中のことを〝中金〟と呼ぶ。三十代の男性にそういわれ、良太はなんとも複雑な表情になった。自分が立派な組織にいるとも偉いとも思っていない。この後で辞めようと思っているのだ。

全国組織で中央の存在は末端からはそんな風に見られるのかと面映《おもは》ゆい感じがした。

「あんた東京弁やな」

組合長が言った。

「はい。三代続いた江戸っ子です。東京の下町、本所吾妻橋という浅草《あさくさ》から隅田《すみだ》川を越えて直ぐのところで生まれ育ってます」

浅草やてという女性の声が聞こえた。組合長は産中から送られた良太の資料を見ている。

「一橋大学法学部……一橋って私学やったな？」

良太は笑った。

「いえ国立です。昔の東京商科大学です」

一橋は関西ではよく知られていないことがその時分かった。

「中金さんって大卒は何人取んの？」

「僕の同期は四十五人です」

意外と少ないんやなと組合長の隣に座っている男性が言った。

「やっぱり東大とかいてんのかいな？」

「同期で一番多いのが東大です。八人いますから」

ほうと組合長は感心したという表情になった。

「やっぱりエリート集団ちゅうことやな」

そう言われて良太は産中の新人研修を思い出した。

武蔵小金井《むさしこがねい》にある産中の研修所でそれは二週間に亙《わた》って行われた。

一万坪の敷地の中に宿泊や会議が行える施設とグラウンド、野球場、テニスコートが三面、そしてプールがある。

「立派なもんだ」

集められた同期の新人たちは異口同音にそう言った。

「農林水産業という一つの産業カテゴリーの金を全て集めて動かしてるんだ。それだけの組織ということだよ」

同期の東大出身者の自慢げな言葉に良太は納得するように頷《うなず》いた。集まった同期の出身大学から産中が完全な指定校制度をとっていることが分かった。

出身大学は東大が最も多く八人、次が京大の五人、一橋は良太を含め三人……いわゆる旧帝大出身者で大半が占められ、私立大出身者は早慶が数人、上智が一人いるのみだ。

「エリート集団ちゅうことやな」

組合長のその言葉に頷きはしなかったが、その通りなのだとは思っていた。

「中金さんから来はったんやから……とりあえず貯金のとこへ座ってもらうわ。そんで仕事の流れを見てくれる？」

初日から三日間、良太は貯金窓口後方で伝票の整理を手伝った。

「こんなものなのか……」

農共を訪れる人の数は驚くほど少ない。

居眠りをしそうになるほどのんびりした時間が流れていく。

だがその良太を驚かせる出来事が直ぐに起こった。

『運動週間』という言葉が朝一番、組合長の口から出た。

「今日から一週間、貯金は一千万、共済は一億や。みな頼んだで」

農共職員全員が一週間で一人当たり貯金を一千万円集め、一億円の共済（保険）の新規契約を取ってこいというノルマの表明なのだ。

産中にはノルマというものがない。

良太は営業活動というものを生まれて初めて目の当たりにすることになった。

「こんな所でどうやって貯金を一千万も集めるんだ」

事務所の奥には組合長以下全員の名前とノルマ進捗《しんちょく》状況が記される紙が貼りだされた。

「厳しいもんだな」

だが良太はそれは表向きのことで達成されなくても決して誰も何も言われることはない

のだろうと思っていた。

　そんな良太は驚愕《きょうがく》する。

　その日、農共の一番若い女性職員が外回りから戻って来た。

「ただいま、戻りました」

　そう言ってから彼女は事務所の奥に行き、ノルマの数字を示す表の自分のところの棒をすっと達成のところまで引いたのだ。

「？」

　そして持っていた鞄《かばん》の中から現金一千万を無造作に取り出すと貯金の係に渡し、共済の担当には必要な書類を手渡した。

　良太は唖然《あぜん》とした。

「今戻りました」

　また一人外から戻って来ると全く同じ光景が目の前で起こる。

「嘘だろ……」

　良太はノルマ進捗表を見て呟《つぶや》いた。

　僅《わず》か一日で全員が達成したのだ。

　その時、農共というものの凄《すご》さを知った。

　週末に良太は組合長の家での夕食に招待された。

その家の周囲はかなりの広さの田んぼが広がり青々とした稲の苗の列がどこまでも揺れている。見渡す限り組合長の土地だという。

自宅も新しく〝屋敷〟と呼べる大きさだ。

「立派なお宅ですね」

座敷に通されお世辞ではなくそう言った。　まだ新築の匂いがして普請が凝っている。

「この部屋だけで一千万掛りましてなぁ……」

組合長は良太にビールを注ぎながらそう言った。　総檜造《ひのきづく》りの座敷には立派な欄間が設《しつら》えられている。

（なるほどこれが玉葱《たまねぎ》御殿か……）

良太は心の中で呟いた。

それは宿の女将《おかみ》から聞いた言葉だった。

「この辺りは新しい立派な家が多いですね」

淡路島に着いた初日、部屋に夕食を運んできてくれた女将に良太は言った。

田園風景にどこか似つかわしくない豪華な家が目についたからだ。

「玉葱御殿や」

女将はそう言った。

二年前、玉葱の日本最大生産地である北海道に台風が上陸して玉葱が全滅、玉葱の価格が暴騰したのだという。

「玉葱は保存がきくよって相場を見ながら出荷するんよ。そんで淡路の農家はどえらい儲《もう》けた。皆それを家の普請につこた。玉葱御殿があちこちあるんはそんでよ」

良太は組合長の家で座敷を見回しながらその話を思い出していた。

「これぐらいしか金の使い道はないんや」

組合長は自慢とも自虐ともとれる言い方をした。淡路島の農家の多くは三毛作を営みながら牛を数頭飼って小規模酪農も行っている。

「牛の世話があるから家族旅行ちゅうもんをしたことないんよ」

農家の生活と金。

その現実に初めて良太が触れた瞬間だった。

あっという間に農共の職員が一千万円集めて来られる背景には大変な労働がある。

朝は四時半に起きて牛の世話をし、米、玉葱、白菜を一年に亘って作る。死ぬまでそれを続ける生活が、人生が、そこにあるのだ。

（俺は御免だな……）

良太は心の裡《うち》で呟いた。

気分よくカッコよく楽に人生は過ごしたい。その人生観は変わらないと思った。

（でも……）

産中はどこまでもこうやって農業を営む人たちと、今いる自分の周りに青々と広がる稲の苗があって存在しているのだ。

農共での研修は続いた。

◇

「なんやあんた……変わったなぁ」

二週間の淡路島から良太は大阪に戻った。

支店内の食堂で昼食を食べていると預金課の指導係の女性が前の席に腰を下ろしながらそう言った。

彼女は年次で三年上、短大卒で良太とは同い年になる。彼女の盆の上には天ぷらうどんが載っている。

「農共で揉《も》まれたからでしょうね」

冗談めかした良太の言葉に彼女は笑いながら首を振った。

「あんたが揉まれるような人間やないのは分かってるわ。小器用になんでもこなすからな。農共でもそれは変わらんかったやろ。そやけど……なんか変わった。上手《うま》いこと言われへんけどな。ちょっと本気出してるように感じるわ」

良太は食べていた野菜炒《いた》めを呑《の》み込んでから小器用はひどいなぁと言った。だがどこか納得した表情をした。

「農共に実際に触れた。農業を見た。それで、でしょう」

それを聞いて彼女はうどんを食べながら首を捻《ひね》った。

「金庫辞めよかどうしょうか迷てたけど……辞めんのは止めた。そやろ？」

ドキリとした。

第一次産業中央金庫は三つの呼称を持っている。世間一般は〝産中〟、農共系統組織の人間は〝中金〟、産中プロパーは〝金庫〟と呼ぶ。

彼女に言われ良太は自分の変化に気がつかされた。理由はよく分からないが淡路島から戻ってからは何か摑《つか》まないといけないように感じるのだ。気分だけの自分は変わらないが、確かな何かを摑まないといけない……生きる上での立ち位置のようなものを意識するようになっていた。

そうさせたのは夏の汗だ。

エアコンの効いた部屋でＡＯＲを聴いている自分と淡路島で農共の営農指導の職員と一緒に農家を回った自分を比べて考えた。

炎天下で流れる自分の汗を意識した。当たり前の生理現象が当たり前に思えなかった。

「汗をかくとはこういうことか……」

確かにそう思ったのだ。

新しい品種の野菜の育成について農家を回って丁寧に説明を行う二十代後半の営農指導員に三日間ついた。

作物を育てるということはどういうことか、良太は初めて目の当たりにした。

売れる作物を作るために真剣に説明する営農指導員、質問を重ねる農家の人たち……そこにはまぎれもなく生活が懸っている。

懸命に説明を行う指導員を良太はただ黙って見ているだけだ。

しかし、汗は流れる。

良太はそれが自分の汗と思えなかった。農共の人間の汗だと思ったのだ。

東京の下町の町工場で両親が汗を流して働くのを見たのは幼い頃だ。

商売が成功し経営に専念するようになってから父や母の働く汗の記憶はない。

淡路島で流した汗。

自分は何もせずただ人が働いているのを眺めるだけで流れたに過ぎない汗だ。

だがその夏の汗は何かを変えた。

「金庫辞めるの止めた。そやろ？」

支店に戻ってからは確かに辞めることを考えなくなっていた。

そして、仕事の意味を考えようとする自分がいることを感じた。

何億という現金を毎日目にする仕事は変わりないが、その金の意味を考えるようになっていた。

だが子供っぽいなとも思う。

たった二週間田舎にいただけでそうなる自分は幼いと思った。

（俺は何も変わってない）

そう思おうとしたが……農共研修が終れば産中を辞めようと考えていたのは事実だ。

「まぁ、あんたは金庫にいててよ。金庫らしない人がいててもエェ思うし」

指導係の女性の言葉に良太はエッといった。

「金庫らしくないって……どういうことですか？」

彼女は少し考えた。

「らしないかららしない。それだけや」

禅問答をするような彼女に良太は声を出して笑った。

「これ、褒め言葉やで」

それはありがとうございますと良太は頭を下げた。

「金庫らしくない……か」

仕事とは何か。就職すれば人は誰もが考える。そして自分が属している組織とはどんな存在なのか。嫌でも考えなくてはいけない。

農共そして産中。その存在は簡単には理解できない複雑さを持っている。

良太は翌年、支店の融資担当に異動になってからそれを強く感じることになった。

融資……銀行や金庫という金融機関にとって最も重要な仕事だ。銀行や金庫と名の付く存在は集めた金を、金を必要とする様々な法人や個人に貸して利息を受取る。人間の歴史に古くからある金貸しというビジネスだ。

難しくいえば信用の供与（与信）を行い、その対価を受取るということだ。

簡単にいえば金を持つ者が金を必要とする者に融通し、報酬（利息）を受取り、融通した金（元本）を返して貰《もら》うこと。

銀行や金庫は延々とそれを行い続けている。

信用の供与、与信とは相手を信用して金を貸すことを難しくいったに過ぎない。

信用の度合で金の取り扱い方は変わる。

信用の度合が低ければ利息は高くなり、回収は早くする。相手が倒産したり破産したりすれば元も子もない。

「元」は元本、「子」は利息。

相手の信用度合が高いと危険（リスク）は低くなるから利息（リターン、見返り）は少ないものになる。それがリスク・リターンという考え方だ。ハイリスク＝ハイリターン、ローリスク＝ローリターンという理屈だ。だがそれはどこまでも貸し手の側の理屈だ。

借り手からすると……信用力があるとされる強い借り手は利息が低くて楽で、弱い借り手は高い利息を払わなくてはならないから厳しく辛《つら》い。強い奴はより強く、弱い奴はより弱くなる。この世がどこまでも弱肉強食で出来ている事実がそこにある。

強くならなければ生きてはいけない。

それは世界の掟《おきて》だ。

金融はその最先端にあるのだ。

「いやぁこの会社。なぜ倒産しないか不思議なんですよぉ」

営業二部三課の課長はニヤニヤしながらそう言った。

(嫌な奴だな)

良太は直ぐそう思った。

第一産業中央金庫大阪支店の融資セクションは営業部と呼ばれ三部からなっていた。

営業一部は化学・薬品関連の企業、営業二部は食品・流通関連、営業三部は総合商社その他と産業別に分かれている。

良太が預金課から営業一部一課に異動になって直ぐ、営業部全体での融資先の入れ替えが行われることになった。効率的な営業のため地域や業種で分散されていたものをまとめ直すというのだ。

良太はこの時、人間の本性が分かると感じた。誰でも良《い》い先は渡したくないし問題先は手放したい。

良太の直属上司、営業一部一課長は口は悪いがフェアな人物で譲渡要件に該当する先は良質融資先であっても他のセクションに譲渡した。

だがそんな人間だけではない。

二部三課の課長は明らかに問題会社をこちらに回して来た。

「いつ潰《つぶ》れてもおかしくないんですがねぇ」

自嘲《じちょう》気味に言い狡猾《こうかつ》な笑みを浮かべるのを良太は何とも嫌な気分で見た。

それは大阪郊外で『ロクサーヌ』というロードサイド型ステーキレストランをチェーン展開している会社だった。

財務諸表を見ると明らかに借入過剰だ。

その会社を良太が担当することになった。

産中は前年、新設店舗の設備資金として一億円の融資を行っていた。その店舗の土地建物が担保となっている。

良太は『ロクサーヌ』本社の財務を訪れる前に土地建物を担保に取っている店舗の実地調査に出掛けた。


「歩くのは大変だな」

幹線道路沿いの店で駅から遠い。

良太は三十分以上歩いてその店に着いた。

昼飯時だったので店の目玉であるハンバーグ定食を頼んだ。

席数１２０の店内に客は半分弱。

「掻《か》き入れ時でこの入りか……」

ハンバーグの味はごく普通でまた食べに来たいと思わせるほどではない。

食べ終えてから良太は店の周囲を見て回った。

「なるほどこれでは担保価値は低いな」

店の土地の一部を高圧電線が横切っていて、空中部分には地役権が設定されている。

「土地を売却するとしてもガソリンスタンドは駄目、同じ外食でないと難しい」

良太は駅まで戻ると近くの不動産屋に飛び込んで周辺の土地価格の実情を訊《たず》ねた。

「値下がりはしてはいない」

その後、良太は『ロクサーヌ』の報告書をまとめて課長に提出した。

「直ぐに潰れることはないな」

課長は目を通すと言った。

「貸出は実質では担保割れしてると思います。もし潰れられたらやっかいですね」

良太の言葉に課長は頷《うなず》いた。

「とりあえず様子を見よう」

それから一月も経たないうちに『ロクサーヌ』からさらに一億の追加融資の依頼が来た。

◇

良太と課長は日本債券信用銀行の大阪支店を訪れた。

『ロクサーヌ』のメイン・バンクで融資姿勢を確認するためだった。

日債銀と呼ばれ長期信用銀行の一角をなすが業界内での評判は良くない。

〝ダボハゼ〟と呼ばれどんな先にも融資する甘い銀行とされていた。

（本当にちゃんと調べてるのか？）

良太は日債銀で『ロクサーヌ』の担当がメインであるにもかかわらず経営実態を把握していないことに驚いた。

『ロクサーヌ』は厨房《ちゅうぼう》機器や什器《じゅうき》をリースしているがその内容も全く知らない。逆に良太が確認のために持参した関連資料を臆面《おくめん》もなくコピーさせて欲しいと言う。

「産中さんはさすがですね。よく調べてらっしゃる」

しゃあしゃあとそう言うのには呆《あき》れた。

「ウチはメインとして『ロクサーヌ』とはずっと付き合っていくつもりです。資金を引き揚げたりはしませんから産中さんはご安心下さい」

日債銀の担当課長は最後にそう言った。

帰り道、課長は呟《つぶや》いた。

「〝ダボハゼ〟日債銀がメイン先は危ないといわれているが……本当だな」

産中は一般企業への融資でメイン・バンクになることはない。普通はメイン、準メインの次、三番手クラスが多い。メインとしての責任は負わずメインを資金面で補完する存在としての意義があるのだ。融資する企業の経営の根幹に関わることからは一歩も二歩も引いた位置にある。それだけにメインにしっかりしてもらわなくては困るのだ。

日債銀への不安を隠さない課長に良太は訊《き》いた。

「どうします？ 追加の一億」

課長は少し間を置いてから言った。

「君に任せる。どうするか案を練ってくれ。場合によって取引解消になっても構わないから……」

分かりましたと良太は答えた。

そこから良太は新規の融資に向け『ロクサーヌ』に提出させた資料を徹底的に分析した。

追加で貸して欲しいと言って来た一億は新店舗の設備資金だとされているが……運転資金に回すのが明らかに分かる。完全な自転車操業なのだ。

「どうする？」

メインは日債銀で準メインは大阪の地銀、都市銀行はどこも融資していない。そこに『ロクサーヌ』の現実がある。

「でも……直ぐには潰れない」

そう確信できるのは土地の価格が上昇傾向を見せていたからだ。『ロクサーヌ』が担保に入れている土地の価値は上がっている。これなら銀行は追加融資を出しやすい。自転車操業だがパタリと突然倒れる状態ではないと判断できる。

課長から取引解消になっても構わないと言われていることもあって思い切った方針を打ち出そうと考えた。それを案としてまとめて課長に見せると課長は苦笑いをした。

「君はえげつない奴だなぁ……」

『ロクサーヌ』は長期（十年）の設備資金として新たに一億円を依頼して来ている。既に同様の長期資金を産中は一億円出している。つまり同じ条件での追加融資を先方は望んでいる。

　しかし良太はそれを三年の中期資金とし、金利は現行の長期貸しよりも高く設定した。本来的にはあり得ない条件だ。良太は三年なら問題なく回収できると踏み、その間にはしっかりと利息を取っておくことにしたのだ。

　リスクがある先からは高いリターンを求めるのは当然だが、長期から中期へとリスクを小さくした上でリターンは高くしようというのだ。課長がえげつないと言ったのは当然だ。

　良太は言った。

「この条件は『ロクサーヌ』も十中八九、蹴《け》ると思います。そうなったら次を考える二段構えで行きます。如何《いかが》でしょうか？」

　課長は了承した。

　翌日、良太は『ロクサーヌ』本社を訪れた。

財務部長は良太の出した融資条件を見て考えた。

（やはり駄目だと言うんだろうな）

　その時には金利は下げる方向で課長と話をつけてある。

　その良太に『ロクサーヌ』の財務部長は意外なことを言った。

「産中さんから追加で出して頂けるなら……この条件で結構です」

（エッ？）

良太は驚くと同時にこの会社は間違いなく潰れると思った。目先の金が欲しいだけだ。

良太は戻って課長に報告した。

課長も良太の考えと同じことを言った。

「まぁ、それでも三年は大丈夫だろう。全ては土地価格、担保状況次第だな。既存の長期資金のほうも状況によっては早期回収に動いた方が良《い》いかもしれんな」

そして課長は微笑んだ。

「城山君のえげつなさの勝ちだな」

えげつなさは酷《ひど》いですねと良太は苦い顔をしながらも明るく言った。

その良太に大きな問題が降りかかって来る。

◇

良太はその日も残業だった。

「うちは五時に帰れますから」

就活で産中を訪れた時、人事部の人間がそう言ったのは直ぐに嘘だったと分かった。

融資を担当する営業部に異動になってからは毎日が残業だ。支店を八時に出られたら早い方、十時、十一時もざらだ。

実際は月に百時間以上の残業をしているが残業をつけるのは二十時間までと不文律で決まっている。

「もし正確に付けたらどうなるんですか？」

良太は同じ課の先輩に訊《たず》ねた。

「城山君は日の当らないセクションで仕事を退職まですることになる。それだけだよ」

なるほどそういうことかと思った。

「でももし、金庫の全員が正確に残業をつけたら大変なことになるでしょうね」

そんな心配はしなくていいよと先輩は笑っただけだ。


午後八時を回った。

「？」

良太は人の気配がしてカウンターに目をやると良太の取引先である前島《まえじま》化成の係長が立っている。アポなしで取引先が営業時間外に来るなど只事《ただごと》ではない。

良太は嫌な予感を覚えて応接室に案内した。女性職員はもう帰って誰もおらず男性の先輩がお茶を淹《い》れて出してくれた。

前島化成は中堅の化成品商社でメインは都市銀行の中央勧同銀行（ＣＫＢ）だった。財務担当常務は代々ＣＫＢ出身者で良太も新任挨拶《あいさつ》で行ったときに会っている。

「いやぁ、私は取締役やのうて取り締まられ役ですわぁ」

能天気にそう言う。

（何だか頼りないオッサンだなぁ）

良太はそう思った。

それに対して実務担当の係長は三十代半ば、優秀で誠実な人で前島化成の財務は彼ひとりで持っているのが直ぐ分かった。

良太はその係長から資金繰り表の見方など様々な財務・経理の知識を借りる側の立場から丁寧に教えてもらったりしていた。

その係長がアポなしで、それも午後八時を過ぎてやって来たのだ。

係長の話は驚くべきものだった。

前島化成のメインであるＣＫＢの支店長が先月の異動で替わった。

サラリーマンの世界では新任の人間が前任者を批判したり否定したりすることで自分が優秀であると見せようとすることがある。

前島化成が取引するＣＫＢの支店は元々Ｃ（旧・中央銀行）の支店で歴代の支店長はＣ出身者だった。それが今回初めてＫ（旧・勧同銀行）出身者が支店長で来た。すると融資先の洗い直しをすると言い出し、財務内容が決して良いとはいえない前島化成が槍玉《やりだま》に挙げられた。

そして短期貸付だが借り換えが常態化し実質は長期貸付となっている五千万円の借り換えに応じないと通知してきたというのだ。

期限は来月末に迫っていてこのままでは資金繰りがつかない。そこで産中に繋《つな》ぎ融資をお願いしたいと言うのだった。

「でも、常務がいらっしゃるじゃないですか。常務は何をなさってるんですか？」

良太は訊ねた。

「あの人はあきません。分かってはいましたけど……全然頼りになりませんわ」

係長は深い溜息《ためいき》をついた。

どんなネガティブな情報でも正直に正確に伝えてくれる誠実な係長の姿勢は本当に有難いと思ったが大変な事態だ。

メイン・バンクが乱心して前島化成を潰《つぶ》そうとしているのだ。合併行がメインになっている取引先は恐いことをこの時、良太は知った。

翌朝、良太は課長と協議した。

産中は前島化成に対して貸出残高でこそ二番手、準メインだが典型的な〝限界金融機関〟なのだ。

〝限界金融機関〟とは必要な時にはカネを借りるが必要でなくなれば自由に関係を断てる金融機関のことだ。メイン・バンクの融資姿勢に追随し融資順位も決して変えない。メイン・バンクを補完するだけの金融機関だ。

もし前島化成の求めに応じて五千万の融資を実行すると……産中はメインになる意思を

示したことになる。

　これは大きな覚悟のいることだった。

　課長は暫《しばら》く黙って考えた後ポツリと言った。

「肩代わり融資は出来ない」

　産中がメインになる可能性は排除すると、きっぱりと言った。

　メイン・バンクとは単純に融資残高が一番の存在ではない。ビジネスネットワークを提供し、人材を派遣することで取引先と運命共同体となる重い責任を背負う存在だ。

　そんな能力は産中にはない。

　日本のメイン・バンク制度は様々な金融機関を能力に応じて棲《す》み分けることで成立している。産中はその中の〝限界金融機関〟なのだ。

　良太と課長は直ぐに前島化成を訪れた。

　常務は終始下を向いたままで何も言わない。係長は……ずっと眠っていないのだろう……

……疲労困憊《こんぱい》の面持ちが痛々しい。

　良太と並んで座っている課長はきっぱりと言った。

「メインを差し置いての融資は行えません。事態を見守らせて戴《いただ》くだけです」

　良太は何も言えなかった。

　ただこれでもう……前島化成は終わりなのかなと係長の小刻みに震える肩を見つめながら思っていた。

良太は万一の場合の準備に入った。

これまでも残業が常態化していたがそれからはずっと終電で帰る毎日になり、休日も出勤した。

千里中央の独身寮まで大阪支店のある本町《ほんまち》からは地下鉄・御堂筋線で一本だった。

あらゆる店のシャッターが下りた深夜の駅ビルの商店街をとぼとぼ歩いてゆく良太は疲れ切っていた。

「ウチは五時に帰れますから……」

人事部の採用担当の言葉がこの時ほど恨めしく思ったことはない。

だが前島化成倒産のカウントダウンは突然中断された。

「そうですか！　それは良かった！」

良太は前島化成の係長からの電話で安堵《あんど》した。

ある地銀が新規で繋ぎ資金を出したのだ。

その後はＣＫＢも態度を改め前島化成は元の状態に戻った。

係長の相当な頑張りがあったのだと良太は思った。

前島化成の倒産が回避されたと分かった時、良太は緊張が解けてどっと疲れが出て……

体調がおかしくなった。

体が異様に重く動く気が全くおきない。

これはまずいと薬の力を借りた。生まれて初めて栄養ドリンクをそれも一本五千円するものを飲んだ。これが効いたのか、直ぐに良太は快復した。

しかし、自分のいる組織が取引先にとって限界的な存在でしかない現実に直面した事実は重く残った。

それも相手からそう扱われたのではなく、自分達からそれを顕《あら》わにしたのだ。忸怩《じくじ》たる思いがずっと残っている。自分がいる組織に情けなさを感じるのは本当に嫌だった。

「何かやろう。でないとずっと気分が悪い」

気分だけでなく何かを掴《つか》もうとする良太がそこにいた。

そんな良太が大阪支店でとんでもない大仕事を成し遂げる。

それは日本を代表する電器メーカーM社との新規取引だった。

産中はそれまでM社との取引は不可能とされていた。理由がある。農共が組合員向けに斡旋《あっせん》で扱う電化製品は昔からS社の独占となっていたからだ。M社はそんな農共や系統金融機関である産中を敵と見ていたのだ。

実際、良太の先輩がM社系リース会社と新規取引の一歩手前まで行きながらM社本体から「待った」が掛りご破算になっていた。

「何かやりたい。新しい何かを……」

ずっとそう思っていた良太は従来業務とは違う方向からM社との取引を考えた。

前島化成の一件が落ち着いた後、東京で融資担当者を集めた一週間の研修が行われ良太も参加した。そこで企業向けとなる全く新しい短期金融商品の説明を受けた。

それが良太に響いていた。

何故ならその商品は都市銀行と対等もしくはそれ以上の武器になるものと聞いたからだ。

「日本の金融市場で産中が強力な存在であることがこの商品の提供を可能にします」

商品を説明した資金証券部の担当者の言葉が力強く感じられた。

前島化成の一件以来、負け犬根性を払拭《ふっしょく》したかった良太はその商品の売り込みに取り組もうと思ったのだ。金融商品なのだからレート（金利）が全てで競争の機会はどこも同じの筈《はず》だ。

短期金融商品……それは譲渡性預金と呼ばれるものだった。様々な銀行が自身の資金調達のために発行するもので一ヶ月から三ヶ月までの満期を持つ。産中はそれを大量に購入し短期の資金運用がある企業に切り売りして利鞘《りざや》を稼ぐ。

大手企業にとって五十億百億と一時的に生じる巨額余裕資金を数日から長くて一週間十日などの超短期間預けていくら利息がもらえるかがポイントで、金利が高いほうを選ぶに決まっている。

大阪支店の融資担当者たちもその商品の強みは理解していたが既存の融資先に商品を紹介するだけで、新規先、それも絶対に取引が出来ないと考える先に売り込もうとは考えなかったのだ。〝限界金融根性〟とも呼べる腰の重さがそこにはある。しかし良太はその嫌な〝根性〟を払拭したかったのだ。

もし一番良《い》いレートの商品を買わないとすれば背任とまではいわないまでも機会損失と捉《とら》える筈だ。

幸いM社には一橋のゼミの一年先輩がいて財務の担当者を紹介して貰《もら》えた。最初は農共系統との取引の難しさを盾に先方は渋った。

「レートだけは出させて下さい！」

良太は粘った。

そうして先方は「あくまで参考として数字を頂く」と言い運用資金が発生した時には連絡がもらえる事になった。

良太は資金証券部にその旨を連絡した。

研修に大阪から来ていた若手が絶対不可能とされているM社を落とそうとしている。資金証券部を挙げてこれは応援してやれということになった。

その後、M社から連絡が入りレートを返す事が三、四回続いた後だった。

M社の担当者が電話口で言った。

「産中さんの実力は良く分かりました。上とも協議しましたがレートはレートです。次回もし最高だったらお願いします」

どうやら産中はこれまでずっと最高水準レートを提示していたのだと分かった。

そして、遂に取引を成立させる。

二百億円の取引だった。

それは部内だけではなく大阪支店の大ニュースになった。

M社との取引が出来ただけではなくその額の大きさに皆驚いたのだ。それまで支店内での取扱い金額は最大でも総合商社の三十億円程度だったからだ。

「取りました!!」

良太が資金証券部に連絡すると電話の向こうでは「M社を落としたぞぉ!!」の大歓声だ。

良太は必要書類を持ってM社まで御堂筋を走った。

「やったぞ！　やったぁ！」

良太は仕事で初めて爽快感《そうかいかん》を持った。

産中に就職して良かったと、この時初めて思った。

翌日、食堂で昼食を食べていると預金課の指導係の女性が前に座った。

彼女は笑顔で言った。

「あんた、どえらい仕事したらしいやんか」

M社の件は支店中の評判だった。

ええまぁと良太は照れ笑いをした。

女性は何ともいえない表情になった。

「やっぱりあんた金庫らしなかったな」

エッと良太は驚いた。

「金庫の男は皆どっか諦《あきら》めてる感じがするんや。そやけどあんたはそれが無い。小器用にこなしてるけど、何か摑もとしてた」

そんな風に見てたんですかと良太は言った。

「辞めんの止めて、良かったやんか」

ありがとうございますと良太は素直に頭を下げた。

その良太が産中の本丸に異動する。

第二章　金融の化物

城山良太は昭和六〇（一九八五）年の一月、東京本店資金証券部に異動になった。

社会人となってからは時間が経つのが早い。

「大阪で三年近くか……」

良太は新大阪《しんおおさか》駅で支店の皆に見送って貰った後、新幹線の中でそう思った。

東京では目白《めじろ》にある独身寮に入った。本所吾妻橋の実家から通うことも考えたが寮に入った。池袋《いけぶくろ》まで歩けば本店のある大手町まで地下鉄丸《まる》ノ内《うち》線で一本で便利だからと両親には言った。本当は一人暮らしの快適さに慣れたことが大きかった。

良太には一人の生活が合っていた。気分が大事の性格は変わらないでいる。

大阪に比べ東京の独身寮は古いが食事が良くて気に入った。元料理人の管理人が職人気質《かたぎ》で旨《うま》いものを作ってくれるのだと同じ独身寮にいる営業部の同期が話してくれた。

「大阪の独身寮は食事がひどくてね。融資担当になってからは夕食は平日全部キャンセルして外食だったんだ」

「ここは良いよ。日曜日恒例のカレーなんか最高だよ。早く食べないとなくなっちゃう」

良太は嬉《うれ》しくなった。

そうして本店初日。

資金証券部の朝は早いと聞かされていたが、皆、七時半には出勤している。

良太が配属になったのは資金証券部証券三班。それは例のM社の資金運用の商品を扱うセクションだ。

「気に入られたようだな」

異動の内示が出た時に大阪支店の上司からそう言われたが実際のところは分からない。

ただ良太は嬉しかった。

「あの人の下で働ける……」

証券三班を率いている部長代理、神宮薫の存在のことだ。

（こんな人が金庫にはいるのか……）

一年前の研修の時に神宮から短期運用商品の説明を受けた時、その頭脳の明晰《めいせき》さ、知識の深さ、そして先鋭的な言葉に良太は驚いたのだ。

良く言えば牧歌的集団、悪く言えば変化と競争を避ける人間ばかり、と思っていた産中で異彩を放っている。

神宮は良太の一回り上で東京大学経済学部卒、企画畑や資金証券畑が長い。

神宮をよく知るという人がいうには日銀が産中に検査に入った時、若き日の神宮が考案して資金証券部が導入していた運用管理システムの先進性に驚愕《きょうがく》したという。

だが一方で神宮は非常に気さくで部下を連れて飲みに行くのを好み、その飲み会は〝神宮塾〟と呼ばれ仕事だけではなく膨大な神宮の読書に基づく教養の開陳の場になる。

研修期間中、良太もその〝塾〟に招かれて謦咳《けいがい》に接した。次から次に口をついて出る古今東西の書物や著者名、そしてその内容を誰にでも分かり易く説明してくれる。

良太はその〝神宮塾〟でこれまでの人生でのどんな勉強よりも感銘を受けた。生まれて初めて知的刺激と呼べるものを感じたからだ。

本店での初日、朝七時十五分に良太は資金証券部に入った。

研修で来たことがあるから勝手は分かっている。証券三班には既に良太の一年後輩が出勤していた。

「城山さん、またご一緒出来て嬉しいです」

「こちらこそ、僕の席は？」

良太は自分の席を教えられて座ると直ぐに他の部員たちが出勤してきた。

「M社を取った大阪の有名人だな！」

何人かに挨拶《あいさつ》代わりにそういわれた。

この世界は仕事の結果が全てなのだなと良太は納得させられる気がした。

そして神宮が出勤してきた。

「おう城山！　今日から頼むぞ」

ただそれだけ言うと直ぐに電話に向かった。

それは神宮の日課である経済新聞の記者との情報交換だと後に分かった。

資金証券部は証券一班から三班、資金課、株式課、総務課の六つのセクションで構成されている。

証券一班は産中が大量に長期保有する国債を管理するセクション。

証券二班はディーリングと呼ばれる国債を短期で売買し利鞘《りざや》を稼ぐセクション。

そして良太の配属された証券三班は短期の企業向け金融商品を扱うセクションだった。

証券一班は産中の資産の核である数十兆円の国債の運用を行う。

証券二班・三班の仕事は近年の金融規制緩和によって銀行・金庫に許されるようになった新しい仕事になる。

「銀行の証券化・証券の銀行化」

銀行や証券会社が相互にそれまで独自であった仕事に参入を許された。

それにより様々な金融商品が生まれたり新たな収益源となる仕事が出来ていた。

資金課は産中の最も古い仕事といえる銀行間市場での資金の出し入れを行うセクションで日銀と頻繁に情報のやり取りをしている。

慢性的に資金が不足している市中の銀行に短期的に資金を融通するのが仕事だ。

株式課は産中が保有する二種類の目的の株式を管理している。ひとつは独自の運用として保有するもの。もうひとつは融資先の株式を政策的に保有しているものだ。

朝会は午前八時から部長以下全管理職が出勤して来て始まる。

口火を切るのは資金課で銀行間資金需給の状況を報告する。次に証券一・二・三班が順番に各々のセクションに絡む最新情報を次々に発表していく。

良太の周りでは短く鋭く各情報に関してのコメント交換が行われ、なんともいえない緊張感が漂う。

良太はこの雰囲気を好ましく思った。

プロの空気がある。気分が大事な良太にとって何とも快い。

報告が全てが終ると神宮が立ち上がった。

「ご紹介します。今日から三班に入った城山くんです」

良太が立ち上がり挨拶をすると部長が声を掛けた。

「M社を落とした大阪の若手だったな。期待してるぞ」

その後、良太は神宮に別室に呼ばれた。

「人事から資金証券部への異動者の名簿を見た時、部長に頼んでウチに取ったんだ」

そう言われて良太はありがとうございますと頭を下げた。

「M社では頑張ったな。金庫であんな風に仕事に取り組む人間は少ない」

そう言われて良太は大阪支店の女性の言葉を思い出した。

「あんたは金庫らしない」

神宮はここでも頑張ってくれよと言った。

「お前には譲渡性預金の在庫管理を任せる。総額五千億ある。どこでどう仕入れどう販売するか。俺がきちんと教える。資金証券部でこのセクションから始められるのはラッキーだ」

どういうことでしょうかと良太は訊《たず》ねた。

「短期金利から相場の世界に入れる。日銀の金融政策がどういうもので動いているか、ファンダメンタルズ（経済の基礎的要因）をどう読むか。相場の地力をつけられる。マーケットで闘う為の基礎体力のようなものだ。それを身につけるかそうでないかで、相場の世界で長く生きられるかどうかが決まる」

良太には神宮の真意がまだ分からない。

「金庫で生きていくためにはそれが大事だということですか？」

神宮は頷《うなず》いた。

「この組織は特別な存在だ。日本だけではない。世界でもこんな組織はない。金融の世界の化物だからな」

良太は驚いた。

「金融の世界の化物？」

神宮は何ともいえない目をして言った。

「最近の言い方でいえばヘッジファンドの化物だ」

さらに良太は驚いた。

「ヘッジファンドって短期で株や債券を売ったり買ったりして儲《もう》ける……あれですか？」

そうだと神宮は言った。

「ジョージ・ソロスやジム・ロジャースのクォンタム・ファンドが有名だが金庫はそれの何十倍の大きさのお化けヘッジファンドだ」

良太は目を丸くした。

「金庫はヘッジファンドなんですか？」

冗談に決まってるじゃないかと返って来るかと思いきや神宮は真剣な表情で言った。

「それを君も動かすことになるんだ。そのための人間を俺は育てなければならない。お前は選ばれた。だが心配するな。俺がしっかり仕込んでやる。金庫の全資産を運用できる人間に、究極のヘッジファンドを動かすファンドマネージャーに、な」

良太は言葉が出てこない。

神宮は笑った。

「まずは基礎だ。しっかりと相場への基礎体力をつけてもらう。そのためにこのセクションでの仕事は最高だ。債券や株の売買は本当に基礎の出来た奴がやらないと危なっかしくてしょうがない。金庫の息の根を止めかねないからな。でもな、本当の意味で全てを任せられる人間は金庫には殆《ほとん》どいない。お前はそんな人間になって貰《もら》うように俺が育てる」

良太は驚きながらも訊ねた。

「い、今は誰がこの金庫の全てを見ているんですか？」

神宮は目を光らせた。

「俺が見ている……と言ったら驚くかな？　だがそれが事実だ」

目を剝《む》いた良太に神宮は不敵な笑みを浮かべて言う。

「お前は俺が育てる。楽しみにしておけ」

◇

第一次産業中央金庫、資金証券部、証券三班は五人のメンバーで構成されている。

部長代理で班のトップである神宮のすぐ下に神宮の三期下に当る深山慎二《ふかやましんじ》、その次が良太で良太の一年下の古田明《ふるたあきら》、そして女性アシスタントの立山玲子《たてやまれいこ》だ。

（皆、優秀だな）

仕事ぶりから良太は直ぐにそう思った。

深山は神宮の腹心で三班の実務を総括する立場にあった。早稲田の政経卒で大学時代はワンゲル部の主将だったという。

古田は麻布《あざぶ》中高から東大農学部卒。茫洋《ぼうよう》としながら軽さがあり、良太は直ぐに気に入った。一期下だが二浪していることから良太とは同い年だ。

立山は高卒で八年目だから良太や古田と同い年だった。姉御肌で仕事は迅速かつ正確。神宮も全幅の信頼を置いている女性だ。

証券三班は譲渡性預金と呼ばれる短期金融商品の売買を行う。三班の仕事は資金証券部内で特殊なものだ。それは産中独自の運用ではなく営業部や公共法人部などの融資の取引先などがあっての仕事ということだ。

どんな商売も突き詰めると同じ基本にたどり着く。

――安く買って高く売る――

証券三班は銀行が短期の資金調達として発行する譲渡性預金を出来る限り好条件で買い（金利が高ければ高いほど良い）、それを取引先への切り売り（金利が低ければ低いほど儲かる）で利鞘を得る。

その為には銀行の資金需給と取引先の資金需給のあり方をしっかりと認識しておく必要があった。

「なるほど神宮さんが言った通りここにいると短期金利がどのように出来上がっているかが分かるな」

短期金利は日銀が日々発表するコールレートや手形レートと呼ばれる日銀と銀行の間での資金のやり取りの値段が基本で、まずそれがどのように動くかを見ることが重要になる。大きな流れでいえば経済がこれから上向くと皆が考えれば金利は上昇し、下落傾向になりそうだということになれば金利は下がる。

経済そのものがどんな方向に向かうか、そして日銀がそれをどんな要素からどう把握しているかを推測することが重要になる。

日銀は経済のファンダメンタルズ（基礎的要因）を徹底的に分析し金融政策を決める。

その最も大きなものは公定歩合操作だ。

日銀は銀行の銀行とされ、銀行に資金を融通する際の金利が公定歩合と呼ばれるものだ。

その上げ下げは預金金利の上げ下げと連動する。魚の仕入れ値が変われば刺身の値段が変わるのと同じ理屈だ。

証券三班にとって重要なのは金利の流れを読むことだった。それは日銀の動きを読むことでもある。

「まずは新聞だ。経済新聞を徹底的に読むことだ」

神宮はどう勉強すればいいのでしょうかとの良太の質問にそう応《こた》えた。

大阪支店時代はそれほど熱心に読んでいなかった経済新聞を丸ノ内線の中で隅から隅まで読むようになった。

するとあることが分かった。

「なるほど……どんなものも毎日値段が動いている」

経済新聞の中には鉄の価格、アルミの価格、貴金属、そして農産物の価格が必ず掲載されている。

良太は淡路島を思い出した。

「玉葱《たまねぎ》御殿が出来たのは玉葱が相場商品だからだと言っていた。保存しているものを相場を見ながら高く売れる時に売る。この世のあらゆるものはそうやって出来ているんだ」

単純だが最も重要なことに良太は気づかされた。すると新聞を読むことが楽しくなった。そこに値段に繋《つな》がる因果関係を探そうと思ったからだ。何がどうなったら値段の上げ下げに繋がるのか。そしてそれがどう金利の上げ下げに繋がるのかということだ。あぁと気づかされる毎日がそこにあった。経済新聞が宝の山のように思えるようになっていた。

神宮は班の全員に今朝の経済新聞のどの記事が気になったかを訊ねる。

「やはりH形鋼の値段ですね。じわじわ上がっていますから……」

年長の深山がそう言う。

神宮がそれに頷いてから良太に訊ねる。

「何故、H形鋼の値段が大事か分かるか？」

良太が正直に分かりませんと応えた。

「建設需給がそれで分かるからだ」

そこから神宮の簡潔な説明が行われる。

鋼材というものはメーカーである鉄鋼会社とユーザーである建設会社との間で値段は年間の契約でひも付きで決まっている。しかし、H形鋼だけは需給商品でその時どきの相場によって決まるという。

「建設需要が高まって来れば真っ先にH形鋼の値段が上がって来る。ある意味、景気のバロメーターになっているんだ」

良太は深く納得した。

そのように日々の業務の中で〝神宮塾〟は開かれる。

良太は生まれて初めて知的な刺激に満ち満ちた生活をしていると感じた。自分が渇き切ったスポンジのようで毎日どんどん水を吸収していくようなのだ。

そして〝神宮塾〟は夜もある。

本店のある農共ビルの地下街。そこには良太がリクルートの折に訪れた喫茶店の他、様々な飲食店が入っている。その中の中華料理屋『永徳』で〝神宮塾〟は開かれるのだ。週に二回程度、皆が午後七時過ぎに仕事を終えると『永徳』の奥の席に集合する。

神宮がボトルを入れている麦焼酎《じょうちゅう》をめいめいが好きな割り方で飲む。

良太はそれまで焼酎など飲んだことがなかったがいつの間にかお湯割り派になっていた。

つまみにはエイヒレや大蒜《にんにく》の芽の炒《いた》め物、ギョーザや春巻き、焼きそばなどが注文される。そこでは仕事に絡んだ話よりも神宮の膨大な読書からの深い教養の披露の場になった。

「君たちは『資本論』をちゃんと読んだか？」

神宮のそんな言葉から始まることがあるかと思えば今のベストセラーの話題になったりもする。

（一体この人はどのくらい本を読んで来たんだろう？）

良太は感心するばかりだ。

神宮の知識は頭の中から芋づる式にどんどん出て来る。マルクスについて話していたかと思うと、次には帝政ロシアやドストエフスキーについて、ダンテの『神曲』やゲーテの『ファウスト』を金融と関連づけて語ったりする。

そして良太は神宮の勘の良さにも感心させられた。

深山が神宮に自慢しようと「先週末、三冊買ったんです」と言った時だ。

「お前、それ……来年の大河関連だろ？」

図星だったのだ。

数日前に来年の大河ドラマの内容が発表され大手書店では特集コーナーが出来ていた。

「深山の読書傾向からは直ぐに推察出来る」

そう言われて深山は照れ笑いをするだけだった。

「城山、最近収穫があったか？」

それはどんな本を読んだかという意味の問いかけだ。

良太は神宮の影響で生まれて初めて読書が趣味と呼べるようになっていた。大学時代は映画ばかりで本は好きな三島由紀夫《みしまゆきお》や吉行淳之介《よしゆきじゅんのすけ》くらいしか読んでいなかったが社会的なものを読むようになっていた。

良太はアメリカの元大統領の回顧録を面白く読んだことを告げた。

「ほう！　どの辺りが城山に響いた？」

神宮はそんな訊《たず》ね方をしてくる。当然、神宮は既に読んでいる。

良太は冷戦下で米ソが中東でどんな駆け引きを行っているかという部分に戦略の面白さを感じたと言った。

「城山の指摘は的を射ている。あの本の一番大事な部分をちゃんと捉《とら》えている」

良太は嬉《うれ》しかった。

「城山、米ソの中東政策はしっかりと勉強しておいた方がいいぞ。そのためには聖書やコーランも読んでおいた方がいい」

良太は驚いた。

「一神教についてしっかりと勉強しろ。日本人には馴染《なじ》みのない思考がそこにあるからな。聖書は旧約と新約どちらも読むようにしろ。それぞれの解説本として薦めるのは……」

神宮の口をついて次々出て来る書籍の名を良太はメモを取っていく。

「さっきダンテの『神曲』の話をしたが、中にマホメットのことが出て来る。それを読めば……昔からいかにキリスト教徒がイスラム教徒を見下しているかが分かる。恐らくそれはこれから色んな意味で世界の問題になっていくだろう」

焼酎のグラスを片手にそう語る神宮を見ながら良太は心から産中に入って良かったと思った。あのM社を落として以来、そう思ったのは二度目だった。

◇

資金証券部証券三班での仕事として良太は深山から指導を受けながら譲渡性預金の在庫管理について覚えていった。

「基本的には日銀の短期金利レートのあり方にどの位の上乗せで各銀行から購入するかがある。銀行によって資金がひっ迫している所からは高いレートが取れる」

「ある意味、足元を見るわけですね？」

深山は頷《うなず》いた。

良太は訊ねた。

「リスクはどう判断していくんですか？　銀行ごとのリスクを判断してレートの上乗せはしないんですか？」

良太はそれを大阪支店の『ロクサーヌ』で実践した。

深山は笑った。

「日本の銀行はつぶれない。だから銀行に関してはリスクは考えなくていい」

エッという表情を良太はした。

「そういうものなんです……か？」

銀行はつぶれない。その言葉が何故かその時の良太に引っかかった。

（本当にそうなのか？）

良太は深山に質問した。

「今、深山さんがおっしゃった銀行はつぶれないということ。何故、銀行はつぶれないのか教えて頂けませんか？」

深山はなんともいえない笑顔を見せた。

「銀行だけじゃない。証券会社もつぶれない。そういう風に出来ているんだよ。この国は」

良太は驚いた。

深山は少し考えるような表情をしてから続けていった。

「訂正しておくよ。銀行や証券はつぶれないんじゃなくて、つぶさないんだ」

「つぶさない？」

深山は頷いた。

「そう。絶対に国がつぶさない。つぶせば金融に大混乱が起きてしまう。だから絶対につぶさない」

良太はそこで日本史の教科書の記述を思い出した。戦前の昭和恐慌……銀行がバタバタ倒産して起きたと書かれていた。

「まぁ、戦前の反省もあってそういう風にこの国は戦後そうしたんだろうな」

その深山の口ぶりが気になって良太は重ねて訊ねた。

「戦後、国が銀行や証券を倒産させなかったことがあるんですか？」

あぁと深山は言った。

「今、四大証券の一角になっている山一證券。あそこは本当なら倒産している」

良太は驚いた。

「昭和四〇年の証券不況で山一は倒産の危機を迎えた。それを救ったのが時の大蔵大臣田《た》中角栄《なかかくえい》の鶴の一声だった。実力大臣に圧《お》されて日銀が動き日銀特融という名の資金注入をした。それで山一は助かったんだ」

そういうことがあったんですかと良太はノートに〝昭和四〇年〟〝日銀特融〟とメモをした。

「日本の金融システムを維持するために証券会社であってもつぶさないんだ。いわんや銀行をや、ということだ。だから一般的なリスク・リターンという考え方は銀行にはない。そう考えたほうがいいんだ」

良太は頷いた。

その日。業務が終ってから良太は神宮に質問した。本当に銀行はつぶれないのかということだ。

神宮の答えは深山とは違った。

「今、金融はどんどん規制緩和・自由化という言葉の下で変化している。自由金利商品というものも出て来て、譲渡性預金もその一つだ。全ては収益の源泉を増やすということに繋《つな》がっているが……そこには逆の面もある。それをちゃんと見ておかないといけない」

「逆の面？」

神宮はそれを考えてみろと良太に言った。

「収益の源泉を増やしているということはリターンを増大させようということですね？その逆だと……」

良太はアッと思った。

「リスクも増えているということか！」

その通りだと神宮は頷いた。

「今の世の中は規制緩和・自由化ということをまるで打出の小槌《こづち》のように考えているが、物事は裏を見ておかなくてはいけない。それはリスクの増大を伴っているということだ。だからな、城山。これから銀行や証券の倒産も起こると肝に銘じておけ」

驚いて良太は訊ねた。

「それは金庫も同じだということですか？　金庫でさえ倒産する可能性があると？」

神宮は少し考えた。

「可能性は……ある。だが、金庫はおそらくその可能性がこの国の金融機関で一番低い」

良太は黙ったまま神宮を見詰めた。

「何故だか分かるか？」

考えてみたが……分からない。

産中は収益機会も業務の展開力も他の銀行に劣っている。決して強い金融機関とは言えない。

「城山、金庫がこの国の銀行の中で唯一無二の存在であるのは……たった一つの理由で、だ。それが分かっていないといけない」

まだ良太には分からない。

その時、聞き慣れない言葉が神宮の口をついて出た。

「メンバーシップバンクだ」

「メンバーシップバンク？」

神宮はゆっくりと頷いた。

「系統金融、農共という存在。それはメンバーシップで構成されている。つまり、金庫はメンバーのための銀行であってメンバーにとっては特別な存在だ」

良太はそれは分かっていますと言った。

「でもそのことと倒産しないことはどう繋がっているんですか？」

神宮はニヤリと笑った。

「城山、銀行はどうやったらつぶれるか分かるか？　それは一般の企業も同じだ」

良太は考えた。

つぶれる……倒産と呟《つぶや》くと大阪支店の前島化成のことが思い出される。

（あれはメイン・バンクだったＣＫＢが融資をしないと言って……資金繰りがつかなくなって、つぶれかけたんだ）

良太は小さな声で言った。

「結局、金繰りですね」

神宮は頷いた。

「戦前の昭和恐慌の時のことは日本史で知ってるな？」

その話を深山さんとしましたと良太は答えた。

「あの時、銀行がバタバタ倒れたのは、全て取り付けだ」

取り付け……預金者が一斉に預金を下ろしに銀行に押し掛けることだ。

「今でもどんな銀行であっても、取り付けにあって資金流出が止まらなかったらつぶれる。どんな存在であっても金は血液だ。銀行はその血液を扱っている存在だが、それが一気に抜ければ死ぬ。そして、どれほど瀕死《ひんし》の状態であっても金さえあれば、資金さえあれば生きることは出来る。それが経済だ」

その神宮の言葉はズンと良太に響いた。

良太は訊《たず》ねた。

「さっきの話ですが、金庫が最後まで残る銀行というのは、取り付けにはあわないということですか？」

神宮は頷《うなず》いた。

「それがメンバーシップバンクの強みだ。農共の金は絶対に抜けない。運命共同体だと全ての農共の組合員が思っている。だから金庫は強い。だがそれに気がついている人間は少ない」

そこで神宮は不敵な笑みを浮かべた。

「金庫が巨大なヘッジファンドだと理解しているのは少数だが、今俺が言ったメンバーシップバンクとしての強みを理解しているのも少数だ。だがな、城山。きっとこのことは何年か先に分かる筈《はず》だ」

良太はそれに対して訊ねた。

「金融自由化の先には必ずリターンの裏返しのリスクが顕在化するということですか？」

「その通りだ」

良太は思い出した。

農共での光景だ。

『運動週間』での新規の貯金獲得一人一千万円のノルマを僅《わず》か一日で全員が達成したことを思い出した。

（あれだけの力を運命共同体が持っている）

神宮は良太の肩を叩《たた》いて言った。

「いいか城山。しっかりと頭に叩き込んでおけ。これからの時代、金庫は途《と》轍《てつ》もなく大きく強い存在になる。今はまだ限界金融機関などと揶揄《やゆ》されているが必ずなる。規制緩和・自由化の中で金融産業はでかくなる。その中でも金庫は特別でかくなる。俺がそうする」

神宮は真剣な面持ちだった。

良太は訊ねた。

「でも、金融が大きくなればリスクも大きくなるということですよね。リスク・リターンは裏表一体ということで？」

あぁと神宮は言った。

「おそらく近い将来、この国で戦前と同じような金融危機は来る。銀行は高転びに転ぶことになるだろう」

良太は驚いた。

「本当ですか？」

神宮は頷いた。

「そしてその時こそ……金庫が日本最強の金融機関になる時だ」

良太は神宮が冗談を言っているのだと思った。

◇

良太の毎日は朝一の商品の仕入れから始まる。それは短資会社との電話から始まるのだ。短資会社とは日銀と銀行との資金のやり取りを仲介する業者で譲渡性預金では銀行と産中の間を取り持つのが仕事だ。

「長信銀のＡから三ヶ月もの６．５％で３００億、Ｂからは６．５５％で２００億……」

「都市銀行のＸから６．６％で１００億、Ｙから６．５５％で２００億……」

それを聞いてから仕入れを決めていくのだ。

各々の銀行へ直接電話を掛けて取引することもある。取引が成立すると券面を伝える。

１００億を買った場合、10億で５枚、５億で８枚、１億で10枚など産中が切り売りする場合に都合の良い形にするのだ。

魚を一匹買って刺身用にして貰《もら》ったり、焼き魚用に切り分けて貰ったりするのと同じだ。

そして次は営業部から掛ってくる電話への応対になる。

それは班のメンバー全員で当る。

「Ｎ自動車から、二〇日スタート二九日エンドで３００億」

「Ｔ建設、一八日から二五日エンドで50億」

「Ｍ商船、二六日から二九日エンド、１００億」

良太の一年後輩の古田によってそれらがホワイトボードに記入されていく。

「Ｎ自動車は前回ダメだったんだよな？」

良太の質問に古田がそうですと答える。

「代理？　どうします？　今回はサービスレートで取りに行きますか？」

良太が神宮に訊ねる。

「いや、自動車には無理するな。都市銀行はどうしても無理をしてレート出しをするからな。付き合う必要はない」

「分かりました。じゃあ、N自動車は6．0%。T建設は5．8%、M商船は5．9%。これでいいですね？」

良太のレート出しに神宮は頷く。

そのレートを古田がボードに記入すると皆で営業部の担当者に折り返しの連絡をするのだ。直ぐにまた電話が返って来る。

「N自動車、M銀行が6．2%だそうです」

皆が苦笑いをする。

「サービスにもほどがあるな……」

そして次の電話を古田が取って言った。

「T建設、決まりました」

そしてまた直ぐに電話が入る。

「M商船も決まりました」

ボードに記されたそれぞれの会社、レートの名前の横に丸印が入れられる。N自動車のところは×でM銀行6．2と記される。

そうして十五分ほどすると営業部から正確な金額が連絡されてくる。

「T建設、四九億八千二二二万七八八八円」

「M商船、九九億九千三三九万四五五六円」

良太はそこから在庫を見ながらその数字に出来るだけ近い金額となるように券面を揃え

るのだ。

〝限界金融機関〟と揶揄されて来た産中の資金運用が日本を代表する企業にとってどれほど有難いものか良太には良く分かった。その日は全部で20件の運用の依頼があり、成約は18件。ほとんど産中が落としていることになる。証券三班の仕事は特別大きな利益を生むわけではない。だが、名だたる大企業とのビジネス関係で産中はそれまでのイメージを大きく変えて来ていた。

「金融の自由化あってのことだ」

神宮はそう言う。

「金融はこれからさらに変わっていく。俺たちの仕事はその手始めだ。こうやって自由に金利を決めて商売を行う。それに慣れていく。お前たちにとって大事なのは相場というもの、刻々と値段が動くものに慣れることだ。それが次に繋《つな》がる」

神宮は常に金融の未来を見ていた。

「良太は金庫らしくない」と言われたが、神宮ほど金庫らしくない人間もいない。いや、日本の金融全てを見回しても神宮のような人物はいないかもしれないと思った。

証券三班の仕事は着実に進んで行った。

そして、良太はこの国でどんな存在が金を持っているのかが分かっていく。そしてまた、この国の仕組みというものを知るのだった。

譲渡性預金とは読んで字のごとく譲渡が可能な預金だ。

譲渡は預金証書を公証人役場に持って行き確定日付を押印して貰って手続きがなされる。そのための必要書類を取引先まで営業部の担当者は取りに行くが、どうしても人手が無い場合には証券三班の人間がいくことがある。

「何でも勉強だ。城山、一度行ってこい」

そう言われて行ったのが資金証券部に来て初めて名前を知った公益法人だ。

F安定化基金……何十億も運用するので良太もその名前は知っているが一体なにをやっている存在かは分からない。

神宮に訊ねるとなんとも言えない笑みを浮かべた。

「某省の外郭団体だ。ある意味、補助金つまり我々の税金の管理団体で資金を一時的にプールしておく。その資金の運用益で某省から天下りした役人たちが食べられる仕組みなんだよ」

良太は驚いた。

「まぁ、一度判子を貰いに行って来いよ。その実態が良く分かる」

そうして良太は麴町《こうじまち》にあるビルに出掛けた。

そこは瀟洒《しょうしゃ》なマンションのような造りのビルで聞いたことのない基金やら協会が入居する雑居ビルだった。

「ここか……」

玄関のドアを開けるとパーティションの前に内線電話が置いてある。

――御用の方はこちらで――

電話を取ると男性が出た。

「産中さん？　どうぞお入りください」

そうして奥の部屋の方へ良太は入っていった。

「！」

だだっ広い応接間のようなそこには大きな机が三つ離れて置いてありそこには三人の初老の男性が座っていた。いや、正確には座って新聞を読んでいた。

三人とも良太には一瞥《いちべつ》もくれずただ新聞に目を落としている。

直ぐに別室から実務を担当する中年の実直そうな男性が現れた。良太が必要書類を渡すとどうぞそちらにお掛けになってお待ち下さいと応接の椅子を促された。良太は座って書類が押印されるのを待った。

「…………」

生まれて初めての奇妙な沈黙の空間に良太はいた。

恰幅《かっぷく》の良い、いかにも高級官僚といった雰囲気の三人はただ新聞を読んでいる。

良太の耳に聴こえるのは新聞の頁をめくる音だけだ。

（これが高級官僚の退職後の天下り先の生活ということか……）

そう思っていると男性が戻って来た。そしてその部屋で一番大きな机に座っている人物に印鑑を押して貰うように書類を差し出した。

「ん……」

元高級官僚とおぼしき男が鷹揚《おうよう》な態度で書類に印鑑を押していく。

(なるほど、これだけが仕事なんだな)

そうして良太は全ての書類を受取ると産中に戻った。

「見てきました」

神宮にF安定化基金での様子を話した。

「城山。あそこで座って新聞を読んでいた連中の年収はどれくらいだと思う?」

良太には見当もつかない。

「まぁ、あんな仕事でもかつて高級官僚だとしたら……五、六百万は貰ってるんですか?」

神宮は笑った。

「二千万から三千万だ」

良太は言葉が出てこない。

「あれで? あんな仕事で?」

ただただ唖然《あぜん》とする。

「それで三年であそこを退職になる。その時の退職金が五千万くらいだ」

嘘でしょう……良太は思わず呟《つぶや》いた。

「それがこの国の仕組みだ。我々の税金が補助金という名前に変わって動く。その動きの隙間で金を儲《もう》ける仕組みを作って、それに官僚たちが上手《うま》く乗っかる。この国はそういう風に出来ているんだ」

良いものを見ただろうと神宮は付け加えた。

「この国では高級官僚になって出世するのが一番のカネ儲けということなんですね」

「その通りだ。F安定化基金は氷山の一角。だがな、城山。我々だってそれを嗤《わら》えないんだぞ」

良太は怪訝《けげん》な表情になった。

「どういうことですか？」

「農共の金、つまり金庫の金の一定部分は補助金だという現実だよ」

アッと良太は思った。

「減反政策やコメの価格の安定のためにもの凄《すご》い金額が補助金として出ているんだ。それを忘れるなよ」

良太はその言葉に思考回路が止まるように思った。自分たちが拠《よ》って立つものがF安定化基金と同類とは思いたくない。

淡路島で流した汗、あの夏の汗は違うものから流れていたと思った。

「朝の四時半に起きて牛の世話から始まり、日が暮れるまで稲の世話をし玉葱《たまねぎ》や白菜を育てる。その汗が莫大《ばくだい》な金を生んでいる。それが農共の金なんだ」

それを実感して来たと思っていた良太に〝税金・補助金〟は大きな違和感を持たせた。

神宮は言う。

「城山、農業や漁業、林業というのは安全保障でもある。自国の土地や山、海を守り自然環境を保護し食料自給率を高める。その為に税金が投入されることは理に適《かな》っていると考えなければならない。欧州各国など日本より遥《はる》かに大きな補助金を農業につけている。大きな枠組みで現実を、我々を取り巻く現実を見るんだ」

良太は〝現実〟という言葉を呟いていた。

◇

資金証券部に来て初めての夏休みも終り九月に入った。

良太は神宮の下で経済というものへの関心を高め視野を広げようとしていた。

その頃世界金融は大きく動こうとしていた。

米国にレーガン政権が誕生して以来、『強いアメリカ・強いドル』政策が採られ、ＦＲＢ（米国連邦準備制度理事会）による対インフレ高金利政策で世界中の資金が米国に流れ込み、ドル高・円安トレンドが続いていた。

しかし、その影響で米国の貿易赤字は膨張、とりわけ対日赤字額は突出していた。加えて財政赤字の拡大も問題とされ市場では『強い米国』ではなく『赤字大国・脆弱《ぜいじゃく》なアメリカ』という認識が広がり為替相場も不安定な様相を見せていた。

一九八五年の二月以降ドル高修正が緩やかに続き相場が転換したように思われたが、八月半ばから再びドル高が加速、トレンドの転換は時期尚早と思われた。

「また言ってるよ」

良太が出勤すると古田が情報端末の画面を見ながら呟いた。

ドル高・円安ニュースの度に出る日銀総裁のコメントのことだった。

「為替《かわせ》には為替リスクがあることを市場関係者は認識して行動してほしい」

当たり前のことが馬鹿の一つ覚えのようにこの頃、繰り返されていた。しかし、その言葉が真の警句だったことを金融市場は思い知らされる。

一九八五年九月二十二日の日曜日。

ニューヨークのプラザホテルで日米英仏独の五ヵ国蔵相・中央銀行総裁による秘密会議が開かれた。そして大々的に声明文が発表される。『プラザ合意』と呼ばれるものだった。

G5が一致団結してドル高是正で合意、ドル売りの協調介入に踏み切ったのだった。

為替市場は完全に虚を衝《つ》かれた形になった。

二十日金曜の円ドル相場二四二円が翌営業日には十二円以上安い二三一円にまでなっていた。

為替市場では日銀の一手売り状態で石油会社など大口の実需買いを全て吸収した。

その日記録した歴史的な出来高の約三分の一が日銀というとてつもなく腰の据わった介入だった。

「凄い……」

良太たちも度肝を抜かれた。

金融当局が持つ力の恐ろしさをまざまざと見せつけられたのだ。

良太は大学のクラスメートの大手商社為替トレーダーに電話をした。

「これは二〇〇円から一八〇円を目指す相場だ！」

異様な興奮の中でそう言う。

しかし実際はそんな水準では収まらなかった。

「為替は大変だなぁ。それに比べると短期金利の世界は穏やかだなぁ」

ディーリングルームの為替ボードの激しい点滅を見ながら良太は思っていた。しかし、これがとんでもない認識違いだったのだ。

プラザ合意以降の急激な円高が日本経済を減速させるのは必至と考えられ、市場では金融当局は早晩金利低下に動き経済の下支えをすると考えられていた。その予想から国債が過熱気味ともいえるほど買われ長期金利は大幅に低下していた。

良太たちが扱う短期のオープン金利も同様に低下傾向を見せ誰もが今の為替の動きは金利には好材料と考えていた。

プラザ合意からひと月ほど経った十月の夕方のことだった。

「？」

それはほんの一瞬の出来事に思えた。

良太が気がつくと資金証券部全体が異常なほど静まり返っている。驚いてフロアーを見回すと、みな通常通り作業をしたり電話をしたりしている。どうやら自分だけが「シーン」とした奇妙な感覚に陥ったようなのだ。

「………」

良太はその時、何故だか映画『史上最大の作戦』の一シーンが頭に浮かんだ。

第二次世界大戦のノルマンディー上陸作戦を描いた超大作の印象的な場面だ。

海岸に設置された監視塔からドイツ兵が霧のかかった海を双眼鏡で見ている。

「静かだ。何も見えない……」

そう呟いた次の瞬間に霧が晴れて海を埋め尽くす連合軍の大艦隊が現れるというものだ。

奇妙なこの感覚は一体何だろうと思うと同時に良太は嫌な予感を持った。

翌朝、良太はいつもより早めに出勤した。

「！」

神宮の席の電話が鳴った。

良太が取ると神宮が懇意にする通信社の経済記者だった。

良太が神宮はまだ出勤していないと告げると記者は驚くようなことを早口で言った。

「日銀が高め誘導をやる!!　神宮さんに伝えて下さい!!」

まさかと思った良太は電話を切ってから日銀から直接連絡を受ける資金課へ走った。

「別に、何も情報は入っていませんが……」

資金課の後輩はそう言う。

良太はちょうどそこへ出勤してきた証券二班、国債ディーリング（短期売買）セクションの部長代理、酒巻《さかまき》に記者の話を伝えた。

酒巻は一瞬あっけに取られたが少し考えてから鋭く目を光らせた。酒巻は直ぐチーム全員にそのことを伝え、市場での取引時間外であったが猛烈な勢いで債券を売り始めた。

「……」

情報の確認よりまず動く習性がなければ金融市場では勝てない。証券会社が提示するビット（買値）に片っ端から売りをぶつけていくディーリングチームの様子は壮観だった。

ようやく出勤してきた神宮に良太はそのことを報告した。

神宮は怪訝《けげん》な顔つきになって「城山、これだよ」と彼の作った金利のイメージ表を良太に改めて見せた。それは今後の公定歩合引き下げまでをシミュレーションしたものだった。後にその予測は一〇〇%的中する。

しかし、今は逆だ。

神宮も独特の感性でそれを認識した。

「そこまでして日銀はドルを下げたいのか！　よし、城山。飛ばせるだけ飛ばせ!!」

そう指示を出すと証券三班全員が電話にしがみついた。持っている在庫を出来る限り多く長く飛ばすことだ。

「大バーゲンセールです！」

そう言って営業部の担当者に顧客企業への連絡を入れさせていく。今の在庫は持っているだけで大損になってしまう。

金利は暴騰した。

さっきは「何も情報は入っていませんが」と言った資金課の後輩が信じられないレートを叫び続けている。一ヶ月手形レートが前日の6．6％から7．3％に引き上げられ、オープン金利である譲渡性預金のレートも同様の急騰を見せた。国債価格は暴落、指標銘柄の六八回債が前日比0．7％の利回り上昇となる6．2％まで売られるなど完全なパニック状態に陥っていった。

良太たちは記者の電話のお陰で市場の認知より二十分近く早く動けた。

それでも在庫の半分は残った。

大きな損失は免れない。

「……やられた」

その気持ちは大きかった。

金融当局とはここまで徹底してやるものなのかという恐ろしさと、一体どこまでやるのかという先の見えなさで無力感に苛《さいな》まれた。

そして良太は神宮の憔悴《しょうすい》の表情を初めて見せられる。

「甘かったか……」

そう呟《つぶや》く天才、神宮も改めて市場の恐ろしさを感じていたのだ。

週末、良太は青山《あおやま》通りを歩いていた。

気晴らしに買い物をしようと思ったのだ。

キラー通りを千駄《せんだ》ヶ谷《や》方向に向かうと人気のDC（デザイナーズ・アンド・キャラクター）ブランド『バルビッシュ』のブティックがある。

「！」

ウインドウにカッコいい新作のスタジャンが飾ってあった。胸に来年を示す〝一九八六〟のエンブレムが貼られている。

良太はそれを買った。

袖《そで》を通すと何だか気分が良くなりやる気が湧いてきた。気分が大事な良太だ。気分が世界を変える。そしてそのスタジャンを着ることで悔しい気持ちを〝高め誘導〟という言葉と共に忘れないようにしようと決心した。

良太が金融市場でプロとして生きていこうとする意識を持った瞬間だった。

マネーマーケットという戦場で戦い続けるには負けた体験を知見とエネルギーに変える資質を持っていないといけない。

その後、日銀は為替《かわせ》相場でのドルの下げトレンドを見極めると金融政策を百八十度転換させた。神宮が予想していた通り短期金利は急速に低下に向かい翌年には公定歩合の引き下げが実施され長い金融緩和時代に入っていく。

　これが『バブル』を創り出し、日本経済はとんでもない花見酒に酔うことになるのだった。

第三章　相場と博打

一九八六年一月、良太は部内異動で証券二班に移った。

「城山、相場の見方を超短期売買のディーリングから体得してみろ。そして、お前の相場での本性が分かるのもディーリングだ」

神宮はそう言って良太を送り出した。

物理的には隣の島に移っただけだが、これまでの仕事とは天と地ほどの違いがある。

証券二班、債券ディーリングチーム。

国債を中心に債券の超短期売買で鞘《さや》を稼ぐセクションだ。「切った張った」の相場の世界に良太は入ったということだ。

秒単位で判断が迫られ一日に千万から億円単位の儲《もう》けも損も生んでしまう。

チームは部長代理の酒巻以下六人で良太の同期の伊沢《いざわ》がいる。慶應出身で東京育ち、どこかおっとりした伊沢と良太は新人研修の時から馬が合い、よく一緒に飲んでいた。

良太を欲しがったのは酒巻だった。

「あいつを俺に預けろ」

酒巻は神宮から半ば強引に良太を取った。

あの日銀による高め誘導の時、良太から逸早《いちはや》く情報を得たお陰で酒巻のチームはあの日、数十億の儲けを得ていた。

「あいつは何か持っている。だから欲しい」

神宮の一年先輩に当る酒巻はそう言って神宮を納得させチームに引き入れたのだ。

良太は国債先物を担当することになり初日から三十億のポジション(持ち高)を与えられ日計り商い(一日に何度売買をしても構わないが持ち高はその日のうちに閉じないといけない)を行うことになった。

日本国債先物市場……それは東京証券取引所の中にある『板』の上に立つ。

才取り会員と呼ばれる取引所の社員が証券会社や銀行からの注文を電話で受けると『板』に伝えられる。一銭刻みの売買注文が『板』上に振り分け書き込まれ執行毎に瞬時に書き換えられてゆく。

良太はその状況を電話で聞いて伝えると同時に産中の注文を東証に伝える『場電』という役割を与えられている。電話の向こうから聞こえてくる『板』の状況をチームの全員に伝えると共に自分も〃相場を張る〃のだ。

良太には運が備わっている。良太の相場人生、その運が分かることになるディーリング初日が始まった。

朝八時五十分、取引開始十分前に東証とのホットラインが鳴った。

「もしも！」

才取り会員の声が聞こえる。相場の電話は「もしもし」などと悠長ではない。

寄り付きまでの板状況を逐一書き込み、ディーリングルーム中に聴こえるよう良太は大声で読み上げながら『板』の書き込みを続ける。部内の何人もが良太の後ろに立ってそれを覗《のぞ》き込む。

午前九時、市場が開いた。

落ち着いた寄り付きだった。良太は電話に集中して誰がいくらで売買しているか素早く書き込む。

そして、どこで相場に入るかを探った。

寄り付きから十数分たった頃だった。

電話の向こうの雰囲気が一変し、怒号の重なりのようなものが聞こえてくる。

「もしも！　どうなったの？」

「凄《すご》いよ！　なんだかわからないけど一斉に買いだよ。今、五百（億円）の買い気配だよ！　どうする？」

良太は頭が真っ白になった。

そして反射的に叫んだ。

「買い！　三十買い！　買って下さい！」

すると前に座っている現物国債担当の伊沢が間髪を容《い》れず言い放った。

「逆ッ!!　城山！　売りだよ。売りッ!!」

良太は慌てて電話に向かって言った。

「すっ、すいません！　訂正ッ！　売りです、売り。売り三十！」

「エッ？　売り？　売るのね？（大声で）三十買い取消しぃ！　ドテン、三十売りッ！」

そこから十数秒の間があった。

「………」

才取りからの返事が来るまでが何時間にも感じられた。

「間に合ったよぉ。三十売れたよ。そしたら、今逆に売り気配だよ。激しい激しいィ。でも、良かったねェ」

「はぁ……」

何が起こったのか分からないまま良太の相場人生は始まった。そして、何と良太が売ったところがその日のすっ天井になったのだ。

良太はそれを底値近くで買い戻す。

その他の売買も加えてディーリング初日、良太は二千万円の利益をあげる。

場が引けて次長に報告した。

「上手いネェ。相場に向いてんじゃないのぉ」

何ともいえない笑みを浮べてそう言う。

「…………」

何のことはない。間一髪のところを同期の伊沢に助けられて真逆のポジションで放ったラッキーパンチだったのだ。だがこのラッキーなスタートは妙な自信を良太に与え、その後は面白いように相場に乗っていけるようになっていく。ディーリング中、伊沢が良太の売買に口を挟むことはそれ以降ただの一度も無かった。

「伊沢の言葉がなかったら俺は大損していた。最初で躓《つまず》いて相場に向いていないと思い込んだに違いない……」

それだけに初日の伊沢の行動は重く、あれが無かったらと……良太は同期に心から感謝した。それから直ぐ部内の異動で伊沢は別セクションに移る。まるでディーラーとしての良太を取りあげる助産師としてあの時あの場にいたようなものだ。後々までも良太はそう思うのだった。それこそが良太の運、相場に選ばれたものだけに備わる運だった。

そして二ヶ月後には良太は一ディーラーで最大となる三百億円のポジションを与えられるようになっていた。

ディーラーとしての生活は異常な緊張の連続になる。勝った時の高揚感と負けた時の憔《しょう》悴《すい》が毎日交互にやってくる。相場に乗った興奮でアドレナリンが身体中を駆け巡ったと思った次の瞬間、心臓が止まるほどの衝撃で一気に凍りついたりする。ディーリング中の人間の生体反応を定量的に測定すればとんでもない状態にあることが分かるだろうなと良太は思った。事実、部長代理の酒巻はまだ四十歳を過ぎたところだったが最高血圧が二百二十もあり降圧剤を常用していた。

良太は毎朝、池袋西口の牛丼屋で牛丼の大盛を食べてから出勤した。独身寮のパンの朝食では足りないのだ。腹がしっかり収まっていないと朝一番の売買がコンマ何秒か「遅れた！」と感じることが何度かあったからだ。

その〝遅れ〟は一日の売買を台無しにする。

煙草は一日に二箱半。前場一箱、後場一箱。

メリハリのある仕事だから残業は無く早く帰れる。

そうすると気分転換が重要になった。

独身寮の部屋で一人〝やられた〟気持ちを引き摺《ず》ると泥沼の精神状態になってしまうからだ。そこで良太が考え出した気分転換は極めて効果的で安上がりな方法だった。

それは毎日必ずテレビドラマを観るというものだった。夜九時とか十時に始まる一時間ものの連続ドラマを欠かさず見る。映像好きの良太にそれは極めて効果的だった。

他愛もない話の筋書きをベッドに寝っ転がりながら観るだけでその日の結果は忘れることが出来た。眠れないということが一切無かったのはこの方法のお陰だったと良太は思った。

兎《と》にも角にも相場の世界はまともではない。そして、相場の世界は甘くもない。

良太は本当の〝やられ〟を経験することになる。

十二月初日のその日。前場は強い基調で引け、後場が始まった。

「今日は強気の買いで続ける！」

良太は自信を持って三百億円のポジション目いっぱいまで買い上げた。

「エッ？」

情報端末を見た良太は目を疑った。

日銀の引き締め観測ニュースが流れている。

「………」

一瞬で相場は暗転、売り一色となってしまう。

「嘘だろ……」

良太は凍りついた。

売ろうにも動きは取れずただ債券価格を示すボードの〝ウ〟（売り気配）の文字を眺めるだけだ。

「お、俺のポジションは買いマックスの三百億なんだぞ……」

気配値は時間が経つほど切り下がり分刻みで数千万円の損が生まれ十分ほどでその額は億を超えた。

良太は次第に現実感を失っていく。

ディーリングルームは真夏の寺の庭のように静まり返っている。

「…………」

どの位時間が経っただろうか……。

「ザクッ！」と大きな音がして良太は驚いた。

(何だ？)

誰かが書類の束でも落としたのかと思い、周りを見回したが何も起こっていない。

「？」

だが次の瞬間、頭から肩にかけて氷水を浴びせられたようになって一気に冷たくなっていく。そして次には肩から背中にかけて……。

(な、何なんだ……これは？)

良太に聞こえたのは自分の血の気が引いてゆく音だったのだ。

その日一日で良太は三億円の損を出した。

産中の決算規模は経常利益で三百億弱、一人のディーラーの損として許容される額では無かった。

翌日の朝、次長と酒巻に別室に呼ばれた。

クビだな……と思っていたら酒巻から意外なことを告げられた。

「今月ここから先物で十億の黒にしてくれないか。そうしてもらえるとウチの決算が楽になる」

既に損が三億あるから……月中ここから十三億以上稼げということだ。

「！」

気が晴れる。とはこのことだった。

引導を渡されると思っていた良太は酒巻の言葉で火がついた。

「思いきって行こう！」

そう腹を括《くく》り相場に向かった。

良太を奈落《ならく》の底に突き落とした金利高め誘導観測は結局、口先介入のようなもので終っていた。相場の基調は強いと感じている。

「…………」

良太はそこからディーラーとして初めてゾーンに入った。

高速で回り続けながら静止している独楽《こま》のような研ぎ澄まされた状態になった。

シンと静まり返った自分だけの世界に入り、相場の動きの全てが感じられるのだ。

相場を張っているのに無心の状態で面白いように売りも買いも上手《うま》く行く。

「やった……」

十二月が終った時、要求された以上の利益をあげたのだ。良太はそれまでの人生で感じたことのない満足感に浸った。

◇

ディーラー生活は一年を過ぎた。

良太は今度は産中の新プロジェクトの準備として英会話学校へ三ヶ月間研修に出され、戻ると株式課に配属になった。

新プロジェクトとは外国株運用だった。

大蔵省から近々認可が下りる運びとなり、運用の準備を始めることになったのだった。

良太は半年間、株式課に籍を置いて日本株運用を実際に行った後、ロンドンとニューヨークに一年三ヶ月の研修にでることになった。

その良太を包む時代は大きく動いていた。

空前の好景気に沸いていたのだ。

日銀による超金融緩和政策によって株式市場は連日上昇を続けるようになっていた。

後に『バブル』と呼ばれるものだったが……それはNTT株上場から始まったという印象が良太には強い。

部内の先輩が二株持っていた。

「ベンツ買おうかなぁ♪　BMWにしようかなぁ♪」

値上りを見ながら歌うように言い笑いが止まらない様子を見せる。その先輩が良太が最初に見た株長者だった。ＮＴＴ株は時代の象徴になり株式市場は活況を続けた。

良太はまず一ヶ月の研修に大手証券の子会社、Ｄ投資顧問へ出された。

（なんだ？ 遊んでろということか？）

行ってみるとただ机が与えられるだけで誰も何も教えてくれない。理由は直ぐに分かった。誰も何もちゃんと教えられないのだ。

良太はそこで初めてファンドマネージャーと呼ばれる人間たちを見て呆《あき》れ驚く。

（博打《ばくち》じゃないか……）

ファンドマネージャーたちは考えも方針も何もなく場味（その場の値動き）だけで株の売買をしている。財務諸表や経済指標などのファンダメンタルズ分析など一切行わず、関心も持たず、ただただ値動きだけを追いかけているのだ。

（ひどいな。これは……）

日本の機関投資家による株式運用の実態を目の当たりにして啞然《あぜん》とした。

「カネを預けている客が見たらゾッとするだろうな」

だが良太は良《い》い反面教師を得たと思うようにした。そして自分が産中で神宮の下で勉強出来たことに感謝した。ファンダメンタルズ（経済の基礎的要因）の分析に基づいた切り口を持って運用を行う重要さを肝に銘じた。

良太は債券ディーリングの時でも大きなトレンド（相場の方向性）を理詰めで考えてから日々の相場のリズムを摑《つか》むようにしていた。

そんな良太は産中での外国株運用は徹底的にファンダメンタルズ分析に基づいたものにして売買判断のプロセスを理路整然としたものにしようと決心した。

だがそんな良太が産中に戻ってみると……。

（嘘だろ？）

産中の株式課で行われていることは自分が決意したことと正反対だったのだ。

株式課長はＮＴＴ、新日鉄、三菱重工、日本郵船の四銘柄で一日に何百億円もの回転売買を行っている。

「………」

良太は言葉も出ない。

（これが今という時代の現実か……）

日本株は歴史的上昇を続けていた。

そんな中で「相場は相場に訊《き》け」と相場に乗るのが最善だと……どんな金融機関でも大量売買できる銘柄を買い上げていく〝ディーリング相場〟が出来ていたのだ。

「鉄、二百万株買ったァ！　ＮＴＴ、三百株買ったァ！」

流動性の高い銘柄が一日五％、十％の値上りを見せることが珍しくない状況ではそれが正解に思える。

良太は運用の資金三十億円を与えられ早速自由に売買してよいということになった。

あらゆるものが上を向いていた。

『円高・株高・債券高のトリプル・メリット』

大手証券会社が考案したそのフレーズが呪文《じゅもん》のように市場を席捲《せっけん》していた。

買うから上がる。上がるから買う。

上昇気流に乗ることだけが今という時代の相場の正解だった。

ファンダメンタルズに基づく銘柄分析など意味のない話なのだ。欧米の株式投資で常套《じょうとう》となっている投資指標を使おうにも日本株には全く間尺が合わない。どんな物差しを当てても割高で説明がつかないのだ。割高だから上がりそれが超割高になる。それが今の相場だとされた。

株と同様に不動産の値上りも甚だしい。株価は地価との連動によって更に値上りするという説明が当然のようになされた。『ウォーターフロント』と呼ばれる大手証券会社の〝シナリオ営業〟がそれだった。

東京湾岸に工場や倉庫を持つ企業が値上りした土地の資産価値によって株価が評価された。工場は工場、倉庫は倉庫としてしか使えないのに、だ。フロー（収益）ではストック（株価）の水準は全く説明がつかない。だからストック（株）を別のストック（不動産）によって評価しようとする自己循環になっていたのだ。冷静に考えればおかしいのだが、株価の上昇の説明には何でもありだった。

「こうなったらしょうがない！」

良太もこの相場に乗るしかないと考えた。ディーリングの経験は十二分に積んでいる。

「今の相場の中ではファンダメンタルズなんて野暮なんだ。そんな相場なら短期売買に徹しよう。早く乗って早く稼いで早く降りよう」

気分は大事にする良太だ。時代の気分に合わせれば良いのだと気持ちを切り替え〝ディーリング相場〟に入った。

最初に買った株は大成建設だった。バブルによって不動産・建設の需要は拡大し止《とど》まる所を知らない勢いだ。「大きく成る」という名前が験が良い。加えて当時ゼロイチ銘柄は持て囃されていた。株式コードの末尾が〇一で終るそれは業種の代表企業ということだ。大成建設も一八〇一でそのひとつだ。

他にも新日鉄が五四〇一、東京電力は九五〇一、日本郵船が九一〇一、どの銘柄も流動性が高く大量売買が出来て値動きが良い。まさに〝ディーリング相場〟の代表となっていた。〝相場に乗った〟良太もそんな銘柄での回転売買を繰り返した。東京海上火災を二千百五十円で買って一週間後に二千六百円で売却したことや、東京電力を八千六百円で買って三日か四日後に九千百円で売却した。完全なディーリングだ。そんな売買で儲《もう》けて喜ぶ。世の中全てが熱に浮かされていたのだ。

『財テク』という言葉が生まれ一般の企業も株をやらないと乗り遅れるという風潮が出来上がっていた。証券会社はそんな風潮を囃すように連日、企業説明会やアナリスト講演会を一流ホテルの大宴会場で行った。コンパニオンが大勢いる豪華な立食パーティーまで付いていた。

良太も出掛けては楽しんだ。

「帝国ホテルのプリンは美味《おい》しい！」

寿司《すし》や天ぷら、ローストビーフをたらふく食べた後、コーヒーを飲みながらそう思った。

「良い時代だなぁ」

それが暗転する日がやってくる。

◇

一九八七年十月十九日の月曜日。

ニューヨーク株式市場は２２．６％の下落という史上最大の大暴落となった。

それは大恐慌のきっかけとなった一九二九年十月の大暴落『暗黒の木曜日』になぞらえ〝ブラック・マンデー〟と呼ばれた。

「う、嘘だろ……」

独身寮で目を覚まし、いつも通りに良太がテレビを点《つ》けると……どのチャンネルもこのニュース一色だ。

たった一日で二割以上の株式市場の大暴落などフィクションでもあり得ない話だ。

大慌てで支度をして良太が部屋を飛び出すと独身寮の玄関で顔色の変わった為替《かわせ》ディーラーの後輩と出くわした。

「核戦争勃発《ぼっぱつ》だな？」

良太は荒い息を吐きながらそう言った。

二人は池袋駅へ走った。

「世界はこれからどうなるんだ？」

信じられない大暴落だ。

走りながら起こるであろうことを考えようとしたが想像すら出来ない。

だが、ある言葉が脳裏に浮んだ。

「どんな時も思考を停止するな」

神宮の口癖だ。

市場がどんな状況になろうと、自分がどんな状況に陥ろうと、思考を止めてはならないという教えだ。

良太は懸命に考えてみた。

アメリカの金融情勢は不安定になっていた。

ポール・ボルカーからＦＲＢ議長に代わったアラン・グリーンスパンがドル安の行き過ぎ懸念を示し、金利の引き上げが直ぐに行われるのではないかとの見方が広がっていた。

米国株式市場はそれにより弱気に傾いていたことが大暴落の背景にはあったが……そこには新時代ならではの原因もあった。

コンピューターを使ったポートフォリオ・インシュアランスと呼ばれる先物のヘッジ売

り（現物株の値下がりを相殺するために株価指数先物を自動的に売ること）の加速的連鎖が大暴落の主役だとされた。コンピューターの命令する売りによって株価が下がり続けたニューヨーク市場は静かに……ただ静かに、人々が阿鼻《あび》叫喚の巷《ちまた》と化す中で大暴落していったという。

敵国からの核攻撃に対して自国のコンピューターが自動的に報復の核ミサイルを発射するシステムと同じことが……株式市場で起こったのだ。取り残された人間たちは恐怖に震えるしかない。

九時になり東京市場が開いた。

感じたことのない空気がディーリングルームを支配している。

「こんな風に……なるのか」

全てが無に還《かえ》ったようだ。

静けさだけが支配している。

株価ボードは何分経っても真っ暗なままだ。

「…………」

全銘柄〝売り気配〟のまま時間だけが過ぎてゆく。皆ただ漆黒のボードを見詰めるだけだ。

「思考停止してはならない」

その神宮も厳しい表情で黙っている。

誰も何も出来ずただ見守るしかなかった。

日経平均はその日、三千八百三十六円安（１４．９％下落）の二万千九百十円まで、史上最大の下げを演じる。

　これに対する金融当局の動きは迅速かつ強力だった。

「大恐慌の二の舞は絶対に避ける！」

　先進各国の中央銀行は金融市場へ徹底的な流動性供給を行った。

　実体経済はしっかりしている。

「マネー経済の変調はマネーで修復させる」

　株価に代表されるマネー経済、その暴落による変調を中央銀行は大量に紙幣を刷って供給することで修復させようと一斉に動いたのだ。それは特効薬となった。

　特に日本に強く効いた。

　日本の株式市場はブラック・マンデーの下げを半年で埋め、その後も上昇を続けた。

　その過程で〝ジャパン・アズ・ナンバーワン〟という言葉が世界を席巻していった。

　ブラック・マンデーの翌月、良太はロンドンに出発した。

　海外研修の始まりだった。

　ロンドンで三ヶ月、そしてニューヨークで一年の予定になっている。どちらも受け入れ先はＮ證券の現地法人だった。

宿泊先は産中ロンドン支店が用意してくれた。ベイカー街のそばの長期滞在者用アパートでハウス・キーピングのサービスがついている。高級住宅街の真ん中にあるそのアパートは一階がランボルギーニのショールームでカウンタックが二台飾ってある。

良太はその豪華さに英国は凄《すご》いと感じた。

だがそんな感慨を持ったのはその時だけだった。

「暗い街だなぁ」

冬に入ろうとするロンドンは曇天の続く気候だけでなくどこへ行っても沈んだ感じだ。

英国は慢性的な不況を脱せずにいた。

様々な経済改革を打ち出すサッチャー首相はその年の総選挙にも勝ち八年目に入っていたが……好景気の真っただ中の日本から来た良太にはロンドンの活気の無さは対照的だ。

アパートを出て最寄りのマーブル・アーチ駅から地下鉄に乗り、モニュメント駅で降りてN証券の現地法人を訪ねた。

通されたのは三〇㎡くらいの部屋で大きな会議用のテーブルが置いてあり日本人が十人ほどいた。全員が日本の企業や銀行から派遣された研修生で年齢はバラバラだった。

良太は案内をしてくれたN証券の研修担当の言葉に驚いた。

「城山さんは何して遊びますぅ？」

冗談だと思った。

しかし、それは真面目な質問だったのだ。

皆そこでずっと遊んでいるのだ。

日本の家族に延々と電話をする者、漫画本を読む者、官能小説の頁をめくっている者、あるいはブランド品やお土産を買いに出てゆく者……中には午前中からカジノに行って帰ってこない者もいた。

良太は電力会社から派遣された研修生から次の週末のネス湖への旅行を誘われた。

（呆《あき》れた……）

〝ジャパン・アズ・ナンバーワン〟の日本の余裕のなせる業だ。こんな事とは露知らず派遣している銀行や企業は堪《たま》ったものではないなと良太は思った。一人当たり数千万円のコストをかけて送り出しているのだから……。

良太は思った。

「真面目にやるのはニューヨークに行ってからにしよう」

そう決めて遊んだのだ。

だが良太の相場人生において大きな自信となる自分の能力にロンドンでの〝遊び〟の時に気づいた。

それは賭博《とばく》場で、だった。

チャイナ・タウンにある場末の安カジノで大勢の華僑《かきょう》に交じって延々とルーレットに興じていた時のことだった。

「ん？」

一時間ほどルーレットの目を見ているとあることを自分が掴《つか》んでいるのに良太は気がついた。それは相場にもある〝流れ〟というものだ。ゲームの〝流れ〟を相場と同じように自分が掴んでいることに気がついた。ギャンブルの中にも相場と同じリズムがあることが分かったのだ。

「城山、お前には相場の才能が備わっている」

神宮もそう言ったし債券ディーリングの時の上司の酒巻も異口同音に語った。

「それを磨くと良《い》い。それに経験と知識、理論を重ねていけば、お前は相場師になれる」

良太にもそれはなんとなく分かっていた。

大きな金利の方向性や株式市場の〝流れ〟が分かるのだ。それは波のような、リズムのようなものだ。それをルーレットからも知ったのだ。〝0〟や〝00〟が来るタイミングが分かる。その時にコインを張って大きく儲《もう》けられた。

「俺はリズムを掴む能力がある」

それは相場の世界で生きる者の絶対音感のようなものだ。リズムを測り、どこで大きく勝負をするか。そのタイミングを掴むことが出来るのだ。どんな現象の中にも〝流れ〟を掴む事の出来る自分の才能を知ったことは収穫だった。

そうしてロンドンでの三ヶ月は過ぎた。

良太には次にニューヨークでの一年が待っている。

研修生たちは相変わらず遊んでばかりいる。ロンドンの町は大勢の日本人観光客で溢《あふ》れブランド品のブティックには連日長い列が出来ている。それを見て、そして我が身が過ごした三ヶ月を振り返って思った。

「これでいいのか？　これが日本の、日本人の姿で……」

良太は危うさを感じた。

何だかよく分からないが、この浮ついたものが日本のあり方だとしたら……高転びに転ぶのではないかと思える。

「考え過ぎだな。日本が本当に豊かになった。まだそれに慣れていないだけ。俺もそんな慣れていない一人にすぎないんだ」

そう思い直してニューヨークへ向かった。

ニューヨークに着いてマンハッタン・四十二丁目にある高級ホテル、グランド・ハイアットに入った。

「マンハッタンは治安が悪いので、高いですが安全で交通の便が良いホテルを用意します」

東京の人事部研修課からはそう言われていた。

そうしてまず住居探しが始まった。二週間かかったが最高の場所を見つけた。

アッパーイーストサイド、七十二丁目のヨークアベニューとイースト・リバーの間にある新築のコンドミニアムだ。プールとジム、スカッシュコートが備えられている。

五〇㎡の広さのスツーディオ（日本のワンルーム）の部屋に決めた。通りを挟んだ向こうにはオークション会社のサザビーズ本社が見える。家具はレンタルし生活必需品は高級デパートのブルーミングデールズで揃えた。レシートを人事部研修課に送ったら国際電話でやんわりと言われた。

「今度だけは大目に見ますけれど……ラルフ・ローレンのベッド・カバーやシーツはもう止めて下さいね」

そしてグランド・ハイアットを去る時にも自分の今を認識させられた。

「このホテルに二週間もいた人を初めて見たわ！」

会計のブロンドの女性が目を丸くしたのだ。

ホテルで飲む搾りたてのオレンジ・ジュースの格別な美味《おい》しさは名残惜しいな……と思いながらチェック・アウトした。

〝ジャパン・アズ・ナンバーワン〟

その日本からやって来た金融マンの良太は贅沢《ぜいたく》を満喫した。アパートからN証券の現地法人があるウォール・ストリートまで乗り合いのタクシーを利用する。七十二丁目の角に四人集まれば一人三ドル五十セントの定額で乗せてくれる。ＦＤＲ（フランクリン・ルーズベルト大統領の頭文字）と名付けられたイースト・リバー沿いのハイウェーを走り、快適で速く安全だ。

N証券米国法人での研修生の受け入れ態勢もロンドンのそれと同じで皆遊んでいる。さすがに今度の一年は遊ぶわけに行かない。

様々な部門を一通り紹介された後、米国株アナリストチームでアシスタントの仕事をさせて貰《もら》うことにした。日本株と違い米国株運用の基礎は企業分析だ。これでじっくり米国企業の分析が出来る。

良太にとって真の意味での勉強の時間がニューヨークで始まった。

◇

良太は米国人アナリストのジェフ・ファッジについて企業分析をおこなった。

ファッジは良太の一つ年上、父親の仕事の関係で東京で育ち日本語が堪能《たんのう》だった。ファッジと共に米国を代表する小売業のＫマートやウォルマートの本社を訪れた。

日本であれば東京だけで上場企業の殆《ほとん》どをカバー出来るがアメリカはそうは行かない。ウォルマートなどディープサウスのアーカンソー州に本社がある。

ニューヨーク・ラガーディア空港を発《た》ってダラス・フォートワース空港で乗り継ぎ、アーカンソーまで飛ぶのは一大旅行だ。

「百聞は一見に如《し》かず……だな」

良太はそう思った。

株式運用での会社訪問の重要性を知ったからだ。本社を訪れるとその会社の本質に触れることが出来る。

まず従業員のモラルが分かる。

一事が万事だということが分かるのだ。

ウォルマートは急成長を続ける企業でディスカウント・ストアーや会員制の卸売り店などを運営し全米に展開していた。創業者のサム・ウォルトンは立志伝中の人物で世界一の金持ちとされていたがウールのワーク・シャツを着てピックアップ・トラックを運転して出社していた。

本社の玄関には紙の山が陳列されていて良太はこれは何かと説明書きを覗《のぞ》き込んだ。

「本社では先月一ヶ月でこれだけの量の紙を節約しました」

そう書かれている。

その隣にスローガンが貼ってあった。

「第一条・お客様は常に正しい。第二条・お客様の要求に疑問を感じたら第一条に戻れ」

良太は笑った。

そして『返品に応じた商品例』として陳列品を入れた大きなショーケースが目についた。中には……明らかに故意に叩《たた》き折られたテニス・ラケットやウォルマートが創業する前に廃番になった品物など……常識では返品に応じるなど考えられないものばかりだ。そこに強烈な〝顧客本位〟という会社の主張がある。良太はそんな米国企業のビジネス・アピールの徹底ぶりに衝撃を受けた。投資家担当の説明も堂に入ったものであらゆる質問に的確な答えが返ってくる。

「なるほど、伸びる会社は違うな」

そう強く思わせる内容だったからだ。

後日、同業でライバル会社のKマートを訪ねたときウォルマートとは逆の冴《さ》えない印象を受ける。それは株価も表していた。

良太に研修中、重要な武器になったのが日本から持っていった携帯型ワープロだった。感熱式プリンターが内蔵されている。

ITという言葉が認知され始めていたが、ワープロを使いこなせる人間は少なかった。良太は様々なレポートをワープロで作成し綺麗《きれい》に装丁して東京に送った。それが評判になって良太への評価が本店内で上がっていると人づてに聞き嬉《うれ》しくなった。形とは大事なものだと思った。

必要は発明の母。良太はひどい悪筆で手書きの文章は自分でも読む気がしない。それがワープロを買った理由だったのだ。組織内部へのレポートは内容よりも早さと体裁が重要だ。そのことを良太は身をもって知った。

良太の研修は続いた。

研修はN證券だけに限らない。日本最大級の機関投資家から来ている研修生だ。名だたる米国の運用会社から様々な誘いを受けた。

独立系運用会社最大のFもそのひとつだった。ボストンの本社で二日間業務を見せてもらった。良太がそこで知ったのは〝投資家〟という立場の圧倒的な強さだ。

毎日五社前後の企業トップがFを訪れ会社の説明を行っていた。

「好きなのに出ていいよ」

良太はエクストラ・コープという中堅の貨車リース業の社長とのミーティングに出た。驚いたのはそこに参加するFの社員たちの態度だ。皆まだ若いのに偉そうな態度で社長に質問をする。途中からコーラの缶を片手に入ってくる者もいれば面白くないと思うとさっさと出て行く者もいる。日本では考えられない礼を失したあり方だ。Fに就職出来るのはトップ・ビジネス・スクール卒業生のほんの一握りしか叶《かな》わないと聞いていたから相当なエリートには違いない。しかし、あまりの傲岸不遜《ごうがんふそん》な態度に良太は驚いた。もっと驚いたのはそんな態度の若い連中に怒りもせず淡々とユーモアさえ交えて懸命に説明を続ける企業側の態度だった。

「なるほどこれが投資家と株を発行している企業との力関係なのだな」

　そう理解した。

〝投資家〟としての産中の存在価値を知る出来事は米国を代表する企業のひとつモンサントへの会社訪問だった。モンサント日本法人を通じてアポを申し込んだのだが送られてきたレジュメを見て驚いた。

　朝八時半のIR（投資家担当）によるキックオフに始まり、それ以降は一時間毎に、主要三部門である、化学部門、農薬部門、バイオ部門のトップとのミーティング、そしてランチは社長のハービソン氏と一緒に、と予定されていたのだ。

それを知った産中のニューヨーク支店長がクレームをつけて来た。

「何でお前みたいなチンピラに有名企業の社長が会うんだ？　俺も一緒に行く！」

そう言い出し同行することになった。

良太は怪訝《けげん》な表情をした。

（この人、英語出来ないんじゃなかったっけ？）

良太は支店の人間からそう聞いていたのだ。

セントルイスにあるモンサント本社で予定通りに全てのスケジュールは進んだ。社長とのランチも話題に富み楽しいものだった。ソニーの盛田《もりた》昭夫《あきお》氏や新日鉄の斎藤英《さいとうえい》四郎《しろう》氏らと親しくその人となりを高く評価しているなどの言葉が印象に残った。アメリカでは上に行けば行くほど人材は優秀になってゆくということがこのときに理解できた。ハービソン氏の各事業部門への洞察と将来展望の描き方には唸《うな》らされたからだ。

午後はバイオ研究施設の見学まで用意されていて全てが終了すると夕方になっていた。

「いやぁ、朝からずっと英語で疲れるな」

そう支店長が言った。

彼は挨拶《あいさつ》の時以外、ミーティングやランチでは殆ど口を開いていない。

良太はさすがにムッとした。

「支店長、ここはアメリカですよ」

笑顔を作りそう言った。英語が出来なくても金融機関のニューヨーク支店長を務められるのが〝ジャパン・アズ・ナンバーワン〟だ。

そうしてアメリカでの研修の時間は過ぎて行った。

良太が米国滞在を終えようとする頃、日本で大きな変化が起きた。

昭和天皇崩御を良太はCBS・イブニングニュースでダン・ラザーの口から知らされた。

「昭和が終った」

良太にとっての昭和は戦後の高度成長期から今に至る〝豊かさ〟実感の時代だった。

一年の研修でアメリカという国を自分の目で見てその〝豊かさ〟の深さ広さは桁違《けたちが》いだと感じ、米国人が更に〝豊かさ〟を求める貪欲《どんよく》さ、変化を厭《いと》わず成長を目指す企業や金融、経済のあり方に深い感銘を受けた。

「ジャパン・アズ・ナンバーワンなどと浮かれていると……あっと言う間に足をすくわれてしまうんじゃないか？」

今、世界の株式時価総額のトップ10のうち七社は日本企業だ。だが昭和の終焉《しゅうえん》は良太の心に暗い雲を広げた。それは良太が持つ〝流れ〟を摑《つか》む感性とアメリカ経済のマクロとミクロに実際に触れた認識から来ていた。

「アメリカに駐在した経験があった山本五十《やまもといそ》六《ろく》がそのアメリカとの戦争を考えた時もこんな感じだったのかな……」

そう良太は思うのだった。

一九八九年二月。

米国での研修を終え東京に戻った良太は、研修の報告を行い、今後の米国株式運用への取り組みを『米国株式市場の見方』と題するレポートに仕上げて発表した。

その前文を良太は次のように書いた。

「米国株式市場に対する私なりの見方をまとめるにあたって、まず基本的な株式投資の潮流となっている考え方を紹介し日本におけるそれとの違いを明らかにしながら、Prediction（予測）の組み立て方を探っていきたいと思う。

海外における株式投資は日本国内のそれとは『似て非なるもの』と考えてかからないと大きな間違いを犯すからだ。

特に米国においては、この国独特の投資尺度 Fair Value（適正価格）の考え方が機関投資家の間に支配的で、マーケット＝株価である Market Oriented Investment を凌駕《りょうが》していると考えてもらってよい。そして、アナリストによる利益予想がそれを支えておりアナリストの意見が株価に大きな影響力を持つ。

その点を無視して株価のモメンタムやチャートだけで判断して投資を続けてゆくと昨年の大暴落（ブラック・マンデーのこと）で壊滅的な打撃を被った日本の機関投資家の二の舞になると考えてよいだろう。

米国においては、株式市場は efficient であると考えられていること（本当に効率的市場かどうかは疑問があるが、そう考えられているという事実、そう考えて投資を行っているものが大部分であるという事実）が大切なのである。

我々も米国株で長きに亘《わた》って投資を成功させていこうと考えればこの点を無視することは出来ない。

戦後ずっと右肩上がりで推移してきた日本の株式市場とは違い、何度も暴落を経験し、十年に亘ってボックスを抜けないのが普通のマーケットであることを、そして何故そのようになるのかという事をしっかりと押えておかなくてはいけない。

また米国においては予測とファンドマネージメントはきちんとリンクしている。経済や市場の動きを予測しシナリオ立てを行う。そしてリスク分散を図りポリシーに照らしてマネージメントを履行する。この作業が当たり前の事であるからストラテジストという仕事が重要視される。

つまり、マーケットから得られるであろうリターンを予想し、株・債券・キャッシュの比率を決定する作業が米国のファンドマネージメントには不可欠なのだ。

どんなことがあろうともBuy and Holdを堅持し続けられる日本のマーケットとは違い二十年同じ株を持ち続けても投資効率がゼロである事も十分ありうるからだ。であるから少しでもファンドのパフォーマンスを上げようと考えれば上記の作業が必要となる（米国の全てのファンドがそうであるとは言わないが）。

この事はどの様な事実を物語るだろうか？
それは株は「株」というある種特別なモノではなく「投資手段のひとつ」という認識の

下に置かれているということだ。

だから、株から債券また債券から株という資金（カネ）の流れは非常に大きく、各々の持つ『現在価値』がその流れを左右させる。

このマーケットで「予測」を行う場合、この事を忘れてはいけない。そして、この部分が日本の投資家が馴染《なじ》み辛《づら》く見落としやすい投資要因であることを肝に銘じておかなくてはならない……」


このレポートは産中で評判となった。

良太が嬉《うれ》しかったのは資金証券部から企画管理部に異動になり、産中の決算の総責任者となっていた神宮薫に褒められたことだ。

「城山、お前は成長した。俺は産中でこんな報告書を読んだことはない。お前は産中を担える人間になったのが分かる。俺は嬉しい。だがな……」

神宮はダメ出しをした。

「お前はここで日本株を『基本的に右肩上がりの存在』と所与として認識している。しかし、そう遠くなくその状況は終る。結局、米国と同様の投資の在り方が日本株にも必要となる時代が来る」

良太はその神宮の言葉がずっと残った。

良太はこの基本認識をベースに産中での外国株式運用の骨格を作り実践を行ってゆく。

外国株運用の生活は残業が日常化していた。米国で重要な経済指標が発表される日などマーケットが大きく動くので午前二時頃までの残業も少なくなかった。完全なサービス残業だったが良太はそれを苦にすることはなかった。充実感を持てれば人間はどれほど仕事をしていても平気だと良太は気がついていた。

良太の人生が新たな段階に入った。

第四章　ジャパン・アズ・ナンバーワン

「ロンドンへ……ですか?」

城山良太は国際金融部長に別室に呼ばれ異動の打診を受けた。

産中は一昨年《おととし》、投資顧問会社を設立していた。産中本体だけでなく共同組合の資金運用を多様な形態で行うという目的を持っている。

別会社として自由度を高めた運用を行うことで人材の育成も行うと共に運用手数料でも利益を得て行こうという考えだった。資金証券部の良太の先輩も何人か投資顧問会社に移っていた。

「海外にも運用の拠点を置きたい。それでまずロンドンに作る案が浮んだ」

それは間違ってはいないと良太は思った。ロンドンは資産運用を行う際に世界中の情報が集まる場所だからだ。それはニューヨークよりも優れている。

「私にロンドンで運用をやれということですか？」

それなら大歓迎だと良太は思った。

しかし、部長の意図は違った。

「いや、まずは投資顧問会社の設立だ。君にはそれからやってもらいたい」

良太は驚いた。

「アドミニストレーション（管理業務）をやれということですか？」

部長は頷《うなず》いた。

「設立のためのレジストレーション（登記）など色々とある。頼むよ」

良太はまずいことになったと思った。

今年で三十一歳になる良太は運用の世界で生きることが天職だと思っていた。しかし、ロンドンで会社設立から始めれば三年はマーケットから離れなければならない。

「ここでの三年は大きい。今三年相場を離れたらファンドマネージャーとしては致命的だ」

良太はそう考え、直ぐに神宮薫に相談に行った。

「ロンドンに投資顧問？　ナンセンスだな。完全に国際金融部の勇み足だ」

神宮の言葉に良太はホッとした。

「どうすればいいでしょうか？　場合によっては産中を辞めることも考えています」

それほど良太のマーケットで生きる意志は強かった。

「まぁ慌てるな」

神宮は笑った。

「お前の能力は俺が一番良く分かっている。お前は金庫に必要だ。俺に任せておけ」

そう言って神宮は良太の肩を叩《たた》いた。

翌日、良太は部長に再び呼ばれた。

「城山くん。昨日の話だが……あれはなかったことにしてくれ」

良太は驚いた。

「どういうことでしょうか？」

部長はなんともいえない表情で言った。

「いや……どうも今はロンドンでの投資顧問設立は現地の環境を考えると難しいと分かった。申し訳ないが忘れてくれ」

その瞬間良太は思った。

（神宮さんが潰《つぶ》してくれた！）

部長との話が終ると直ぐに神宮のもとに報告に行った。

「これぐらいは朝飯前だ」

そう言って笑う。

良太は産中内での神宮の力の凄《すご》さを知った。

「兎《と》に角、意味のない投資顧問などロンドンには作らせない。上にちゃんと説明したら簡単に潰せた」

ありがとうございましたと良太は頭を下げた。

「なぁ、城山」

神宮はなんともいえない笑みを浮べながら良太に言った。

「周りを見回してみろ。ちょろい奴ばっかりだろ？　プライド一流、実力三流。いいか、俺とお前でこの組織を支配出来るんだ。この組織はこれから総資産が40兆50兆そして100兆円へと大きくなって行く。日本最大の金融機関になる。それを二人で支配するんだ。そのつもりでいてくれよ」

良太は雷に打たれたようになった。

(この人は本当にそう思っている。そして、それが出来る！)

神宮は産中の中枢を完全に握っていた。産中の実務の最高責任者でプロパー最高位である副理事長を神宮は意のままに動かすことが出来る。

今回のロンドンの投資顧問も神宮が副理事長に「ナンセンス」と一言いったことで国際金融部長は副理事長に呼びつけられ撤回させられたのだ。

「俺は大きなことを考えている」

神宮は言った。

「この組織は日本の金融の中心になる。あらゆる金融機関が、日銀でさえも産中には逆らえなくなる。必ずそうなる。俺はその準備をしている」

良太は言葉が出てこない。

〝限界金融機関〟と揶揄《やゆ》され都市銀行や長信銀から馬鹿にされている産中にそんなことが出来るのか全く想像がつかない。

　ようやく良太は質問した。

「どうやってそうなるんですか？」

　神宮は良太に前に言ったことを思い出してみろと言った。

「前に……あッ！　メンバーシップバンクですか？」

　神宮は頷いた。

「そうだ。この国は今、歴史的好景気に酔っている。山手《やまのて》線内側のマンションの価格がサラリーマンの平均年収の二十倍……住宅ローンで適正とされる年収五倍の価格などお笑いの状態だ。完全に狂っている」

　良太は先週末の父親との話を思い出した。

　良太は本所吾妻橋の実家を訪れた。

　料理好きの父親がステーキを焼くから食べに来いと言われたからだ。そこで父親から景気の良《い》い話を色々と聞かされた。

「借りてくれ借りてくれと銀行がうるさくてしょうがないんだよ」

　実家の土地や埼玉の工場の土地を担保に十億貸すと銀行が言っているという。

「どうするの？　借りて設備投資？」

　返ってきた言葉に良太は驚いた。

「逗子《ずし》マリーナのマンションを買ってクルーザーを持とうと思うんだ。ライオンズクラブの仲間も持っててな。良いんだよぉ！」

　良太は瞬時にまずいと思った。

「親父、絶対に今、金借りちゃあダメだよ。銀行に勤めている俺が言うんだ。とんでもないことになるから」

　父親はムッとなった。

「何言ってるんだ！　こんなに景気が良いんだ。まだまだ株も土地も上がるとテレビで経済評論家が皆言ってるぞ」

　良太は首を振った。

「今の経済はおかしい。どう考えてもおかしいんだ。親父、まさか株を買ったりしてないだろうな？」

　父親は苦い顔をした。

「俺はモノ作りの人間だ。ああいうものは嫌いだ。俺は浮利は追わないのと借金をしないことがモットーだった……だけどな、借金は今回解禁にするんだ」

　良太は複雑な気持ちになりながら言った。

「日本の株はおかしくなっている。俺は今、アメリカの株をやっているから分かるんだ。それには土地の価格もおかしい」

　それには父親が反論した。

「おかしくしてるのは銀行だぞ！　銀行がどんどん金を貸すから不動産が買い漁《あさ》られて値上りする。お前もそんな銀行員のはしくれなんだぞ！」

良太は苦い顔をして言った。

「産中はそういう金を出していないから分かるんだ。今、他の銀行のやっていることはおかしい」

父親は頷いた。

「そうかもしれん……でもな、景気が良いのは事実だ。段ボール需要はうなぎ登りが続いている。モノは動いているんだ。このまま儲《もう》けを税金で持っていかれるよりは借金で節税した方がずっといい」

良太もそこは反論しなかった。だがマンションとクルーザーはまずい。

「親父、頼むから逗子マリーナはやめてくれ。絶対に後悔することになる。無借金経営を続けろとは言わないが経営と関係のないものを借金して買うのはおかしいよ。絶対に駄目だよ！」

父親はその良太の言葉で暫《しばら》く黙った。

良太も強く言い過ぎたかと思った。

自分も変わったと思った。以前の自分ならもろ手を挙げて賛成した筈《はず》だ。逗子マリーナの雰囲気は日本離れしている。ＡＯＲがあれほど似合うカッコいい場所は他にない。気分を大事にする自分が随分変わったものだと思った。

暫く黙っていた父親が口を開いた。

「俺にも夢があるんだよ。これまで堅実にやってきたけど六十を前にして買いたいものを買いたい。やりたいことをやりたいんだ！」

良太はそれは分かると頷《うなず》いた。

「だったらキャッシュで買いなよ。借金、それも事業に関わる資産を担保にしての借金は絶対に駄目だよ」

「現金だと……マンションも買えない」

「じゃあ、諦《あきら》めなよ。母さんも賛成じゃないんだろ？」

父親の隣でずっと黙っていた母は小さく頷いた。母親は昔から父親には逆らわない。仕事に関して父親を信頼しているからだ。

「親父、兎に角、借金は駄目だよ。それだけは言っておく」

父親は結局借金をしなかった。良太はこの時父親を止めたことを後に本当に良かったと思った。

バブルの崩壊、神宮の予想通りに日本はなったからだ。

◇

バブルの最中、人は自分たちがバブルの中にいるとは気がつかない。

一九八九年十二月二十九日。日経平均株価は三万八千九百十五円の史上最高値をつけた。

来年には軽く五万円台に乗るだろうと誰もが思っていた。

「凄《すご》いなぁ……」

良太は大手証券会社の課長から冬のボーナスが四百万円出たと聞いて驚いた。

景気の拡大と株価の上昇はまだまだ続くと皆が信じていた。

「嘘だろ……」

年が明けた一九九〇年の一月、高校時代の友人で広告代理店に就職した男と休日前の六《ろっ》本木《ぽんぎ》で午前二時まで飲んで店を出た時のことだ。

「まだ夜の八時頃のようだ」

物凄い数の人が外苑東《がいえんひがし》通りを歩いている。

目白の独身寮まで帰ろうと思ってもタクシーがつかまらない。

「最近はひと月にチップだけで百万二百万稼ぐ運転手がゴロゴロいるらしいよ」

友人の言葉にため息が出た。

その一九九〇年から日本のバブルは崩壊に向かっていく。

前年の五月三十一日、日銀は公定歩合を２．５％から３．２５％に引き上げ金融政策を引き締めに転換していた。

「遂に来たぞ、城山。気をつけろよ。政策当局はこれまでとは違う。今までの流れが完全に変わると思えよ」

神宮の言葉通りに日銀は動いていく。

その後も、十月十一日に３．７５％、十二月二十五日には４．２５％へと矢継ぎ早に引き上げ、十二月十七日に総裁は澄田智《すみたさとし》から三重野康《みえのやすし》に交代した。

株価は一九八九年の大納会から急速に下がり始めていた。

「株価をさらに落とすようなことを日銀はしませんよ。新総裁も分かっている筈です」

経済評論家やエコノミストたちは楽観的だったが全く逆だった。

引き締め姿勢は更に強化され一九九〇年の三月二十日には５．２５％、八月三十日には６．０％へと強烈な引き上げが行われた。

「日銀は本気だ。完全にバブルを潰《つぶ》す気でいる！」

良太はそう思ったが複雑な気分だった。

「バブルを作ったのは日銀じゃないか。完全に金融当局のマッチポンプ。それに振り回される金融機関や国民はたまったもんじゃない」

だが日銀の度重なる引き締めにもかかわらず地価の高騰は全国規模で続き収束する気配を見せなかった。

これに対し大蔵省は三月、金融機関への土地融資の総量規制を通達、更なる公定歩合の引き上げも行われ当局によるバブル潰しが進行してゆく。三重野日銀総裁は〝平成の鬼《おに》平《へい》〟などと呼ばれたりした。

『金融当局には逆らうな』

金融市場の格言だがまさに日銀・大蔵省はタッグを組んで日本経済の異常な熱を冷ますつもりになっていた。

神宮の指示で弱気の市場見通しで運用方針を貫いていた産中は大きな損を被ってはいなかった。そして、その後の世界の行方を大きく変える出来事がその夏に起こる。

八月二日にイラク軍が突如クウェートに侵攻したのだ。

前年大納会で三万八千九百十五円の史上最高値をつけた株価は十月一日には三年七ヶ月ぶりに二万円を割りこんだ。

「上がる時も凄《すご》かったが下がる時もとんでもないな」

皆が初めて経験する本格的な下げ相場だった。しかし誰も日本経済の先行きに対して弱気になっていなかった。金利上昇という劇薬に過剰反応しているだけで経済のファンダメンタルズの強さは続き直ぐに上昇軌道に戻るだろうと皆は考えていた。

「違うからな城山。ここから大変なことになる。日本経済は三重野総裁に殺される。それは肝に銘じておけ」

神宮の言葉は厳しさを増していく。

そして良太は神宮に言われて中東の歴史を勉強していた。

「過去百年の動きを丹念に追ってみろ。ここから中東が大変なことになるのが分かる筈だ」

第一次世界大戦前の英国の二枚舌外交、サイクス・ピコ協定など世界史の教科書で学んだことが仕事で必要になるとは思わなかった。

「それにしても知れば知るほど複雑だな。中東という地域は……」

まさかその後もずっと中東を巡る情勢が世界の金融を揺るがしていくことになるとは良太は思いもしなかった。だが、日本はまだまだ浮かれていた。

一九九〇年九月、雑誌『ブルータス』が秋のファッション特大号と称し〝まず、紺のジャケットを買う〟という特集を組むと一大ブームを巻き起こした。若い男が皆一斉に紺ブレ（紺のブレザー）を買いに走ったのだ。

コム デ ギャルソン オム ドゥ、タケオ キクチ、エンポリオ・アルマーニ、レノマ・オム、トキオ・クマガイ……数々のＤＣブランドによる一着五万から一〇万円の紺のジャケットが飛ぶように売れる。良太も別々のブランドで二着買った。『贅沢《ぜいたく》は素敵だ』と消費の幸福に浸り込んでいるバブル世代は元気だった。

しかし、翌一九九一年の一月に湾岸戦争が勃発《ぼっぱつ》、それまでの世界とは違う景色が日本を取り巻くようになっていった。

そして良太自身の生活も変わった。

◇

「見合い？」

神宮に企画管理部の別室に呼ばれて驚いた。

「勧業肥料は知っているな？」

化学肥料メーカーとして売上高日本二位の一部上場企業だ。

「金庫がメインで社長は創業者の二代目、その社長のお嬢さんだ。社長と副理事長とが融資担当の時からの昵懇《じっこん》でな。金庫の優秀な人間を世話して欲しいというんだ」

良太は慌てて言った。

「僕の実家は本所吾妻橋の町工場です。釣り合いませんよ」

神宮はニヤリとした。

「相手は優秀な後継者を欲しいと思っているんだ」

良太は驚いて訊《たず》ねた。

「婿養子という話ですか？」

「１００％そうではない」

神宮は説明してくれた。

「お嬢さんには五つ下の大学生の弟がいる。社長はいずれその弟を後継者とすることを考えているが……場合によっては娘婿に継がせることもやぶさかではないとしている」

良太は少し考えてから言った。

「弟に経営者としての能力が無いと判断したら……ということですか？」

神宮は頷《うなず》いた。

「社長は会社を第一に考えている。だが創業家として経営に君臨は続けたい」

良太もそれは理解出来た。

神宮は続けた。

「実質は婿養子だが苗字《みょうじ》は変えなくて良《い》いということだ」

良太は訊ねた。

「結婚したら金庫を辞めて勧業肥料に入るんですか？」

神宮は首を振った。

「それなら俺はこの話をお前に持ってはこない。社長は息子に能力なしと判断したら娘婿に経営を任せたいと考えている。だがそれはまだまだ先の話だ」

良太は暫《しばら》く考えた。

「僕は金庫で働き続けろということですか？」

神宮は微笑んでこの話の一番大事なのはそこだと言う。

「お前には金庫で偉くなってもらわないといけない。だがな、この組織は地位が上がれば上がるほど上の顔色を見て仕事をするようになる。元来変化と競争を避けて金庫に就職した連中ばかりだからな」

それは良太も思い当る。

「この人は大物だなぁ」と課長の時に思わせた人物が次長になったとたん部長の腰巾着《こしぎんちゃく》になったりするからだ。

神宮は続けた。

「俺は実力だけで生きられる。副理事長はそんな俺に全幅の信頼を置いているから好きにやれる。だが今の副理事長のような人物がいつもいるわけじゃない」

　それは良太も理解している。

「俺は副理事長がいるうちに自分を絶対的なポジションに置いて金庫を大きくする。そしてその時にはお前が必要だ」

　良太にはその話と今回の話の符合が分からない。

「そのことと僕の見合いがどう関係するんですか？」

　神宮は真剣な表情になった。

「俺はお前に自由でいて欲しいんだ。今のお前の自由さを持ったまま偉くなってほしい。俺も含め上の顔色を見て働くようになって貰《もら》っては困る。俺が困るんだ」

　アッと良太は思った。

「つまり……いつでも金庫を辞められるようにして仕事をしろということですか？」

　神宮は大きく頷いた。

「その通りだ。一部上場企業の社長の座を後ろに控えさせて金庫の経営をする。俺はそんな奴がこれからのこの組織に必要だと思っているんだ」

　良太はそこまで神宮が自分のことを考えていることに深い喜びを感じたが神宮の言葉も気になった。

「先ほど神宮さんの顔色も見るなと仰《おつしや》いましたよね？　場合によっては神宮さんの敵にも

なれということですか？」

ニヤリと神宮はした。

「俺がこれからどうなるかは分からん。俺だってもっと上になれば自分がどう変わるか分からん。それに……どこかで潰される可能性も十分ある」

良太はその神宮をじっと見詰めた。そう言いながらも神宮には途轍《とてつ》もない自信があることを良太は感じる。

「俺が万一いなくなった時でもお前がいれば、この組織は大丈夫だ。俺はそう思っている。お前が、今のお前がいればな」

「今の僕？」

神宮は頷きそれが一番大事なのだと言う。

「何度も言うがお前が持つ自由さだ。それが縛られたら金庫のためにならない。これからこの組織を本当に大きく、立派に、尊敬にたる組織にするためにお前の持つ自由さ、変化と競争を厭《いと》わない自由さが欲しいんだ。それをお前の下に伝えてもらう必要もある。人間は弱い。時に金庫の人間は上に行くほど自分のことばかり考え急激にダメになる。俺はそんな金庫の人間たちの本質とは違うものを持つお前に賭《か》けているんだ」

良太は胸が熱くなった。そして大阪支店の指導係の女性の言葉を思い出した。

「あんたは金庫の人らしないから……」

良太は言った。

「そこまで神宮さんに強く思って頂けるのは本当に嬉《うれ》しいです」

良太は見合いの話に頭を戻した。

「でも……見合いのお話、即答は出来ません。親とも相談しないとなりませんし……」

神宮は頷いた。

「当然だ。だが俺の意図は、お前への気持ちは、分かってくれ。受ける断るはお前の自由だ。見合いして断ったとしても申し訳なく思う必要はない」

分かりましたと良太は言った。

後日、釣り書と写真が良太のもとに届けられた。

「そう悪くはないな」

写真を見て良太は呟《つぶや》き、そのまま本所吾妻橋の実家を訪ねた。

父親はなんともいえない顔で黙った。

そして長い時間が経ってから言った。

「お前に会社を継がせるつもりはないが……こうやって養子に出すような話となると、どうも嫌だな。はいそうですかと言えない」

普段は何も言わない母親がそのあと直ぐに口を開いた。

「やっぱり結婚相手は下目から貰ったほうがいいんじゃないのかい。お前も私たちも気苦労すると思うけど……」

そう言われるとそうだとも良太は思う。

「まぁ、決めたわけでもないし。見合いするだけしてみようとは思うんだ」

父親は首を振った。

「産中の偉い人からの話なんだろ？　それをお前、見合いした後で断ったりしたら……お前の出世に響くんじゃないのか？」

良太は笑った。

「それは大丈夫だと言われている。まあ一度見合いというものをしてみるのも悪くないじゃない」

そう言っても両親は明るい表情にはならなかった。

それから一ヶ月後。

フォーシーズンズホテルのレストランで良太は勧業肥料の社長令嬢である雪村紀子《ゆきむらのりこ》と見合いをした。両家の母親と産中の副理事長夫妻が同席してのフレンチのランチだった。

「やっぱり……重いな」

副理事長夫妻を世話人の形で目の前にするとさすがにプレッシャーを感じた。

「これはやっぱり……断れないぞ」

食事が済んでから良太と紀子は型通り二人きりで庭の散策に出された。

「何回目ですか？」

紀子がそう訊ねた。

「はい？」

「お見合い。城山さんは何回目？」

あまりにあっけらかんと訊ねるので驚いた。

「僕は初めてです」

そうなんですかと紀子は少し驚いたようだった。

「私はこれで五回目……全部、私から断ってしまって……」

それを聞いて良太は少しホッとした。

（俺も断られるということだな）

そう思ったからだ。

「でも、今回は違います。もし城山さんが良ければ……私このお話お受けします」

「へっ？」

良太は素っ頓狂《とんきょう》な声を出し紀子は笑った。

「嫌ですか？」

良太はうーんと唸《うな》った。

「じゃあ……何故今回は、つまり僕が良いと思ったんですか」

「何だか軽くて良い感じだから。悪い意味じゃないですよ。今までお見合いした人はみんなエリート然とした人ばっかりで……」

ふうんと良太は言ってから訊《たず》ねた。

「紀子さんは結婚したいと思った人はいなかったんですか？」

「いましたよ。でも親に反対されて……」

正直に言うのに良太は好感を持った。

「アメリカに留学していた時に……でも、今となっては結婚しなくて良かったと思っています。やはり外国人とは難しいから」

そんなもんですかねと良太は呟くように言った。

「城山さんはどうですか？」

良太はニッコリ笑顔を見せた。

「気に入りました。紀子さんのことが……どこか軽くて気分が良《い》い」

紀子は自分と同じことを言うと言って笑った。

こうして見合いは終了した。

ついて来ていた良太の母親も紀子の母親から好印象を受けたと喜んだ。

「ざっくばらんなサッパリした方で奥さま然としてないのよ。本当のお金持ちってああいうものなんだろうね」

「母さん、なんだか調子良いね」

そう言って良太は笑った。

◇

良太と雪村紀子との結婚披露宴は一橋大学の同窓会館である如水会館で行われた。

「いいんですか？　帝国とかオークラとかじゃなくて？」

良太は如水会館でやりたいという紀子に訊ねた。

「父が望んでるんです。実は父、一橋に落ちたんです。それでずっと一橋に憧《あこが》れているところがあって……」

そうなんですかと良太は承諾した。

華美でもなく安っぽくもなく如水会館での披露宴はちょうど良いと良太の周囲の評判は良かった。仲人《なこうど》は産中の副理事長夫妻、新郎側の主賓として良太はゼミの担当教授にしたが紀子の方は地元選出の大臣だった。

新婚旅行は山陰から九州の旅。

これも紀子の希望だった。

「アメリカが長かったですし、ヨーロッパも色んな国に行ってますから……」

国内旅行を殆《ほとん》どしたことがないという紀子は温泉につかったり寺社を訪れたり、有田《ありた》や唐津《からつ》で窯元を巡ったりすることをすこぶる喜んだ。良太も楽しめた。

ただ新婚旅行中に紀子が言ったことが良太は気になった。

「良太さんはどんな時も仕事してますね。こうやって旅行をしていても仕事のことを考えている」

笑いながら紀子が言った事に良太は驚いた。

図星だったからだ。

朝と夜、宿で必ずテレビの経済ニュースにチャンネルを合わせる。どこへ行っても経済新聞は必ず毎日買って読む姿を見ていただけではなかった。ふと顔を見た時にぼうっとしている表情から勘の良い紀子は良太が仕事のことを考えているのが分かるのだ。

それは相場に生きる人間の習性といえた。

日々刻々と動く金融市場のことを二十四時間三百六十五日、暇さえあれば考えてしまう。そうでなければ相場で生きていくことは出来ない。

湯布院《ゆふいん》の旅館の部屋で寝転んだ時、格《ごう》天井が方眼に見えた。良太はいつの間にかその升目の中に経済要素を様々に嵌《は》め込み、脳内将棋のように動かしながら相場を考えている自分に気がついて驚いた。

「城山、お前には相場で生きていく素質がある。それはお前が相場が好きだということだ。まずそれが大事だ。だが相場は人を選ぶ。相思相愛になれるかどうかは……お前のこれから次第だ」

神宮にそう言われたのは随分前のことだが、心にずっとその言葉は残っていた。

「相場に想ってもらうようになるにはどうすればいいんだろう？」

それはずっと良太のテーマになっていた。

しかし、夫婦となった女性から相場のことばかり考えていると指摘されたことは問題だと良太は思った。だがこれはどうしようもない。最初にちゃんと言っておくことがお互いのためだと考えて良太は真剣な表情になって言った。

「紀子さん。申し訳ないがそれが僕という人間の性分になっている。おそらく変えることは出来ないと思う」

紀子はその良太をしっかりと見据えた。

「分かりました。でもそんな人なら浮気はしないでしょうから安心です」

良太は言って良かったと思った。

「でも一つお願いがあります」

「何です？」

「仕事の話は積極的に私にもして下さい。あなたがどんな仕事をしていて今どんなことを考えているか……上手《うま》くいっている時も調子の悪い時も……話して欲しいんです」

良太は考えた。

「でも、家庭の中でそんなの嫌じゃありませんか？」

その言葉に紀子は笑った。

「何も言わないで仕事のことを考えている人と家庭内で一緒にいたら孤独でしょう？　だから一緒に私もあなたの仕事のことを考えてみたい。嫌ですか？」

良太はふうんと言った。

「そんな風な夫婦っているのかなぁ？　ちょっと想像つかないけど……まぁ、面白いかもしれない」

紀子は頷《うなず》いた。

「そうですよ。私も自分の仕事の話はしますから」

紀子は丸の内にある出版社で翻訳の仕事をしていて月水金は家を空けることを自分の結婚の条件としていて良太も了承している。

こうして良太の新しい生活は始まった。

紀子の親が投資物件として持っている四谷《よつや》の３ＬＤＫ、一〇〇㎡のマンションが二人の新居となった。

誰もが羨《うらや》む新婚生活だった。

「城山はいいなぁ」

同期会でそう言われた。

神田《かんだ》駅近くの居酒屋に女性も含め本店にいる同期二十人近くが集まっていた。

今回は同期のひとりが広島支店から本店営業部に異動して来ての歓迎会だった。

良太は隣に座った農業部の同期に結婚のことについて色々と訊ねられ羨ましがられた。

「いいよなぁ……ゆくゆくは一部上場企業の社長だろ。それに四谷のマンションでの新婚生活。そのマンション、三億ぐらいするんじゃないのか？」

良太は苦い顔をした。

「俺は女房の会社を継ぐつもりはないよ。まぁ、マンションのことは正直ラッキーだけどね。女房の実家の持ち物だから俺のものではないけどありがたいのはありがたい。もし家賃を払ったら五十万以上は軽くするからな」

学習院初等科の裏手という四谷でも閑静な立地にあるマンションには毎日のように「買います」というチラシが業者から入って来る。

同期は言った。

「金庫は良い場所に世帯寮があるからいいけど今家を買うとなると大変だぞ」

そうだろうなと良太は思った。

産中は目白や目黒《めぐろ》、世田谷《せたがや》に世帯寮を持っていてタダのような家賃で住むことが出来る。

「今、一戸建てを買うとなるとどうなるんだろうね？」

良太は訊《たず》ねてみた。

「都内は夢のまた夢。マンションも二十三区内だと手は届かない」

年収の二十倍のマンションなどサラリーマンには無理なのを政府はどう思っているんだろうと同期は付け加えた。

「でもつい最近、二年上の先輩が一戸建てを買ったぞ」

良太は驚いた。

「どこに？」

同期は半分笑いながら茨城県だと言った。

良太は目を丸くした。

「通勤にどのくらい掛るんだい？」

「片道一時間半以上だって……」

呆《あき》れた良太は頭を振りながらも自分の境遇に感謝した。

「お前は今、どの寮にいるの？」

「目黒の元競馬《もとけいば》の寮だよ。近くのマンションはどんなところも今は億ション。誰も買えないよ。家は諦《あきら》めてる」

そういう同期に良太は言った。

「でもこんなのは長続きはしないぞ。株価は急落してるし銀行融資に対する総量規制が効いて来るのは時間の問題だから……不動産は必ず下がるぞ」

同期は怪訝《けげん》な表情をした。

「でもなぁ……この国の不動産はずっと右肩上がりだからな。いつか下がると言われながらとんでもない値段になった。だからダブルの諦めしかない」

良太はビールを空けてから訊ねた。

「ダブルの諦め？」

同期が良太にビールを注ぎながら言った。

「そうダブルの諦め。買うのを完全に諦めるか、さっきの茨城の話のように快適な生活を諦めて悲惨な通勤を強いられる不動産を買うか……ダブルの諦めだよ」

う〜んと良太は唸《うな》った。

「でも一生寮に住めるわけじゃないから、どこかで買わなきゃいけないよな。どうするんだろみんな？」

同期は首を振った。

「良い意味でも悪い意味でも誰も先のことを考えてないんじゃないの。でも最悪は今無理して不動産を買ってそれが下がることだよな。誰も下がるとは思っていないけど、本当に下がったら地獄だろうなぁ」

良太もそれには同意した。

「ローンは払い続けなけりゃならないわけだ。そうなったら日本全国で地獄のような思いをする人が続出するということだな」

良太は自分で言いながら恐くなった。

「でも、土地は暴落はしないだろ？　株だってまた直ぐに持ち直すとみんな言ってる」

同期の言葉に良太は黙った。

良太は神宮に言われた言葉を思い出していた。

「城山、相場で生きる人間は最悪の事態を常に想定しておけ。そんな事態になった時に自分がその中でどう動くかを考えておけ、それがこれからきっと試されるぞ」

その時、一斉に拍手が起こった。

「それでは広島支店から営業第三部に転勤してこられました三嶋さんにご挨拶《あいさつ》を頂きま

す」

良太はそちらを見た。

三嶋祐二。その男が良太に大きく関わってくることになる。

◇

（しつこい奴だなぁ……）

良太は三嶋の顔を睨《にら》みながらそう思った。

昼休みだ。

三嶋は良太に株価がどうやって動くのか教えて欲しいとやって来たのだが質問を繰りかえす。

良太は基本に戻って説明した。

「株価は要素に分解して考えたほうが良い。そうすると他の経済要素との関係性が分かって予想がつきやすくなる」

三嶋は訊ねる。

「なぜ分解するのか良く分からない。株価は株価だろう？　グラフで動きが分かるだろ？」

良太は違うよと呟《つぶや》いてから説明を続けた。

「グラフじゃない、チャート。株価の時系列での推移を表したものはチャートというんだ」

「なんで〝チャート〟っていうんだ？」

（もう……）

　小さな子供が「なぜ？　どうして？」と訊ねて来るのと同じだ。

　三嶋は東京大学法学部卒で公務員試験が一桁《ひとけた》の成績だったという秀才だ。

　良太は頭の回転の速い人間を想像していたがそうではない。浮んだ疑問を直ぐにクリアーしなければ次に進まないタイプの男だ。

（こいつは出世しないな）

　良太は内心そう思った。

　チャートの説明をすると三嶋は言う。

「結局、チャートだけを見ておけば株価って分かるんじゃないのか？」

　そら来たと良太は思った。

「そういう考えの人間が世の中の殆《ほとん》どなんだ。だから株で損をする」

　エッと三嶋はなった。

「株価の方向性を決めるのはファンダメンタルズだ。それ以外の要素はナンセンスなんだよ」

　そういう良太にまた三嶋は質問して来る。

「じゃあ、城山はチャートは見ないのか？」

良太は頭を振った。

「過去の株価の動きを知ることは重要だから見る。だが、それで先の予測はしない」

ふうんと三嶋は言ってから帰っていった。

その夜。

良太が残業しているとまた三嶋がやって来た。

「？」

手にはどっさりと本を抱えている。

それを良太の机の上に置くと三嶋は言った。

「城山、本屋の株のコーナーに行ったらこんなにチャート分析の本があるじゃないか！　やっぱり株価はチャートで判断するんじゃないのか？」

良太はその中の一冊を摘《つ》まみあげるとひらひらさせながら言った。

「百害あって一利なし。チャーチストは投資家から最も遠い存在だ」

その良太を三嶋は睨んだ。

「じゃあなんでこんなに本が出てるんだ？　株のコーナーにはチャートの本しかなかったぞ！」

良太はそこできっぱりと言った。

「株を博打《ばくち》だと思っているからだよ」

そう言った良太は三嶋の言葉に驚いた。

「株は博打じゃないのか？　俺は金庫がなんで博打にこんなに金を使うのかが分からないんだ。だからお前に色々と質問をしてるんだ。農家が汗水垂らしてコツコツ貯めた金を博打に使われるのが我慢ならないんだよ」

ふーっと良太は息を吐いた。

「なるほど……そういうことか。三嶋、お前は全く分かっていない」

「何がだ？」

「金庫の正体が分かっていない」

エッと三嶋は声をあげた。

「金庫の正体？」

良太は頷《うなず》いた。

「金庫は一体、何だと思う？」

三嶋はきっぱりと言った。

「共同組合の信用部門だ」

良太はげんなりした表情を見せた。

「そんな教科書のようなことを訊《き》いてるんじゃない。この組織はどうやって存在し続けているか分かっているのか？」

三嶋は共同組合組織があるから存在しているのだと答えた。その三嶋の顔を見ながら良太はほとほと呆《あき》れたという表情で訊《たず》ねた。

「お前は金庫がどうやって儲《もう》けているか知っているか？」

〝儲ける〟という言葉に三嶋はカチンと来た。

「城山、金庫は営利を追求する組織じゃないぞ！　〝儲け〟という概念は金庫にはない筈《はず》だ！」

やれやれと良太は思った。

「あのなぁ、三嶋。じゃあどうやって金庫は連合会や農共に一般の銀行以上の利息で金を預かることが出来るんだ？」

三嶋はうっと暫《しばら》く黙ったが言った。

「な、何らかの共同組合間の金融協力関係があるからそうなるんだろ？」

良太はその言葉に天を仰ぎ、お前は本当に東大法学部を出てるのかと言った。

三嶋の顔が怒りで赤くなった。

「いいか、三嶋。この組織の現実をちゃんと見てくれ。お前は自分が食わせて貰《もら》っている組織のバランスシートや損益計算書を見たことがあるのか？」

三嶋は険のある目をしたまま黙っている。

「我々は霞《かすみ》を食って生きている訳じゃない。我々は一般の銀行よりも厳しい事業環境の中で生きているんだ。それをちゃんと分かって貰いたいよ」

三嶋はやっと口を開いた。

「厳しい事業環境ってどういう意味だ？」

何にも分かっていないなと良太は思いながら訊ねた。

「お前のいる営業部、融資で儲かっているかどうか、ちゃんと調べたことがあるか？」

怪訝《けげん》な表情を三嶋はした。

「儲かっているかなど考えたことはない。金庫は営利を追求しない共同組合組織なんだ」

よくもしゃあしゃあとそんなことが言えるものだと良太は語気を強めた。

「じゃあ、なぜ営業部は、一般企業への融資業務が存在しているんだ？　一般企業はとことん営利を追求しているんだ。そんな存在とお前は毎日どうやってやり取りをしている？　そしてお前はどうやって給料を貰っていると思っているんだ？」

良太はそこまで言って企画管理部で産中の決算を一手に握って管理している神宮の言葉を思い出した。

「城山。金庫の中は金食い虫だらけなんだ。営業部は特にそうだ。殆ど利鞘《りざや》がないうえに上場企業から持ち合い株を持たされている。だが金庫は株式会社ではないから片務的に株を持つコストが金庫に掛る。それを加味して考えれば金庫は赤字だ。それを営業部の連中は全く分かっていない。いや、敢《あ》えて分かろうとしない。自分たちの存在意義がなくなるからな。結局、利益は資金証券部や国際金融部の運用で捻出《ねんしゅつ》しなければならない。それが分かっているのはこのバカでかい組織の中でも一握りなんだ。それが現実だ」

その神宮の言葉を思い出して良太は諭すような調子で三嶋に言った。

「なぁ、三嶋。ちゃんと現実を見てくれ。この組織の現実を。それが分かっている人間がいてくれないとこの組織は潰《つぶ》れてしまう」

ふんという表情を三嶋はした。

「それはお前たちが博打をやっていて失敗したりするから潰れるんだ。まっとうなことをやっていれば我々は安泰だ」

さすがに良太も切れそうになったが、そこで冷静になろうと努めた。

そこにも神宮の言葉があったからだ。

「いいか、城山。そうやって誰もこの組織は自分たちの本当の姿が分かっていない。だから俺たちがこの組織を支配出来るんだ。それを分かっていてくれよ」

良太は精神的にぐっと目線を上に上げて三嶋に言った。

「なぁ、三嶋。もう一度訊く。金庫の正体は何だと思う？」

三嶋は黙っている。

良太はじっと三嶋を見詰めていった。

「金庫はヘッジファンドだ。それも化物のような大きさのヘッジファンドだ。世界最大のヘッジファンドなんだよ」

三嶋はそれを聞いてポカンとなった。

「ヘッジファンド？」

良太は頷いた。

「都市銀行とも長信銀とも違う。もし、同じ収益体系を持とうとしていたらこの組織はとうの昔に潰れている。融資では恒常的な赤字が続いている。本来的には一般企業向けの融資など止めた方が良《い》い状態だ。その中で収益を出し続け、銀行よりも高い金利で利息を組合員に払い続けているのは、債券や株、為替《かわせ》の売買によっての利益だ。それは紛れもない事実だ」

　三嶋はじっと良太の目を見ていた。

「なぁ、三嶋。分かってくれ。お前のような優秀な人材が金庫の中でちゃんとその本質を分かっていてくれないと大変なことになるんだ。共同組合の理想と現実、それをちゃんと理解してくれ」

　そういう良太を三嶋はなんともいえない目で見続けていた。

「共同組合の理想と現実……」

　その言葉は三嶋に響いた。

三嶋祐二は実家の両親を思い出した。

三嶋の家は代々の農家だった。

第五章　ニシンの重さ

三嶋祐二は岐阜県加茂《かも》の農家の次男として生まれた。

戦国時代、斎藤道三《さいとうどうさん》がいた山城が近くにあり戦乱での焼け跡が残る石垣をよじ登ったりして子供の頃は遊んだ。

三嶋家は大きな土地持ちで農業を営む恵まれた家だった。戦後、農共が出来てからはその成長を地域の先頭に立って支えた。

米作りだけでなく酪農も行い乳牛が二十頭いた。幼い頃の三嶋も牛の世話を手伝った。

三嶋が小学校高学年になった頃、農共の指導で酪農から苺《いちご》づくりに転換するという一大変革が地域農家で起こった。

「本当に大丈夫なの？」

母が父に心配そうに訊ねる姿を三嶋は鮮明に覚えている。

「うちが率先してやらないと他がついてこない。農共からも頼むといわれている」

父は農共への忠誠心が強く営農指導に積極的に従った。

「苺って……難しいんじゃないですか？」

母は心配を隠そうとしない。

「牛の世話は大変だけど親しんで来て可愛いし……」

だが父は苺への転換を推し進めた。

子供だった三嶋は牛の世話がなくなって楽になったことは嬉《うれ》しかった。ビニールハウスでの慣れない苺の栽培。両親は当初苦労の連続だったが三嶋にはそんなことは分からない。ただ、ハウスに入って遊んでは絶対にいけないと、きつく言われただけだった。

この転換が大成功する。

地域は苺の一大産地として有名になった。

農家も予想以上の金を手にすることが出来、父親は事あるごとに農共を褒めた。農共の指導のお陰だ。やはり農共あっての我々だと言い続けた。

これが三嶋に刷り込まれた。

農共は自分たちの生活の理想を実現してくれる存在だと思い続けて育ったのだ。

三嶋には三つ上に兄がいて父親は兄に家を継がせることを幼い頃から決めていて兄もそのつもりでいた。

三嶋は子供の頃から勉強が出来た。分からないことを分かろうとする性格で頭は柔らかくはないがとことん努力をする。その為に成績は良く、小中学校はずっと一番だった。高校では成績優秀者の集まる理数系のクラスにいたがある時、担任の教師から君は法律が向いているのではと言われた。

「なぜですか？」

三嶋が訊《たず》ねると先生は意外なことをいう。

「クラスでの君を見ていると常に公平公正にこだわる。人に対してフェアだ。だから法律家になるのがいいんじゃないかと思えてね」

この言葉が三嶋に響いた。

「公平公正……フェア」

生来純粋な三嶋はそれが嬉しく自分は常にそうであり、そうあるべきと思い込んだ。

その後も猛勉強を続けて東京大学文科一類に合格する。

両親は大喜びだった。

だがその過程と結果が三嶋を独善的な人間にした。日本最高学府の法学部に合格したということは自分の本質が公平公正だと認められたと……心の奥底で思い込んだのだった。

本来なら三嶋はそのまま法曹を目指した方が良かったのだが、たまたま受けた近代思想史の授業で組合運動の歴史を知り、そこで農業共同組合というものと自分の運命を感じるようになった。

そうして産中へ入ることが自分の使命なのだと思うようになっていく。子供の頃から父親が理想とする世界は農共とともにあり、それを見て育った自分の心の深いところ（公平公正の源泉）と勉学に励んで学んだことが一致するのを感じたのだ。高い理想、しかしそれが具体的にはどのようなものかは描けないまま、理想の組織の中心にある産中に三嶋は就職したのだ。

その三嶋を驚かせたのが新人研修で一緒になった同期のいいかげんな奴らだった。共同組合の何たるかを全く知らず、いけしゃあしゃあと「楽で給料が良いと聞いたから産中にしたんだよ」と言う者までいる。

それが城山良太だ。

三嶋には実家が代々農家であるという自負と〝公平公正〟ということが自分の本質であるとする自負、そしてそれが東大法学部に入ることで認められ、さらにそれを育《はぐく》んだという三重の自負があった。

「そういう人間だけが産中にいるべきだ！」

それなのに城山のようにいいかげんを絵に描いたような同期は我慢ならなかった。

新人研修中に『産中の将来』というテーマでグループ討議が行われた時、同じ組になった城山にさらに腹が立った。

城山は銀行としての利益のあり方をまず考えなくては駄目なんじゃないのかと議論をリードしようとしたからだ。

「なにを言っている。立脚点が違うんじゃないか？　我々は営利団体ではない」

そう言った三嶋に城山はふうんという表情をするだけでなにも反論してこない。

(ほらみろ……なにも考えていないんだ)

三嶋はそう思った。

だが議論を聞いていた人事部の人間が「空理空論ではなくしっかり地に足のついた産中のあり方を議論してくれよ」と暗に三嶋を批判したことで三嶋はショックを受けた。

(く、空理空論?……共同組合としての産中のあり方を考えることが空理空論だと?)

三嶋は怒りを覚えた。

見ると城山はそらみたことかという表情をしている。

その時、強烈な違和感を三嶋は産中という組織に持った。だが直ぐに思った。

「産中は理想の組織でなくてはならない。組合の先頭に立って公平公正を実現する組織なんだ!」

三つ子の魂百まで……三嶋の本性はそうして変わらなかった。

三嶋は受け入れ研修が終ると広島支店に配属となった。

新人として預金や債券の外務を担当し、二年目の夏から森林貸出の担当者となった。

森林組合に対しての融資業務だ。

三嶋は組合の担当者と共に森に入り、産中が融資の担保とする木を見て回る。

「ここが境です」

担当者が森の中の大きな石に赤いスプレーを掛けて目印とし、そこから暫《しばら》く歩くとまた石にスプレーを掛ける。そうして森の中のどこからどこまでの木を担保にするのかをまず決めるのだ。そして次に木を一本一本見て回る。すっくと生えているか、病気になって枯れているような木はないか確認する。そして次に一本の木からどのぐらいの木材が取れるかを調べる。

「キョウコウチョッケイ？」

三嶋は産中の上司からそれで調べるのだと言われて意味が分からなかった。

「あぁ、そういうことですか……」

キョウコウチョッケイとは〝胸高直径〟のことで自分の胸の高さで木の直径を測ってそこから木材の量を推定算出するのだ。

そうやって実測が済むと組合の事務所で酒盛りになる。

森林組合の人たちから三嶋さんは東大法学部だそうですねといわれる度になんともいえない気分になった。

「産中の人は雲の上の人たちですから」

その度に三嶋は言った。

「もしそんな気持ちで産中の人間がいるとしたら産中は潰《つぶ》れます。産中は組合の皆さんに支えられているんです」

本気でそう言っていた。

それが組合の人間たちに伝わった。

三嶋は歴代の担当者の中で最も森林組合から愛される産中の人間となった。

三嶋は酒が強い。それも愛される大きな理由だった。

ある時、支店長の代理で森林組合の総会に出席した。五十人以上の組合の人たちを前に堂々と挨拶《あいさつ》をし終えると万雷の拍手となり、組合長に言われた。

「三嶋さんのご挨拶は歴代の支店長のものよりずっと立派でした」

三嶋はその時、産中に入って良かったと思った。そして、産中は自分のような人間でないと駄目なのだと思った。三嶋の独善と状況がピタリと一致して全てが上手《うま》くいったのだ。

そして、三嶋は広島支店で結婚相手を見つけた。同期の短大卒の女性で三嶋と同じように家は代々の豪農だった。三嶋にとっては自分に理想の人生の環境が揃っていくように思えた。

公平公正、一人は全員のため全員は一人のためという共同組合の中心組織で働き、自分も妻もその土台である農業にしっかりと根を下ろして育って来た存在だ。

「俺は産中で偉くなる。出世は既定路線だが、誰よりも偉くなってみせる。それを産中は求めている。そして、俺が産中を理想の組織にしてみせる。それは俺にしか出来ないんだ」

三嶋の独善には磨きがかかっていった。

本店営業部に転勤が決まり、広島駅ホームでの見送りには百人近くが集まった。

皆は口々に三嶋さんに共同組合の将来が掛っていますと言ってくれた。

新幹線の車窓から富士山《ふじさん》が見えた時、三嶋はその決意を新たにしていた。

◇

三嶋祐二は東京本店営業第三部第一課に配属になった。

第三部は総合商社やスーパーなど流通関係の取引先への融資を行う部で第一課は総括課として部の数字の取りまとめも行う。

三嶋が担当するのは中小の商社や卸業者で全部で二十三社を担当することになった。

課は課長以下、調査役と副調査役の先輩が二人、そして三嶋と起案補助の女性が二人という六人のメンバーだった。

初日の夜、神田の居酒屋で三嶋の歓迎会が開かれた。

乾杯の後、三嶋が挨拶をして皆が軽く拍手してから、料理を食べだした。

「三嶋君は広島が長かったな」

課長がビールを三嶋に注ぎながら言った。

三嶋は課長に返杯をしながら五年は確かに長かったですねと言った。

「余人をもって代えがたい仕事をしていたということだな」

その言葉に三嶋は自尊心をくすぐられて嬉《うれ》しかった。

すると一番年長の先輩が訊ねた。

「何やってたんだっけ?」

いかにも慶應卒という軽い感じの男だと三嶋は思った。

「森林貸出です」

先輩は鼻で笑った。

「旧態依然とした金庫の化石のような仕事だな」

三嶋はカチンと来た。

「お言葉ですが、金庫にとって一番大事な仕事だと思いますが」

先輩は笑った。

「どこが大事なんだ? 森林貸出で一体年間どの位の収益があがっているんだ? 基本は融資というよりも人助け……金庫にとっての道楽だよ」

三嶋は怒りを通り越して驚愕《きょうがく》した。

(こ、こんな男が金庫にいるのか?)

課長が割って入った。

「まぁ、金庫は色んな業態があるから面白いんだ。ある意味、鵺《ぬえ》のような存在だがな」

その課長の言葉に三嶋は反論した。

「鵺とはどういう意味ですか? なんだか良い意味には取れませんが? 金庫は鵺のような化物ということですか?」

課長は笑って頷《うなず》いた。

「そう、得体が知れないからね。だから化物ともいえる」

三嶋は自分のいる場所に嫌なものが這《は》い上がって来るように思えた。

(皆、どうかしている……この組織の人間はどうかしている)

神聖な共同組合のあり方、産中がどれほど森林組合の人たちから愛され尊敬されているか……そんなことを全く知らずただ営利に走っている人間たちに囲まれて虫唾《むしず》が走ると三嶋は思いビールを飲み干した。

だがそれ以上に大きなショックを受けたのは取引先に新任の挨拶に訪れた時だ。

どの取引先も何か良い財テク商品はないかと訊《たず》ねて来る。

財テク……銀行から金を借りて株や転換社債などを買って短期で利益を出すことだ。

経済評論家が財テクをやらない企業は馬鹿だと喧伝《けんでん》していた。

上場企業の場合は自ら転換社債を発行してただ同然で金を集めてそれを金融商品で運用するなどが当たり前になっていた。

「浮利は追わない」を創業者が社訓としていた会社がどんどん財テクに走っていた。

三嶋には全く分からない世界だ。

実業からどんどん離れて財テクが本業になっているような商社もあった。

ある鉄鋼商社は自社内にディーリングルームを設けて為替《かわせ》や債券の売買を頻繁に行い、実業の何倍もの利益を挙げていた。

汗水垂らす農業はその対極にある。

その世界こそが自分の世界だと思っている三嶋は頭がおかしくなりそうだった。

「これが……今の日本の現実なのか」

浮利を求めて皆が踊っている真っただ中に三嶋は放り込まれていたのだ。

三嶋は冷静になろうとした。

営業部で与えられた融資の仕事を全うしなければならない。だが、その融資先に行くと皆、株の話ばかりなのだ。

「三嶋さんは株価はどうなると思う？」

「今どんな株を産中さんは買ってるの？」

「農業絡みで面白い株はないの？」

そんなことばかり訊ねられ三嶋はただ自分には分かりませんと繰り返すだけなのだ。

「株……株価は一体なぜ動くんだ？」

さすがの三嶋も取引先と話をするために知識を得なくてはならない。

「誰が産中では株を動かしているんだ？」

調べてみると同期の城山が米国株を担当しているのが分かった。

「あいつか……」

あのチャラチャラした城山の様子が直ぐに甦《よみがえ》った。

嫌だなと思ったが一番の専門家が城山だ。

しかたなく昼休みに城山を訪ねた。

三嶋は何度も株価はどうやって動くのかを城山に重ねて訊ねた。

「株価は要素に分解して考えたほうが良い。そうすると他の経済要素との関係性が分かって予想がつきやすくなる」

そう言った城山に三嶋は訊ねた。

「なぜ分解するのか良く分からない。株価は株価だろう？　グラフで動きが分かるだろ？」

城山は違うよと呟《つぶや》きながら説明する。

「グラフじゃない、チャート。株価の時系列での推移を表したものはチャートというんだ」

（チャート？　チャート式のチャートか？）

「なんで〝チャート〟っていうんだ？」

三嶋は三嶋なりに疑問を繰り返す。

しかし、城山から返ってくる答えには納得がいかない。

三嶋は訊ねた。

「結局、チャートだけを見ておけば株価って分かるんじゃないのか？」

城山はなんともいえない目をして言った。

「そういう考えの人間が世の中の殆《ほとん》どなんだ。だから株で損をする」

エッと三嶋は思った。

「株価の方向性を決めるのはファンダメンタルズだ。それ以外の要素はナンセンスなんだよ」

そう言われた三嶋は終業後直ぐに八重洲《やえす》の大書店に向かった。そこで株のコーナーに行くとチャートの本ばかりでファンダメンタルズと株を結び付けるような本は見つからない。

「やっぱり株価はチャートで判断するんじゃないのか？」

三嶋は何冊か買って金庫に戻った。

そして、それを持ってまた城山のところに行ったのだ。

城山はそのうちの一冊を取り上げ三嶋の目の前でひらひらさせていった。

「百害あって一利なし。チャーチストは投資家から最も遠い存在だ」

三嶋はカッとなって城山を睨《にら》んだ。

「じゃあなんでこんなに本が出てるんだ？　株のコーナーにはチャートの本しかなかったぞ！」

城山の次の言葉は三嶋を驚かせた。

「株を博打だと思っているからだよ」

（お、お前が博打をやっている張本人じゃないのか？）

そう大声を出しそうになったのを呑《の》み込んで三嶋は出来るだけ冷静になって言った。

「株は博打じゃないのか？　俺は金庫がなんで博打にこんなに金を使うのかが分からないんだ。だからお前に色々と質問をしてるんだ。農家が汗水垂らしてコツコツ貯めた金を博打に使われるのが我慢ならないんだよ」

城山はふうと息を吐いてから言った。

「なるほど……そういうことか。三嶋、お前は全く分かっていない」

「何がだ？」

「金庫の正体が分かっていない」

そこからの城山の言葉に三嶋は驚いた。

「金庫はヘッジファンドだ。それも化物のような大きさのヘッジファンドだ。世界最大のヘッジファンドなんだよ」

三嶋は頭が真っ白になった。

「ヘッジファンド？」

城山は頷いた。

そこからの城山の説明はあまり覚えていない。だがそこから城山が語った共同組合の理想と現実という言葉だけが三嶋に残っていた。

三嶋は営業部で理想と現実に苦しみ続けた。

「俺は間違っていたのか？　この組織に入ったのは、間違いだったのか？」

あの森林組合の人たちとの日々が産中での本当の自分の姿だと思っていたのは現実の産中のありかたとは全く相容《あいい》れないものなのかと煩悶《はんもん》を続けた。

だがその三嶋を救ってくれる出来事が起こった。

三嶋は人事部長に呼ばれた。

「どうかね営業部は？」

（正直にいうか……『金庫の理想からほど遠いことを自分がやっていく自信がないから農業関係の部署に替えてくれ』と……）

そう言いあぐねて黙っていると部長が言った。

「実は急なんだが君を動かすことになった」

エッと三嶋は驚いた。

「出向だ」

「出向？」

部長は頷《うなず》いた。

「大蔵省へ出向して貰《もら》う」

三嶋は耳を疑った。

◇

第一産業中央金庫は大蔵省に出向の形で人材を派遣していた。

産中の役員構成は理事長は農水省事務次官経験者の天下りで副理事長は産中プロパー、そして筆頭専務に大蔵省ＯＢが就く。

金融機関である産中にとっては農水省よりも大蔵省との関係の方が重要なのだ。

大蔵省への人材派遣の目的は互いの人的パイプ作りということで、産中から派遣する人材の条件は東大法学部卒であること……大蔵省内で絶対的な学閥を誇る存在を考えてのことだ。

「実は君の二年上の人物を送る予定だったんだが体調が思わしくなくてね」

「はぁ……」

人事部長はその人物が腎臓《じんぞう》病を患っていることを語った。

三嶋は話に聞き入った。

「……場合によっては長期入院ということになりそうなんだ。だが金庫としては大蔵省への人材派遣は継続させなくてはならない。だから異例ではあるが営業部に来たばかりの君に行って貰うことにしたんだ」

三嶋は信じられないような気持ちだった。

「大蔵省……僕が」

「君は金庫で偉くなる存在だ。そんな中でも特別だということを肝に銘じてほしい。東大法学部卒でも選ばれた人材だけのチャンスなんだ」

その人事部長の言葉は響いた。三嶋に大学時代の光景が思い出された。周りの多くは官僚になっている。中には熱く天下国家を動かすことを語る人間もいた。

「霞《かすみ》が関《せき》……」

三嶋はそう呟くとふつふつと喜びが湧いて来た。営業部の融資の仕事で産中に対して大きな失望を感じ、辞めようとまで考えていた自分に巡って来た大きなチャンスだ。

大蔵省とのパイプが出来れば自分の産中内での力は増していく筈《はず》だ。

（これは天命だ。将来必ず金庫で俺の理想を実現しろということなんだ！）

三嶋にまた独善的理想が湧き上がっていた。

「兎《と》に角、金庫にとっては大事な役割だ。立派に果たしてくれよ」

三嶋は分かりましたと頷いてから訊《たず》ねた。

「出向の期間はどのくらいなんでしょうか？」

「二年だ。あっという間だよ。君と入れ替わりで戻って来る先輩からしっかり話を聞いておいてくれ」

「分かりました。立派に務めを果たして参ります」

こうして三嶋の霞が関生活が始まった。

ＭＯＦ《モフ》担という言葉が銀行業界にある。

文字通り大蔵省（Ministry of Finance ＭＯＦ）担当という意味で都市銀行や長信銀から大蔵省に出向し人的パイプ作りをし、各々の銀行に戻ってからも様々な場面で大蔵省との窓口になる存在で銀行内では特別なエリートたちだ。

だが同じＭＯＦ担でも産中の場合は大蔵省でも扱いが違っていた。

銀行からの出向者たちとは別のセクションに配属される。

銀行局調査課、そこには産中と日銀、外務省からの出向者が来ている。明らかに大蔵省が産中を同類と見てのことだ。

「君たちは大蔵省の人間と同じだと考えている」

初日に課長が出向者たちを前に言った。

「だから同じ質と量の仕事をして貰う。それだけの人材だと我々も考えている。〝ホテル大蔵〟と呼ばれるほどの残業の日々になるが覚悟をして貰いたい」

その言葉通りだった。

朝は十時頃と遅くの出勤でよいが……だいたい午前二時までは仕事になる。

調査課の仕事は毎年異なる。金融制度の変更に伴う形で仕事は年ごとに変化していく。

三嶋が大蔵省に出向となった年、金融制度調査会が発足した。学者と金融界の代表が集い現在の規制のあり方を討議し政府に答申を出すものだ。

その事務局が調査課の仕事だ。

世界は英国で起きた金融規制改革（ビッグバン）以降、自由化の流れが必須《ひっす》となっていた。その日本での環境整備を行うのが金融制度調査会の仕事だった。

時代は急速に動いていた。

エレクトロニクス・バンキングなどそれまでなかった全く新しい金融のあり方も検討していかなくてはならない。

「決済機能とはなにか？」

このことだけを数回に亘《わた》って議論したりもする。

そのための叩《たた》き台となる資料作りを三嶋は手伝った。課長の指示で何度も差し替えを命じられ二日間徹夜したこともあった。

「よく勉強しているな」

三嶋は大蔵省の役人たちに感心した。

それまで全く違う部門にいた者が異動して来ると猛勉強してあっという間に調査課に昔からいたようになる。

昨日までの素人が二ヶ月経つとその法律や制度のエキスパートとなっていくのだ。彼らは口々に「国としてどう金融を考えるか」と言い、その中で制度をどうするかを議論する。そして、それを文章に纏《まと》めるのも上手《うま》い。あらゆる無駄な議論を省きながら役所の体裁にピタリと合い、そして落としどころにきちんと導いていくような文章を作り上げていく。

「大したものだ」

三嶋は彼らと一緒に仕事をすることに歓びを感じていった。

彼らは常に三嶋に問いかけて来る。

「産中はこれからどんな金融機関となるのか」

「産中にとっての理想はなにか」

「金融自由化の中で産中の役割は何か」

だが三嶋には彼らが求めるような回答を返すことはしなかった。

「産中は第二の日銀と言われていますが、どこまでも日本の農業のために存在するものだと自分は考えています。金融機関としての大きさよりも追求しなくてはならないものがあると私は考えています」

「でも産中の本質はヘッジファンドでしょう？　それをどう認識してらっしゃるんですか？」

そう言われた時はあの城山の顔が浮んでなんとも嫌な気分になったが三嶋は冷静に反論した。

「その認識は間違ってらっしゃいます。産中はどこまでも系統金融機関という共同組合の理想の制度の中の存在です。制度が産中を支えているのであってそれ以上でも以下でもありません。博打をやっているように見えるのは産中の業務の一部が過大に見られているだけに過ぎません。私はそれを忌々しきことと考えています。私は産中をそんなものとは無縁の存在としたいと考えています」

どこまでも自分の理想は農業と共同組合だ。

大蔵省が指導するような金融行政とは一線を画したいと思っている。

その意味で三嶋の独善は立派だった。

しかし、出向中の仕事は大蔵省の流儀を１００％守り、徹底的に産中の人間として一目置かれ認められようと頑張った。

土日も休まずに二ヶ月ぶっ通しで資料作りを仕上げた時は残業慣れしている大蔵省の役人たちも三嶋のあり方に驚いた。

この時、三嶋は色々な分野、レベルの人間の間を調整して動くという能力を身につける。

それはその後の三嶋の産中でのあり方でも発揮されることになった。

表面上は皆の意見を取り入れて文章を玉虫色に纏めておいて皆を満足させる技術。そして、実際の意図とは違うことを「意図された通り」として実行していく技術だ。

官僚が自分たちの利益を確保する場合にそれを使っていることを三嶋は学んだ。

「これは金庫でも使える」

そう三嶋は確信した。

そうして二年があっという間に経った。

そして産中に戻った。

「ご苦労だった。大蔵省からも良い人材を派遣して貰《もら》ったと喜ばれた」

出向任期があとひと月となって産中の人事部に報告に訪れた時、人事部長からはそう労《ねぎら》いの言葉を掛けられた。

「金庫に戻るにあたっての部署で君の希望を聞いておきたい」

そう言われて三嶋は、本店なら管理部門か推進部、農業部……でなければ支店を希望すると言った。

人事部長は最大限考慮すると言ってくれた。

そして後日、また人事部から呼ばれた。

「今度は札幌《さっぽろ》だ。頑張ってくれよ」

三嶋は嬉《うれ》しかった。

「これで金庫らしい仕事が出来る」

三嶋以上に喜んだのが妻だった。札幌で生活できることが彼女の夢だったという。

「大蔵省みたいな酷《ひど》い残業続きではなくなるのでしょう？」

そう訊ねられたが明確には答えられなかった。体が残業慣れしてしまっているところもあって、札幌でもそうなりそうな気もする。

「分からない。でも、楽しいと思う……札幌は」

三嶋にはまだ想像がつかなかった。

◇

三嶋は札幌支店で漁業共同組合への貸出の担当課長になった。

根室《ねむろ》地域が主担当だが自由に北海道全土を回って良いと支店長からは言われた。

札幌支店の漁共への貸出は総額で三〇〇〇億円、漁船の購入資金が殆《ほとん》どだ。大きな船だと五、六〇〇億円する。三嶋は産中が資金を出した船は全て見て回ろうと思った。支店のクルマで北海道中の漁共を回ったのだ。

「新任の挨拶《あいさつ》でここまでいらした中金の方は初めてですよ」

そう言われた漁共がいくつもあった。

行く先々で酒をご馳走《ちそう》になり、漁共が斡旋《あっせん》してくれる宿に泊まった。

「三嶋さんは酒が強いねぇ」

北海道でもそれで受け入れられた。

「中金の人は皆我々からは雲の上の人たちだがあんたは違うね」

嬉しくなる。

広島での森林組合が思い出された。

「これが共同組合だ。ここに立ってちゃんと仕事をするのが金庫の仕事なんだ」

飲みながらそう思った。

そうやって漁共を回りながら北海道の海岸線を走り続けた。

「？」

夕刻、あるところで気になる建物が目に入ってクルマを止めた。

「これが……番屋か」

子供の頃に流行《はや》った歌謡曲の歌詞に出て来る。それはニシン漁が最盛期であった戦後すぐのことを描いた叙事歌だった。

三嶋は中に入ってみた。

中は広くがらんとしている。

「ごめん下さい」

声を掛けると奥から返事があった。

老人が出て来た。

三嶋は名刺を出して自己紹介した。

「はぁ、また偉い人が来たもんだ」

老人は名刺と三嶋の顔を見比べながらそう言った。

「ここは番屋ですね？」

老人は頷《うなず》いた。

「あぁ、もう十年以上使っていないが……ワシが管理を任されとる」

そういって中をぐるりと指さした。

「ニシン漁が最盛期の時はここで百人以上の漁師が寝泊まりしとった」

埃《ほこり》がたまった上下二段の木組みの寝台がズラリと並んでいる。

三嶋はニシン漁の最盛期を想像してみた。

「女衆も大勢おって一晩中飯を炊いとった。それはもうなんともいえん活気があった」

大きな釜《かま》が錆《さ》びたまま放置されている厨房《ちゅうぼう》で老人はそう言った。

三嶋は老人の言葉に頷いた。

「本当に『石狩挽歌』の歌の通りなんですね」

　老人も頷いた。

「あの歌を初めて聞いた時は涙が流れた。もう無くなったわしらの思い出だったからな」

　三嶋は歌詞を口ずさんだ。

「大漁になった時の……あの歓びは忘れられん。ワシは博打《ばくち》を一切やらんのは……あの博打を経験したからだ」

　三嶋はその言葉に怪訝《けげん》な表情になった。

「博打？　ニシン漁が？」

　老人は頷いた。

「そう博打よ。大借金して船や網を借り、ニシンが来れば大金持ちに、来なければ乞食《こじき》……二つに一つの大博打よ」

　老人は大博打に打って出て勝ち続けてニシン御殿を建てた連中の話もしてくれた。

「じゃが負ければ惨めなもの。ニシン御殿は十人に一人しか手に入らず、その御殿も次に負けたら取られてしまう。ニシン漁というのはそういう世界よ」

　三嶋は北海道の漁業について札幌に来てからいつものように猛勉強していた。

　嘗《かつ》てのニシン漁に代表される中小の水産業は今は大水産業として集約されている。

　三嶋には老人の博打という言葉がずっとひっかかった。

「どうだい？　今夜はここに泊まって飲んでいかんか？　色々摘《つ》まみもある」

三嶋はお言葉に甘えますと腰を落ち着けた。

老人の料理は旨《うま》かった。

自家製の燻製《くんせい》が出され日本酒が進む。

近所の老人の友人だという人たちも酒や肴《さかな》を持ち寄っての酒盛りとなった。

皆、昔はニシン漁で潤った人たちだ。酒が回って来ると口々に大漁の思い出話になる。

「ニシンの群れが来た時、海猫の鳴き方が変わる。その時、全身の毛が逆立つようになる」

「海が黒く染まる。あの海を見たら血が逆流するように感じる」

そして大漁のニシンが入った網の重さ。

「一匹一匹が札束に見える。大博打に勝った歓びで弾《はじ》けそうになる」

三嶋も皆と一緒にかなり飲んでいた。

だが三嶋の心はどこか醒《さ》めていた。

博打、大博打という言葉に違和感を覚えているからだ。

（それは漁業ではない。そんな博打の時代の漁業は終ったんだ）

だが、老人たちの高揚した表情を見ているとそんな理屈では測れない人間の根源を見るようにも思う。

何故か三嶋は同期の城山を思い出した。

「金庫は博打をやっているんだろ？」

三嶋がそう訊《たず》ねた時にそれは違うと撥《は》ねつけられた。

「俺が今、博打ということを嫌うのと、城山の拒絶の間は……何が共通して何が違う？」

三嶋は酔った頭で考え続けた。

「産中さんはヘッジファンドだから……」

大蔵省でもそう認識されていることに三嶋は驚き、ずっとそのことが頭を離れない。

「ヘッジファンドは博打ではないのか？　相場というのは博打だ。金庫でいつまでもそんなことをさせてはいけないんだ」

三嶋はそう思い続けていた。

しかし、いまニシン漁の思い出に浸る人たちは皆博打の思い出に浸っているのを見るとなんとも複雑な気分になる。

「あんたは雲の上の人なのにこうやって我々と酒を飲んで喜んでくれる」

そういう人たちの人生の華は博打としての漁業だったのだ。

酔いの中で三嶋は考え続けていた。

「？」

ふと見ると老人たちは皆酔いつぶれて寝込んでいた。

三嶋は立ち上がり、勝手に部屋の奥にある毛布を取り出して皆に掛けて回った。

そしてまた酒を飲んだ。

「………」

海鳴りが近く、遠くに聞こえる。

『石狩挽歌』を口ずさんだ。

「♪」

そこで歌われている世界、それが博打の世界だったと思うと何だか苦いものを感じる。

それでもそこに人間の歓びがあるのも真実だと思う。

三嶋はここで初めて産中というものの根源を考えた。

農林水産業の金融の中核である産中。

「でも農林水産……農、林、水産はそれぞれ似て非なるもの。ただ自然を相手にするところだけが似ているといえるだけ……」

三嶋は実家のことを考えた。

両親はまだ元気に米と苺《いちご》を作っている。

そして兄が全てを仕切っている。

「苺に転身した時……酪農を止めて苺に乗り出したのは博打だったのだろうか？」

そう思うと奇妙な感じになった。

「親父にとってあれは賭《か》け……博打だったのか？」

あの時の母親の心配そうな顔は忘れることは出来ない。

三嶋は立ち上がり番屋の外に出て浜まで歩いた。

「………」

夜が白々と明けて来ている。

「！」

三嶋は幻視した。

大漁のニシンに沸きかえる浜辺を見ていた。

何百人の男女が浜に溢《あふ》れ、網が引かれていく。

「大漁だ！　大漁だ！」

大合唱と共にニシンの群れが沖からどんどんやって来る。赤々とかがり火が燃え皆の歓びの顔と汗を照らし出す。

三嶋はふと青木繁《あおきしげる》の名画『海の幸』を思い出した。

漁の恵みへの、生の歓びの根源が描かれたようなその絵を思い出していた。

「…………」

漁業とは何か農業とは何か林業とは何か……それを突き詰めないといけないのではないかと三嶋は考えた。

「そこでの金庫とは何だ？」

三嶋の独善は変わりつつあった。

「俺は金庫で理想を実現する。この思いは変わらない。だが……農も林も水も変わっている。変わらないものなどない。その中で金庫がやるべきことはなんなんだ？」

三嶋はまだ分からないでいた。

真面目といえばこれほど真面目な男もいない。純粋なまま三嶋は三十半ばになろうとしていた。

そして、今という時代そのものが三嶋に迫っていた。

◇

三嶋は耳を疑った。

北海道にある全ての漁共の信用事業を束ねる北海道漁業信用共同連合会を訪れた時のことだ。共同会の資金規模は一兆円に近い。その資金の殆《ほとん》どは産中に上がって来るものだが……三嶋は会長の言葉に驚愕《きょうがく》した。

「今は一言でいって金余り。資金がだぶついて仕方がないんです」

今という時代の現実が三嶋に突きつけられた。

日本はあらゆるところに金が溢れていた。金を扱う金融機関にはその金が還流し膨張している。共同会も例外ではなかった。

会長はただこれを産中に預けるだけでは勿体《もったい》ない。その金を自分たち自身で運用したいというのだ。

「色んな証券会社が日参して来ますしね。世間ではごく普通の会社が財テクをして稼いでいる。そんな時に我々金融機関が何もしないのはおかしい。証券会社も全面的に応援すると言ってくれています」

三嶋は反論した。

「それならもっと漁共への融資を拡大されたらいかがですか？　それが共同会のあるべき姿ではないですか？」

会長は首を振った。

「今は漁業での金の借り手はいないんですよ。北海道の近海でやれる漁場は飽和状態。二百カイリの遠洋への大型船は新型に代わり揃っています。だから漁業そのものに資金需要がないんですよ」

その言葉に三嶋は黙ってしまった。

今の日本の現実がここにあった。三嶋の思い描く理想の漁業とは違う現実があったのだ。ただここで共同会に取り返しのつかないことをされては元も子もない。

(どうする？　どうすればいい？)

三嶋は少し考えてから会長に言った。

「会長、一両日お時間を頂けませんか？　我々がそれに対してどのようにご協力させて頂けるか……考えを纏《まと》めさせて頂きたいのです」

会長は三嶋の言葉に頷《うなず》きながらも自主運用に乗り出すのは既定路線ですのでと言った。

「やっかいなことになったな」

支店長は苦い顔をして三嶋に言った。

「あの会長の性格からして……博打《ばくち》は好きそうだしな」

その言葉に三嶋はゾッとした。

「共同会に博打をさせて大きな穴を開けられたら大変なことになる。絶対に阻止しないといけないぞ」

三嶋はその支店長の言葉に頷いてから難しい顔つきになって言った。

「ただ自主運用は既定路線だと言っています。何か我々の方で手を打たないとハゲタカのような証券会社に食い物にされてしまいます」

支店長もそれが一番心配だと言った。

「会長はすすきので連夜、証券の接待を受けているという話だ。だが、共同会がやっていいことと悪いことはある。三嶋君、資金証券関係で誰か知っているか？　俺はずっと地方回りだったし同期に資金証券部や国際金融部の人間はいない。誰かこの件で適切な助言をくれそうな人物は知らないか？」

その時、同期の城山の顔が浮んだ。

だが三嶋にとっては嫌な奴の代表だ。

「兎《と》に角、博打はやらせてはならんからな」

その支店長の言葉で三嶋は思い出した。

城山に博打は金庫に必要ないと言った時のことだ。

「俺たちのやっていることは博打ではない。相場を相手にしているがギャンブルをやっているのではない」

城山がそう言ったのを思い出したのだ。

私情を交えている場合ではない。

「私の同期で米国株運用をしている男がいます。そいつに聞いてみます」

支店長はそれは誰かと訊《たず》ねた。

「城山といいます」

その名前を聞いてあぁという表情になり支店長は声を弾ませた。

「俺が大阪支店で連合会を担当していた時にいた新人だ。確か――」

そこで支店長は城山が大手電器メーカーのM社と金庫の初取引を成し遂げ、支店で大きな話題になったことを話した。

「そんなことを城山はやったんですか……」

ただの軽い男と思っていたが骨があるのだと思った。

「じゃあ、城山くんに相談してみてくれ。それで策を講じるようにしよう」

分かりましたと三嶋は頭を下げた。

「事情は分かった。明日《あした》、返事をする」

三嶋が電話をすると城山はそう言った。

城山は米国株担当ではなく資金証券部の株式課長になっていたのを三嶋は大蔵省への出

向中で知らなかったが、資金証券部ならこの案件にはさらに都合が良《い》いと思った。

そして翌日、三嶋は城山からの回答のファックスを見て驚いた。

「こんな短時間で……ここまで具体的に詰めている」

三嶋はそれを改めて書類に纏めて支店長に見せた。そして支店長と共に共同会を訪れた。

「なるほど……うちが組織として責任を持って自主運用を行うなら全面的に応援をする。そういうご主旨ですな」

会長は三嶋が手渡したペーパーを見ながらそう言った。

三嶋は頷いた。

「資金証券部が共同会さんからの訓練生（トレーニー）を受け入れるということです。産中の様々な運用をそこで実際に見て頂きます」

会長は満足げに頷いた。

「自主運用の上限額は３００億として頂きます。それであれば……という条件です」

会長は少し考えてからいいでしょうと承諾した。

その様子に三嶋はホッとした。

そうして実際に共同会の自主運用が始まったのが半年後だった。

半年間トレーニーで産中の資金証券部に行っていた共同会の課長が戻って来てから始まったのだ。

課長は三嶋に言った。

「本当に産中さんにはお世話になりました。受け入れ先の資金証券部の皆さん、特に城山さんには色々と教えて頂きました」

三嶋は共同組合は一心同体ですからと言い本当にご苦労様でしたといいながら今後の自主運用の方針について訊ねた。

「実は城山さんからのアドバイスに基づいて、といいますか城山さんの助言でやらせて頂くことになっています。こういうポートフォリオを頂いています」

そうして三嶋にペーパーを見せた。

三嶋はまずその言葉に驚いた。

(凄《すご》い城山への信奉振りだ……)

そう思いながら見ると……そこには十年物国債と二―三年物の利付金融債とを半々ずつ保有する内容になっている。

課長は言った。

「これなら大きなリスクを取ること無く産中さんに預けるよりも40から50ベーシス、上手《うま》くいけば60ベーシス上の利回りが得られるはずだと城山さんは仰《おっしゃ》っていました」

三嶋はそうですかと笑顔を作った。

「自主運用が確実に上手くいかれることを祈っております」

課長は頷いた。

「いつでも城山さんにアドバイスを頂けることになっています。本当にありがとうございます」

　こうして共同会はまず１００億の債券ファンドを作ることになった。

　三嶋は城山に電話を掛けた。

「共同会さんはずいぶん城山を信頼していた。ありがとう」

　城山は笑いながらそれは金庫の力だと言った。

「課長に城山が示してくれたポートフォリオ。あれで大丈夫なんだな？」

　城山は問題ないと自信ありげだ。

「金利の上昇は当面考えられないし、仮に上昇しても短期で終る。安全策をとって長期債と短期債のバーベル型にしたが、金庫の預金施設よりは良い結果になる筈《はず》だ。自主運用の成功例になると確信してるよ」

　その城山の言葉に敢《あ》えて三嶋は訊ねた。

「これは博打ではないんだな？」

　城山は電話の向こうで噴き出した。

「相変わらずだな三嶋は。大蔵省への出向で金融行政の現状を見て来ただろう。株価も大きく下げている中で金利の上昇はあり得ないよ」

　三嶋は訊ねた。

「城山、教えてくれ。博打と運用の差はなんなんだ？」

ほうと城山は言った。

「ベリーグッド・クエッションだな。お前が初めてまともな質問をしたよ」

三嶋はカチンと来たが黙って城山の答えを待った。

「運用はリスクを第一に考える。博打はリスクは考えない」

それだけでは分からない、運用とは何だと三嶋は訊ねた。

「確率過程の形成と確率変数の認知、その連続的行為だ」

城山はそうきっぱりと言った。

「それがヘッジファンドということか？」

「あぁ、その通りだ」

そうして電話を切った。

「……やはり博打じゃないか」

三嶋はそう呟《つぶや》いた。

第六章　バブル崩壊

城山良太はサンディエゴにいた。

産中では外国株式を自家運用するだけでなく外部に委託することが検討されていた。

新たな運用手法を学ぶ目的や運用のあり方を分散させリスクを低減させる目的もあった。

米国株の運用会社の選定は良太に一任されていたのだ。

「なんなんだよ……この国は」

真冬の二月。アメリカ出張を敢行して氷点下の東海岸・ボストンの運用会社を回ってから良太はサンディエゴ空港に着いた。

到着ゲートから空港ロビーに出た良太は驚いた。周りは皆Tシャツ姿なのだ。気温は摂氏二十八度……良太は真冬から真夏にやって来たのを感じた。

「信じられないな。何度来てもこの国の広さだけは想像を超えてる」

自分が手に提げているオーバーコートがズシリと重い。

「それにしてもボストンでのVIP扱い……下にも置かぬとはあのことだったな」

バブルの国、日本からやってきた最もお金持ちの機関投資家・産中への運用会社からのラブコールやアタックは凄《すさ》まじい。

「一体どれくらい資金を預けてくれるのか……」

皆が舌なめずりしているのが分かった。

ボストンには運用会社が集まっている。

老舗《しにせ》運用会社は良太のために最も優秀とされるファンドマネージャーとのミーティングをセットし、これでもかと自社の優秀さをアピールした。そしてその後は高級レストランでのディナーやランチが待っていた。良太は本当に能力を信頼して任せられる運用会社を三社選びたいと虚心坦懐《たんかい》に選定の目を光らせていた。事前に厳選し最終候補（ファイナリスト）を五社リストアップしていた。

その中に新興ではあったが非常にユニークな運用で好成績を続ける会社があった。そこを訪ねるためサンディエゴを訪れたのだ。

その会社、オリバー・サイモンは定量的分析による運用で売り出し中の会社だった。

良太は実際にそのファイナリストを訪れてじっくりと話を聞いた。安定的に高い運用成績を継続している理由は各々の分野のスペシャリストたちの質の高さだと質問を重ねるうちに分かった。

「超が付くくらい優秀な連中だ。情報の収集、分析、判断、実行がプログラムの中で研ぎ澄まされている」

良太は感心した。

ミーティングが終って帰ろうとすると良太は引き止められた。

「今夜は城山さんの為に特別なディナーを用意しています」

固辞したがどうしてもと聞かない。クルマに乗せられ着いたのが意外な場所だった。

「ここは？」

椰子《やし》の木に囲まれた何とも雰囲気のある建物の前に停まったのだ。

サンディエゴ美術館だった。

美術館をその夜借り切っての主要スタッフと共に夕食だという。良太はオリバー・サイモン社の洒落《しゃれ》た接待の趣向に感心した。

玄関に入ると早速ワインが振舞われた。

グラスを片手に飲みながらの美術鑑賞なのだ。それも館長直々の案内で展示室を巡る。顔も体格も映画監督のフランシス・フォード・コッポラに似た大柄の館長がスルバランの静物画の価値について熱心に説明してくれるのを良太は興味深く聞いた。そうして皆でワインを味わいながら名画を堪能《たんのう》していった。

「こんな気分の良いことはないな」

ディナーは美術館のカフェ・テラスだろうと予想していたら違った。中国美術の展示室にわざわざテーブルが用意されそこでディナーが供されたのだ。食事は簡単なケータリングだったが唐三彩の見事な作品に囲まれての食事は異次元空間にいるように感じて格別だった。

米国という国の型破りさと懐の深さを感じさせる素敵なもてなしだ。良太は自分が産中で米国株を担当できることを今更ながら幸運に思った。米国という国の強さ広さ、深さ新しさ、訪れる度に驚かされ感心させられる。

その夜、最終便の小型機で良太はサンディエゴからロスアンゼルスに飛んだ。低く飛ぶ飛行機の窓から延々と続く夜景を見ながら良太は思った。

「産中にとって米国株は宝になる筈だ。ここから日本はおそらく大変なことになる」

良太は日本という国や企業のあり方に対して懸念を感じていた。それは米国の企業のあり方と比較すると直ぐに分かる。

「自らは変化しようとしない日本企業に対して米国企業は変化を楽しんでいる。この差は大きい」

良太はそれは何故なのだろうと考える。

「やはり想像力の差だな。今ここにあるものではなく全く違う何かを想像しそれを具現化して利益を得ようとする。その発想は日本の企業に全くない」

そうして小型機はロスアンゼルスに降り立った。良太がロスアンゼルスを訪れたのは産中が既に投資している数社の企業を訪れて経営に関する説明を聞くためだった。

大手娯楽会社、銀行、そして良太がその会社を訪れるのを一番楽しみにしていた会社がサンタモニカにあった。

「日本では考えられない」

その会社とは病院経営の会社なのだ。既得権益として岩盤のような規制で守られている日本の医療とは真逆にあると良太は思った。

医療をビジネスとする。高い質の医療を効率的に行って利益をあげることを考えて株式を公開し経営情報を積極的にオープン化する。

そんな発想は日本にはない。

その会社を訪問した後、サンタモニカの海岸沿いのボードウォークを歩きながら良太は改めて日本との差を考えていた。

その時ふと自分たちの組織はどうなのだという疑問が湧いた。

「第一次産業中央金庫、日本の農林水産業の共同組合……それこそ典型的な岩盤規制で守られた存在じゃないか？」

そう思うとなんともいえない気分になった。

カリフォルニアの明るい太陽と煌《きら》めく太平洋、どこまでも美しいサンタモニカを歩きながら憂鬱《ゆううつ》を感じた。

「この海の先には日本がある」

ジャパン・アズ・ナンバーワンと喧伝《けんでん》されている日本がある。

「だが株価は大きく下がり続けている。そのことが指し示す未来は……暗い」

良太は株価とは何かと問われたら必ずこう答える。

「将来の利益の先食い」

株価が下がるということは将来の利益に期待が持てないということだ。良太が産中に入ってから日本の株価は異常な勢いで上がり続けた。株だけではなく土地や建物などの不動産、そしてゴルフ会員権などあらゆる資産の価格が暴騰していった。

「だがそれも完全に天井を打った」

株価は大きく下がり不動産も下がり始めている。日本の全ての銀行が不動産絡みの融資を大きく行っていてそれがこれからどうなるのかが不安視されている。

「米国と日本の違いは他者との意識の差が一番大きい。米国はユニークでオンリーワンを目指すが、日本は常に皆と同じを目指す。それがある特定の産業での過熱をもたらしたりする」—

良太は産中の不動産関連融資がどうなっているのか心配で企画管理部の神宮薫に訊《たず》ねた事がある。

神宮の答えは意外なものだった。

「金庫はそれほど不動産関連融資は多くない。実は羹《あつもの》に懲りてなますを吹き続けたのが幸いした」—

良太は驚いた。

「どういうことですか？」

神宮の説明によると……産中は十年前に子会社の不動産関連会社が大きな焦げ付きを出したことがあったという。

「都銀と違って情報分析力が足りなくて掴《つか》まされた不良債権だったんだ。大きな問題になって関係者は皆飛ばされた。金庫の中では汚点とされた。それ以来、不動産融資は金庫の中で鬼門になったんだ」

「なるほどそれでここまでの不動産ブームに一線を画していたんですか」

神宮は産中はついていると言った。

「系統金融組織には妙な〝つき〟がある。それを大事にしておかないとな」

良太はサンタモニカの夕暮の中、ずっと考え続けていた。

「産中という組織の将来。ここから日本経済が株価が示すように大きく下がっていくとどうなる？　凶と出るのか吉と出るのか？」

神宮はこれから金融の世界で産中の時代になると予言していた。

「城山、産中は日本最強の金融機関になるぞ」

良太は嘗《かつ》てその言葉を冗談だと思っていた。

「だがその可能性はある。産中は岩盤規制産業の農林水産業を基盤とする組織だ。経済が大変なことになる中でも守られる」

なんとも複雑な気分のまま良太は太平洋を見詰めた。

◇

「株式課長……ですか？」

米国から戻った良太は神宮に呼ばれてそう告げられた。次の異動で資金証券部に戻り株式課の課長、つまり日本株運用の責任者をやれというのだ。神宮は産中の運用部門の人事を裏で完全に動かしていた。

「相場の世界は本当に能力のある奴がやらないと恐ろしい」

それが産中の人事を企画管理部長の地位で意のままに出来る神宮の考えだった。

「ここからの産中の株のポートフォリオをどうするかをお前に任せる。お前が日本株は駄目だと思ったら……持っている日本株を全部処分しても構わん」

突拍子の無い言葉に良太は笑った。

「お前が外国株で作った運用の枠組みを日本株に移植して欲しい。株価が大きく下がり始めて好機到来だと俺は思っている。だからお前が日本株に必要なんだ」

良太は訊ねた。

「日本株でボトム・アップをやれということですか？」

神宮は少し考えた。

「それは場合による。それも含めて運用の戦略や体制をお前に一から考え直して貰《もら》いたいんだ」

トップ・ダウン、ボトム・アップ。

それは株式運用の大きな二つの方向性の違うやり方だ。

トップ・ダウンは経済環境や金利の方向性から株式市場の方向性を予測し、それを基に銘柄の選定を行ってポートフォリオを組みたてて運用を行う。市場が上昇すると予測すれば、上昇局面で市場を上回ると考えられる攻撃的銘柄を多く組み入れ、下落すると予測すれば、下落局面で株価が下がりづらいとされるディフェンシブ（防御的）銘柄を多く組み入れ全体の値下がりを抑える運用をする。

元々市場の方向性を予測するのが難しい上に、過去の下落局面ではディフェンシブ性を発揮した銘柄が今回は全く機能しないなどのケースも多く運用の難易度は高い。しかし、大きな上昇相場などで爆発的なパフォーマンスを示すなどの醍醐《だいご》味《み》がある。

それに対してボトム・アップは市場の方向性予測は判断から捨象して銘柄（企業）のファンダメンタルズ分析のみで株価の方向性を判断し運用を行う。大手運用会社の多くはこの運用を採用している。銘柄選択基準の顧客への説明が容易で組織的な運用がやり易くサラリーマン・ファンド・マネージャーに向いているからだ。

産中の外国株で良太はトップ・ダウンとボトム・アップの融合で運用を行っていた。株式運用を行うのに最低限ファンド・マネージャーという実際に銘柄を選定し売買を行う者が必要だが、それ以外にストラテジストやアナリストと呼ばれる人間を利用する。

ストラテジストとは日本語に訳せば戦略家ということになる。経済状態や金融政策など株式市場を取り巻く環境を分析し株式市場の方向性を予測し、それを基に買いや売りを推奨するセクター（銘柄のグループ。自動車セクターや電子部品セクターなど多岐に分かれる）や銘柄そのものをレポートなりで伝える。

機関投資家でストラテジストを置いている所はなく皆証券会社に所属している。経済の分析や予測のみを行うものがエコノミストでテレビの経済番組などに登場するのでお馴染《なじ》みだった。産中の米国株ではストラテジストもエコノミストも良太が兼ねているのだ。

ストラテジスト周辺の存在としてチャーチストという者もいる。様々な指数や株価の罫《けい》線《せん》（チャート）を分析して市場や銘柄の動きを予測する人たちである。分析のやり方は古今東西で様々にある。良太は基本的にチャートを信じていないが相場の全体像を認識するときには利用する。

トップ・ダウンでの運用を重視する良太は彼等のレポートを読んだり実際に会って意見交換を行うことで株式市場の今後の行方を予測する際の参考とする。アナリストは日本語に訳せば分析家ということになる。軍事アナリスト等もいるが一般的にアナリストというと株式アナリスト、つまり上場されている銘柄（企業）の経営や財務を分析し、投資家に対して買いや売りの推奨を行う者たちを言う。

主に証券会社（セルサイド）に属しているが、機関投資家（バイサイド）も大手は全て自前のアナリストを揃えている。

「うちもその体制を作る」

良太はそう考えていた。

良太は頻繁にストラテジストやアナリストそして他の組織のファンドマネージャーたちとの交流を行った。彼らは証券会社や銀行に就職し最初からそんなスペシャリストになった訳ではない。良太と同じように営業などのジェネラリストから選ばれて今の職種になった者も多い。

その頃、良太がよく行ったことがあった。

証券系や銀行系の人間に営業マン時代の苦労話を聞くことだ。それはまさに猛烈日本の金融ビジネスのあり方を表していた。人の悪い趣味ではあったが興味深いものだった。

特にS銀行とN證券の人間に個人営業の苦労話を聞くことは面白かった。この二つの組織の営業は常識では考えられないものがあったからだ。

あるS銀行系のファンドマネージャーと意見交換をしていた時のこと、彼が青山支店で個人営業をしていたというので良太は訊ねた。

「じゃあ今も青山で飲んだりすることは多いんですか？」

すると顔をしかめ吐き捨てるように言ったのだ。

「青山には近づきません。嫌な思い出しかありませんから……」

良太はその反応に驚きながらも別のS銀行の人間から聞いた凄《すご》い話を思い出した。

その人物は正月三ヶ日にライバルの都市銀行であるF銀行の世帯寮を回って預金を取って来いと行かされたというのだ。

「子供がお年玉を貰っているだろ！」

支店長は真顔でそう言って行員たちに正月三ヶ日も働かせたというのだ。

またS銀行のある者は獲得預金が月のノルマに達しなかった為に支店長に算盤《そろばん》で思いっきり頭を殴られたという。

算盤は壊れ玉が四方八方に散らばる。

「拾え！」

そう支店長に怒鳴られ、泣きながら一つずつ拾っていった。その彼の先輩は同じようにノルマが達成できなかったために支店長にネクタイの結び目から下をハサミで切られこう言われる。

「お前みたいな奴が一人前にネクタイをしている資格はない！」

先輩はその日その姿のまま仕事をさせられたという。

「凄いですね！　とても普通とは思えない」

良太がそういうとS銀行の人間は言った。

「ノルマは目標数字ではなく絶対ですからね。それは死んでも達成するという意味ですから」

ノルマ達成ということではN證券の凄《すさ》まじさも常識を超えている。

N證券の人間は、何より投資信託の販売ノルマの達成が大変だったと言う。

彼は翌朝八時がノルマの締切だったが、どうしても目標数字に達しない。

「どうする？　どうすればいい？」

彼は悩んだ末に自分を一番かわいがっているお客さんの自宅を午前二時に訪れ、インターフォンを押す。

「一体どうしたの？」

驚いているお客さんの前で彼は泣き崩れる。

「あと五百万！　そうでないとノルマが達成できないんです。僕は死なないといけないんです！」

そうやってお客さんに助けて貰ったのだと言った。

「その後、これで味をしめて何度かこの手を使いましたがね」

良太は呆《あき》れたがそれが右肩上がりの経済成長を続けた日本のひとつの断面なのだ。

常軌を逸してはいるが……日本のトップ金融機関とはこのぐらい厳しい環境（ノルマ）を設定しての営業は当然でそれをまたこなせる環境があり人材もいたということだ。

◇

良太は資金証券部の株式課長として戦略と戦術の立案、そして産中での新たな株式運用の体制づくりをしなければならなかった。

平成に時代が変わってから日本の株式市場は大変な状況になっていたからだ。

平成元年の大納会に日経平均株価は三万八九一五円八七銭の史上最高値をつけた。

これは七年に亘る歴史的上昇相場の大天井となっていた。

年が明けて平成二年の大発会がそれまでの日本株を支えていた動きとは真逆になった。

円安、債券安、株安のトリプル安で始まったのだ。

「嫌な感じだな……」

その頃の良太は米国株担当だったが日本株から異変を感知した。お屠蘇《とそ》気分で日経平均五万円が実《まこと》しやかに語られる中で良太はその市場の動きが気になって仕方がなかった。

「日銀はここまで公定歩合を三回引き上げた。だが市場は殆《ほとん》ど危機感を持っていない」

日本の足元の景気は絶好調だった。

日本全国が建設ラッシュに沸き、一般住宅も改築ブーム、ベンツやＢＭＷは飛ぶように売れ、百貨店の売上高も二桁《ふたけた》の伸びを続けていた。長い好景気の中で人手不足は深刻となり有効求人倍率は一・三倍にまで上っていた。出稼ぎ外国人労働者は急増して三十万人を超えていた。

「景気は都市部だけでなく全国的に波及しています。だからこの景気はまだまだ長く続きます」

エコノミストたちは楽観的なコメントを繰り返すが、良太はどこかおかしいと感じ醒《さ》めていた。

そんな時、良太は神宮から「今この二人の経済学者を読んでおけ」といわれた。

それは良太の仕事の質を大きく変えるものになった。明確な論理性を説明の中に組み込むことが出来るようになったのだ。

「二人」とは、経済学者の岩井《いわい》克人《かつひと》と青木《あおき》昌彦《まさひこ》だった。

岩井の『ヴェニスの商人の資本論』『不均衡動学の理論』青木の『システムとしての日本企業』『日本経済の制度分析』等はインパクトの強い本だった。

岩井からはこれまで当たり前と考えてきた事を角度を変えて見ることでその本質が浮き彫りになる術《すべ》を学んだ。

「貨幣の貸し借りとは、現在の貨幣と将来の貨幣とを交換する行為であり、借り手が貸し手に支払いを約束する利子とは、現在の貨幣の価値と将来の貨幣の価値とのあいだに存在する差異の別名なのである」

岩井が指摘する〝差異〟という概念が大きなヒントになると良太は思った。

「いわゆるポスト産業資本主義的な形態の資本主義においては、新技術や新製品のたえざる開発によって未来の価値体系を先取りすることのできた革新的企業が、それと現在の市場で成立している価値体系との差異を媒介して利潤を生み出し続けている。実際、貨幣の無限の自己増殖をその目的とし、利潤の獲得をその動機としている資本主義にとって、差異さえあれば、それはどのような差異であってもかまわない」(『ヴェニスの商人の資本論』)

このような岩井の考え方に完全に嵌《はま》ってしまい良太は癖のようになった時期があった。

「優れた思想や洞察とはそういうものだ」

神宮はそう言って笑った。

それによって自分が経済や金融の本質を理解しているという自信がついていった。

また青木昌彦からは企業をシステムとして捉《とら》えることで本質的な競争力のありかたを把握してゆくことを学んだ。

「効率の観点から見ると、ある企業システムの比較優位は、企業が置かれた市場条件と技術的条件によって決まるだろう。もし異なる企業システム間の競争の結果が効率のみによって決定されるならば、世界中一律に、各産業ごとに異なる型の企業システムが形成されてくるはずである。しかし、事情はそれほど単純でない。ある産業にとって好ましいと考えられる特性(例えば、自動車組立産業にとってのJ型「日本型」情報システムや化学産業にとってのW型「西洋型」情報システム)は、他の領域における特性(例えば、下請ネットワーク対統合の傾向)によって補完され、かつ社会規範と強制メカニズム(例えば系列の互恵性や反独占規制の枠組み）に関する適切な制度的枠組みの中に置かれた場合にのみ最も効果的あるいは存立可能であるかもしれないからである」（『システムとしての日本企業』）

このような青木の分析は企業分析をする際に大局を作る上で極めて役に立った。

このように経済や貨幣そして企業の本質を見事に炙《あぶ》り出す彼らの〝方法論〟に良太は感銘を受け影響された。そこにはプリンシプルがある。物事を突き詰めて考える為に大事なものがあると良太は思った。

「戦略的に考える」際の土台を彼らの中から摑《つか》んだと良太は思った。

その「摑んだ！」という自信がなにより大きかった。それが良太の産中での日本株の運用戦略に生かされていくことになる。

そんな時に意外な人物から電話があった。

「そうか……三嶋は札幌だったのか」

同期の三嶋祐二だった。

三嶋が大蔵省に出向したことは知っていたがその後で札幌に転勤していたことは知らなかった。三嶋も三嶋で良太の株式課長への異動を知らずまだ米国株担当だと思っていた。

「それで？　今何をやってるんだ？」

三嶋は漁共を担当しているという。

「大蔵省に出向してたお前が？」

良太は金庫の人事の奇妙さを思った。

資金証券関係は神宮の眼鏡に適《かな》った人材で要所が押えられていることから非常に合理的な人員配置がなされている。

（それ以外のセクションは……よく分からない人事のあり方だな）

良太からすると大蔵省にせっかく行っていたのだから産中の企画部門で出向中の人脈を生かしてもらう方が良《い》いと思う。だがそこには産中の長期的な人材育成の考え方があるのだろうと自分自身を納得させた。

（頭の固い三嶋だ……そういう人材にはそういう人材の使い方があるんだろう）

良太は自分が神宮になったかのように同期の人事に対して大局的な見方をして言った。

「三嶋はエリートとして上から下まで色んなことを勉強するということなんだな」

三嶋はその言葉で相変わらず嫌な奴だと良太のことを思った。

「で？　俺に電話はなんだ？」

三嶋は北海道漁業信用共同連合会の自主運用について話した。

「共同会の自主運用……それはやっかいな話だな」

良太の言葉に電話の向こうの三嶋もそうなんだとため息をついた。

「博打《ばくち》は金庫だけで十分だからな」

（また……）

三嶋の常套句《じょうとうく》を苦々しく思いながらも良太はそれでも大人の対応をしようと心掛けた。

「それで？　どうするんだ？」

良太の問いに三嶋は困ったような口調になった。

「自主運用は既定路線だというんだ。証券会社が日参していて、いくらでも良い運用があると吹き込んでいる」

「まずいな」

良太は反射的に言った。

「共同会が証券会社に骨までしゃぶりつくされる可能性があるぞ」

良太の言葉に三嶋はドキリとした。

「ほ、本当か？」

三嶋は共同会の会長が毎晩のように証券会社の接待漬けになっていると伝えた。

良太はしっかりと三嶋に対応させなければならないと考えた。

「三嶋、明日《あした》まで時間をくれ。悪いようにはしないから」

三嶋は良太の言葉にホッとした。

「そうか……宜《よろ》しく頼む。ありがとう」

電話を切ってから良太は初めて三嶋から好意的反応を受けたと思った。

「共同会の自主運用……」

神宮薫は良太の言葉に暫《しばら》く考え込んだ。

「そういう話はこれからどんどん出て来て止められなくなるだろうな。今のうちにきちんと対応しておく必要がある」

神宮の言葉に良太も頷《うなず》いた。

「どうしましょうか？」

そこからの神宮の動きは速かった。

資金証券部長に連絡すると共同会からの訓練生（トレーニー）受け入れを了承させた。

「どんな組織も人だ。人をしっかりこちらに引きつけておく」

そして直ぐにメモを書くと良太に渡した。

「共同会にはこういうポートフォリオ案を渡してくれ。これなら預金施設よりも高いリターンを得られる」

そう言って詳しい内容を良太に告げた。

（相変わらず凄《すご》い人だな）

良太はそのメモの内容を見ながら神宮の頭の回転と行動の速さに感心した。

翌朝、良太は札幌の三嶋に電話をしてそれを伝え詳しい内容のファックスを送った。

「三嶋、礼はいらないから夏休みに女房と札幌に遊びに行った時に案内してくれ」

三嶋は面白くなさそうに分かったと言った。

◇

良太は妻の紀子と夏休みに北海道を訪れた。

初日は札幌グランドホテルに宿泊しその後はレンタカーで北海道を一周する旅だった。

札幌で何が食べたいと紀子に訊《たず》ねると意外なことにジンギスカンだという。

「なかなか東京では食べる機会がないし蟹《かに》は冬のものでしょう？　夏はジンギスカンが美《お》味《い》しいと思うのよ」

良太は三嶋を思い出して電話をしてみた。

「店を教えてくれるだけでいいよ。後はこっちで全部やるから」

そういうと三嶋は共同会の礼をしたいという。

「城山がそう言ったじゃないか……」

良太はすっかり忘れていたが意外と律儀な奴だなと思った。

三嶋は三嶋で嫌な奴からの電話だがここでちゃんとしておかないと本店で何を言われるか分からないと思ってのことだった。

「店は予約しておく」

三嶋はそう言った。

「三嶋も奥さんを連れて来るんだろ？」

良太が訊ねると三嶋の妻は出産のために広島の実家に帰っているという。

「そうか、それはおめでとう」

「ありがとう。じゃあ、当日ホテルのロビーへ迎えに行く」

「美味《うま》い店に連れて行ってくれ。小ぎれいだけど味は駄目というのは嫌だからな」

承知したと三嶋は言った。

そうして当日、三嶋に連れられた店は路地裏の狭く汚い店だった。

紀子は入った瞬間からはしゃいだ。

「いいわねぇ。本場に来た感じがする！」

三嶋はそんな紀子にご主人から汚い店にしろと言われましたからと真顔で言った。

店員がじろりとこちらを見たのが分かった。

良太は苦笑しながら美味い店に連れてってくれと言ったんだと店の人間全員に聞こえるようにわざと大きな声で言った。

（ったく、三嶋は……）

三人はテーブル席に着いた。生ビールで乾杯し紀子がお忙しいのにお付き合い頂いてありがとうございますと三嶋に頭を下げた。

「いえ、城山くんには礼をしなければいけませんので」

そう真面目な調子で言う。

（この人、機嫌が悪いのかしら？）

紀子はそう思ったが明るい調子で札幌は本当に素敵なところですねと三嶋に言った。

「うちの女房もそう言います。確かに住みやすい街ですから……」

「お子さん、楽しみですね」

紀子がそういうと初めて三嶋が嬉《うれ》しそうな顔をした。

「無事に生まれてくれたらと思っています」

その表情に良太も紀子も嬉しくなった。

「予定日はいつなんですか？」

「二週間後です。来週には僕も夏休みを取って広島に向かいます」

良太はそんな三嶋を見ながらこんな男が意外と良い父親になるんだろうなと思った。

「うちも欲しいんですけど……」

そういう紀子に良太は言った。

「まぁ、こればっかりは授かりものだから」

自然に任せているが良太はどちらかというと子供は欲しくないと思っていた。

二人の生活が自由で充実しているからだ。

紀子も仕事を持っているお陰で毎日が残業の良太はどこかホッとする部分がある。子供が出来てずっと家にいるようになったらそれはそれで可哀想だと思うのだ。

七輪が運ばれて来てジンギスカン鍋《なべ》が掛けられた。

「小学生の時以来だな。七輪を見るのは」

良太がそういうと三嶋は実家では今も使っているという。

「三嶋の実家はどこだっけ？」

「岐阜だ。専業農家で米と苺《いちご》を作っている」

紀子が苺と聞いて喜んだ。

「素敵ですね。苺づくりって！」

そこから三嶋の苺づくりにまつわる話や酪農をやっていた頃の苦労話になった。

良太はそれを聞きながら淡路島での記憶が甦《よみがえ》った。

（そうか……三嶋は農家の家庭で育って来たんだな）

改めて自分が産中という組織にいることを思い出させられた。ずっと金融市場で生きて来ている自分は産中の半分しか知らない存在なのだと思う。だが三嶋のように良太の仕事を博打《ばくち》という見方をされることだけは我慢がならない。目の前で熱心に農家の家庭についての話をする三嶋を見ていると運用の仕事のことも理解をして貰《もら》いたいものだと思う。何故、産中が一般の都市銀行よりも高い金利で預金を預かることが出来るのか？　そこを理解して欲しいと思うのだ。そこにどれだけの運用する人間たちの苦労があるかを分かって貰いたい。

ジンギスカンが出て来た。

「美味しい！」

紀子が舌鼓を打ちながらそう言う。

良太も一口食べて旨《うま》いと思った。

「やっぱり三嶋に店をお願いして良かったよ。ジンギスカンがこんなに旨いものとは知らなかった」

それを聞いて三嶋も嬉しそうだった。

「城山はジンギスカンは初めてなのか？」

これが二度目だと良太は答えた。

「大学時代の友達が八雲《やくも》の出身でな」

ほうという顔を三嶋はした。

八雲は函館《はこだて》から札幌の途中にある街だ。

「夏休みに一週間、遊びに来いといわれて行ったんだよ」

「すると最初の夜がジンギスカン。旨いと思ったよ、その時は……」

その時の話を良太は披露した。

そして翌日、街に出てみて肉屋の店先に牛肉ではなくてマトンやラムがズラリと並んでいるのに驚いたと話した。

「北海道では肉というと羊だからな」

三嶋がビールを飲みながらそう言った。

「だけど一週間のうち四回もジンギスカンだったんだ。それでさすがにジンギスカンはもう暫《しばら》くいいと思ったんだ」

精一杯のもてなしをしてくれた友人の家族の思いは痛いほどわかるんだけどねと良太は付け加えた。

「でも本当に旨いよ。このジンギスカンは……」

そう言って微笑んだ。

そして時計を見ると良太は店員に公衆電話はどこにあるかと訊ねた。

「すまん、直ぐに戻る」

そう言って店を出ていった。

(なんだ?)

三嶋はそう思ったが城山の妻は平気な様子でジンギスカンを旨そうに頬張っている。

「どうしたんでしょうか?」

三嶋は紀子に訊《たず》ねた。

紀子は笑った。

「いつものことです。気にしないで下さい」

いつものことといわれても分からない。

「何なんですか?」

「仕事です」

きっぱりと紀子は言った。

「どこに行ってもそうなんです。今日の相場がどうなったかをチェックするんです。早朝も深夜も必ず」

三嶋は驚いた。

「真夜中にニューヨークに電話をすることも、しょっちゅうです」

首を振りながら三嶋は訊ねた。

「奥さんはよく平気でいられますね」

紀子は笑った。

「新婚旅行の時からそうなんです。ふっと何を考えているか分からない時があります。そんな時は相場を考えているんです。それがあの人にとっては呼吸することと同じなんです。それが自分だからそれを受け入れて欲しいと最初に言われましたから……。それ以外は私を自由にさせてくれるし口うるさいことを一切言わない良い夫です」

三嶋は信じられなかった。

「そんなに大変なんですか？　運用の仕事というのは……」

紀子は頷《うなず》いた。

「朝の四時頃にニューヨークからの電話で起こされたことも何度もあります。株価が大きく動くたびにそうなります」

はぁと三嶋は溜息《ためいき》をついた。

「奥さんも大変ですね」

紀子は首を振った。

「もう慣れました。あの人は生き生きしています。仕事としての相場というものが生きがいになっているし天職だと言っています」

三嶋は驚いた。

「天職？」

そうですと紀子は応《こた》えた。

「そして金庫を日本最強にするんだと言っています。それが相場を天職に持った人間の目的だと……」

あぁと三嶋は思わず声を出していた。

「城山と今後ゆっくり話してみるようにします」

そうポツリと言った。

◇

日本の地価と株価は右肩上がりという認識に大きな疑問符が付いたのは平成という時代に入ってからだった。

良太は産中が純投資で持っている株をどんどん売却していた。神宮からの指示に従い大きな利益は出さないように益出しと損切りを同時に行う両切りと呼ばれる手法で株式資産を減らしていた。良太の基準からすると持っていてもまだこれから大きく下がると予想される銘柄が産中の日本株ポートフォリオには数多くあった。ある意味で良太は株の大掃除をやっているようなものだった。

　良太は神宮に言われた。

「お前に外国株をやらせておいて本当に良かった。株のことは俺にも分からないことが多い。その中でちゃんとした株式運用が金庫で行えるようにしてくれたことは金庫が日本最強になるうえで大きな武器になる。兎《と》に角、一旦《いったん》クリーンアップしてからお前が考える金庫の理想のポートフォリオを作ってくれ」

『理想のポートフォリオ』ではなく『金庫の理想のポートフォリオ』というところに神宮の考えの深さがある。

　産中は単年度決算の組織で生命保険会社のように長期投資で株を持つということは本来的には出来ない。短期的な収益が必要とされるヘッジファンドと同じ構造なのだ。その中で株式を持つ意味を常に良太は考えなくてはいけない。

「良い株だから損をしてでも長く持ち続ける」

　そういうセオリーは産中で通用しない。

　実に難しい仕事を良太は要求されていた。

「日本株はまだまだ大きく下がると考えられます。その中での金庫の理想のポートフォリオを作るのは至難の業です」

　良太がそう言うと神宮はお前はやれると語気を強めた。

「下がる中で考える。落ちながら撃つことを覚えることが大事だ。相場の世界で一番いけないことは思考停止だ。どんな状況であっても『次に打つ手』を考え、時が来たら実行する。それが相場で一番大事なことだ。それを学べるのは下げ相場だ。その意味でお前はついてるよ」

神宮はそう言って笑った。

良太は様々に相場のことを考えた。

神宮らしい逆説だがそれが正論だろうなと良太は納得した。

運用を天職と思える良太にはそれが楽しいことだ。一年三百六十五日、一日二十四時間、相場のことを考えていても苦にならない。

「自分は本当は頭がおかしいのかもしれない」

そう思うことがある。

「あの時、大事な神経が切れてそのままなのかもしれない」

それはあの債券ディーリングをやっていた時に聞いた音のことだ。一日で三億円の損を出したあの時に聞いた血の気の引く音……。

「ザクッ！」

地獄の扉が開いたような音だった。あれを聞いた時、良太の脳内の神経が何本か切れ、その為に相場の緊張を緊張と思わなくなっているのではないかと考えるのだ。

「そして逆に相場の緊張がないと生きて行けない……相場が麻薬のようになってるんじゃ

ないのか」

脳内麻薬が相場と対峙《たいじ》することで出っ放しになる。異常といえる肉体と精神が常態化してしまっているのではとも思う。

「それを勝手に天職などと言い換えているだけなんじゃないか……」

妻の紀子がそんな良太を受け入れてくれていることも本当は異常なのではないのかと思えて来る。

「それでも俺は産中の収益の核を作らなくてはいけないんだ」

神宮という天才に見込まれた自分の運命と思うしかなかった。気分だけで生きて来た良太にとって気分よりさらに深い部分を相場に摑《つか》まれているのだ。そんな良太を待っていたかのように世界の経済や金融は大きく動いた。

イラクのサダム・フセインによる突然のクウェート侵攻、そして湾岸戦争……世界情勢はこれまで見たことがなかったような荒々しい動きを見せていく。

そして国内ではバブルの崩壊が進み、様々なスキャンダルが発生していった。

株価の暴落に次いで土地価格が本格的に下がり始めたのだ。金利の引き上げと不動産融資の総量規制というバブル潰《つぶ》しが奏功したからだ。

「城山、日本経済は三重野総裁に殺されるぞ」

神宮はそう言った。

日銀の三重野総裁は平成の鬼平などとマスコミが喧伝《けんでん》するタカ派の日銀総裁となり完全に実体経済の中の投機的な部分を潰そうと躍起になっていた。

それがいかに恐ろしい結果を招くか……それを予測していたのは神宮だけだった。

「いいか、金利の上昇は一過性になる。なぜなら不動産価格の下落がバランスシート調整をこの国で初めて起こすからだ」

良太が聞き慣れない言葉だった。

「バランスシート調整？」

神宮は頷いた。

「経済全体が成人病に侵されたようになる。不良債権を抱えて身動きが取れなくなりちょっとやそっとの治療では埒《らち》があかなくなる」

良太は神宮の言葉に胴震いを覚えた。

「物凄《ものすご》く長い金利低下時代になる。そして、銀行は大変なことになる。日本のバランスシートは銀行で成り立っているんだからな」

良太は息を呑《の》んだ。

「銀行が潰れるぞ」

ぼそりと神宮は呟《つぶや》いた。

「まさか……」

良太の言葉に神宮は首を振った。

「日銀は分かっていない。目先だけの投機的な動きだと思っていたものが実は日本経済の根幹にまで入り込んでいることを……。こんな乱暴な金融政策を取れば軟着陸など出来ず日本の銀行がいくつも倒産する事態になるぞ」

良太は言葉が出てこなかった。

神宮の予言は限界的な企業の倒産から始まった。

ナナトミという株の買い占めなどで名をはせた会社がなんと二八六三億円もの負債を抱えて倒産した。福島県でリゾート開発を行うとしていたが……従業員は二十人程度、営業収支は二億円弱……典型的バブル企業に途《と》轍《てつ》もない金額の融資を銀行は行っていたのだ。

そして関西の名門商社のイトマンはワンマン社長が膨大な土地や株、絵画などを銀行借入をもとに買い入れる乱脈経営が明らかになり、社長は背任容疑で逮捕される。

続いて金融界の誰もが驚愕《きょうがく》する事件が明らかになる。

良太は新聞を見て目を疑った。

「大阪ミナミの料亭が二五二〇億円の負債総額で倒産？」

大阪に土地勘のある良太にはミナミの繁華街の光景が直ぐに頭に浮んだがそれと金額とが釣り合わない。

料亭の女将《おかみ》が株式相場に大きく手を出し、暴落から資金繰りに窮し信金の支店長と結託して架空の預金証書を偽造ノンバンクから膨大な資金を騙《だま》し取っていたのだ。

良太は債権者の上位に長期信用銀行や都市銀行の名前があるのを見て愕然《がくぜん》とする。

そうしてスキャンダルに次ぐスキャンダルが銀行絡み証券絡みで露《あら》わになっていく。

信託銀行の支店長による土地転がしへの加担や、都市銀行の支店長の株の仕手戦への参画など……銀行マンのモラルの崩壊が見せつけられるようになっていく。

「銀行の内部管理はどうなっていたんだ？」

そして証券会社のスキャンダルも明るみに出る。

暴力団の資金源となっていた株の買い占めに大手証券が関与、それに損失補てんが恒常的に行われていたことが明らかになったのだ。

「損失補てん？　相場を汚す行為を大手証券が率先して行っていたのか？」

神宮から常に相場は神聖なものだという教えを受けている良太には絶対に許されない行為だと憤った。不特定多数が公平公正に自由に売り買いを行う場である相場の世界で、特定の顧客には損失を相場を使って埋めてやることを大手証券が行っていたことには脱力感まで覚えた。

利益第一主義、儲《もう》けていればすべてが許されるという風潮が銀行や証券会社に蔓延《まんえん》していることは知っていたが……ここまで金融機関がひどい状態になっていたことに良太たち運用関係者は強いショックを受けた。

「城山、これが日本という国の実態だったんだ。だが……これはまだ序章だ。これからこの国の経済は地殻崩壊を起こす。誰も見たことのない悲惨な姿を見せる筈《はず》だ」

神宮の言葉に良太はゴクリと唾《つば》を呑《の》み込んだ。

「まだ序章……」

神宮は頷《うなず》いてからなんともいえない笑みを良太に向けて言った。

「ここから産中の真の成長が始まる。日本最強の金融機関になるんだ」

その声は自信に満ちていた。

「？」

神宮がペットボトルの水で薬を飲む。薬を常用している様子が良太は気になって訊《たず》ねた。

「軽い不整脈だ。大したものじゃない」

神宮はそう言って笑った。

（神宮さんも神経をすり減らしながら金庫のことを考えて戦っているんだ）

良太は気を引き締めた。

第七章　増資への道

バブル崩壊は日本経済の根幹にあったシステムを実質的に崩壊させた。

戦後長く君臨したメイン・バンク制度を終焉《しゅうえん》へと導いたのだ。銀行という存在が企業の後ろ盾となることで経済そのものを安定的に成長させられるとされた日本独特の制度……

それが維持されて来た根幹には大きな存在があった。

土地だ。

銀行が融資を行う際に最大価値の担保とする存在……それが土地だった。

戦後、高度経済成長が旺盛《おうせい》な資金需要を生み出した右肩上がりの時代から出来上がった土地神話（土地価格は絶対に下がらない）は自己循環となって土地を担保にカネを貸す銀行の事業価値を高めていた。土地の価格が上がり続けることは銀行の存在価値を高め続けることでもあったのだ。

それはバブル期に極まる。

銀行は日本経済史上、最強の存在となった。

しかし、バブルは崩壊した。

「土地の価格が下がる？」

誰もが経験したことのない状況が銀行経営そのものをおかしくする。

だが銀行の経営の変調はその前から始まっていた。恒常的な資金不足から銀行マンが床柱を背負うことが当然とされていた時代から超金融緩和時代となり、銀行が取引先から逆選別を受けたことがまず銀行を狂わせた。融資で強気に出ることが当たり前だった銀行が立場を逆転され下手に出なくてはならなくなった時から、その経営姿勢は大きく変わった。

「数字第一！　融資拡大優先！　担保二の次！」

バブルの「行け行け！」でタガが外れた。融資先の事業内容も担保価値も精査せず貸出の拡大に邁進《まいしん》した。それがバブル崩壊と共に巨額の不良債権となって銀行に返って来た。

良太は神宮の見立て通りに日本経済が崩壊していくのを感じた。

バブルが弾《はじ》けて銀行は金融当局による規制と自らのバランスシートの痛みから今度は融資姿勢を極端に厳しくしていく。これによって日本経済が長く不況に陥るブラックホールが生まれたのだ。どれほど金融を緩和しても「羹《あつもの》に懲りて膾《なます》を吹く」銀行の存在は信用創造を生まず日本経済を動脈硬化に陥れていく。金融当局はここに気がついていなかった。

「銀行は経済の心臓だ。金融という血液を産業に送ることが使命の存在が活動を萎縮《いしゅく》させたらどんなことになるかは火を見るよりも明らかだ」

株式運用を行っている良太は企業としての銀行を客観的にみた。そして日本の銀行の欠点に気づく。戦後、銀行が成長する過程から企業としての銀行の問題点を見つけた。それは銀行が過去の貴重な業務体験から得たもの、情報の獲得から融資に至るプロセスをシステム化したりノウハウとして残していないことだ。真の競争への工夫をしていないのだ。

「米国の銀行とは大違いだ」

日本の銀行の対極として良太は米国株担当の時に投資したある米銀を考えた。

その米銀は画期的な情報処理システムによって個人への融資業務を拡大していた。

それは……その銀行を給与振込口座として十年以上使っている顧客がローンの申し込みに来ると二十分足らずで査定が終了し限度額が確定するというものだった。

顧客の過去の職歴や収入と支出の推移などの膨大な情報を事前に分析し融資の際の限度額を査定するシステムを開発したのだ。

個々の顧客の詳細な〝情報〟こそが金融ビジネスの成功の源泉という典型的な例だった。

「だが日本の銀行は全て俗人的に仕事がなされ、情報が組織として活《い》かされていない」

良太はその話を神宮とした時に良太よりも一回り年が上である神宮がしみじみと語ったことがあった。

「嘗《かつ》ての都市銀行は俗人主義でも立派なものだった。真の銀行マンがちゃんといたんだ」

神宮は自分が若き日に融資担当であった頃、取引先から銀行との関係を色々と教えて貰《もら》い感心したという話をした。

「真のメイン・バンクがあった時代、銀行マンは徹底的に取引先の事業や資産内容を調べ、かつ自行のリスク管理セクションである審査部と緊張関係を持ちながら融資業務を進めていた。資産を拡大しながらもその質の吟味を怠らなかった」

無担保でも事業内容の将来性に確信が持てれば懸命に審査部を説得して案件を通したりしたという。

「組織内にアクセルとブレーキの緊張関係があったんだ」

銀行マンたちは自分なりの「危ない会社の見分け方」を自慢げに披露したかと思えば、審査部と喧嘩《けんか》をして通した融資先が後に上場会社になったと武勇伝に胸を張ったともいう。健全で有機的な融資ノウハウは暗黙知として受け継がれることで信用創造が展開を見せる豊かな人的土壌が銀行を成長産業としていたのだ。しかし、超金融緩和時代に都市銀行は審査部を弱体化させ、融資現場でのビジネス拡大を最優先させた。組織の中にあるべきブレーキを取り外したことでバブルを生みだす。

そこでは何の情報の精査も行われなかった。それまでの融資ノウハウを無用の長物と見なし暗黙知を消し去ってしまったのだ。

全てがその場の空気だけの単なる場当たりビジネスとなった。リスクとリターンの関係など真面目に議論せず、ただ「他がやるからウチもやる。ウチがやらなかったら他にやられる」と流れに任せるだけとなってゆく。

「城山、恐ろしいのは日本のこの特質だ。周りに全てを合わせようとする。空気を読んで行動する。そうして皆で地獄へ一直線になったんだ」

ノウハウや暗黙知が競争力の源泉だと熟知している製造業ではありえない愚をこの国の金融産業は犯したのだと神宮は言う。情報の獲得とその処理に伴って生まれるノウハウや熟成される暗黙知……ビジネスにとって重要な核を失ったのだと言うのだ。

バブル期からその崩壊、そしてそれ以降の銀行の無残な状況は全てそこに起因していた。

株式市場は下げ続けた。

金融界の相次ぐスキャンダルで大手証券会社首脳陣の退陣が続き、都市銀行も剛腕で名をはせたトップの辞任が続いていた。

日銀は日本経済の現状への危機感から公定歩合を下げ続け、平成三年末に第三次の引き下げを発表した。

平成四年の大発会はその日銀の緩和姿勢を歓迎して大幅高となった。

八一七円高の二万三八〇一円で日経平均は始まった。しかし、翌日は売り気配となり、八日には八五二円安となった。

良太は今年も株は大変な年になるのを覚悟した。そして政府の現状への判断を見て絶望的な気持ちになった。

「経済企画庁の景気判断っておとぎ話を語っているのか？」

『日本経済は引き続き拡大傾向にある』と書かれた文言を見てそう叫んだ。

バブルの崩壊はあらゆる企業の業績に明確に現れるようになっていた。

三月に業績を下方修正する企業が続出した。

そして三月二十六日。

「ついに割ったか……」

日経平均は二万円の大台を割った。

ついこの間まで直ぐに五万円になるといわれた株式市場が殆《ほとん》ど抵抗らしい抵抗もなく二万円を割った時、さすがの政府も緊急経済対策を発表した。しかし、その中身は公共事業の前倒しや電力会社の設備投資計画の繰り上げなど……とても実効性のあるようなものではなかった。

それを見て良太はある決心をして神宮を訪れた。

「…………」

良太の言葉を聞いて神宮は暫《しばら》く考えたが首を縦には振らなかった。

「さすがにそれは駄目だ。それをやれば我々が日本の銀行を潰《つぶ》したと言われる」

良太は銀行株を空売りしたいと申し出たのだ。

「我々はヘッジファンドです。であれば空売りしてもおかしくはないんじゃないですか？」

神宮は違うと言う。

「やっていいことと悪いことはある。産中が『第二の日銀』と呼ばれるのは金融や経済の安定に資する存在としてもあるからだ」

良太は不満げな顔をしながら「では株価指数先物を売り建てて良いですか？」と訊《き》いた。

実はこれが良太の狙いだった。個別銀行株の空売りは絶対に出来ないと分かっていての前振りだったのだ。

神宮は少し考えていいだろうと言った。

「想定元本一〇〇〇億までやっていい。上には俺が話をつける」

良太はありがとうございますと頭を下げた。

◇

「お前の相場の嗅覚《きゅうかく》は凄《すご》い。今更ながらそう思わされた」

神宮は感心したという風に言った。

平成四年四月一日、公定歩合がさらに０．７５％引き下げられて３．７５％とされたが株式市場は全く反応しなかった。

「政府も日銀も打つ手なし」

そう市場は判断、日経平均は一万九〇〇〇円を割り込んだ。

四月暴落の始まりだった。

下げの主導は銀行株と建設株だった。

海外のヘッジファンドが猛烈な空売りを仕掛けたのだ。

その状況を見て良太は自分の判断が正しかったことを知った。

そこから僅《わず》か八日間で日経平均は二四〇二円もの暴落となり一万六五九八円まで売り叩《たた》かれた。

「お前が株価指数先物を売り建ててくれたおかげで決算が随分楽になった。助かったよ」

そう神宮に言われて良太は嬉《うれ》しかったが、先物での売り建てはまだ続けたいと言った。

「本当は銀行株の空売りが一番効率が良いんですが……我々としては精一杯です。先物の売り建ては一万五〇〇〇円を目途に買い戻します」

良太の言葉に神宮は頷《うなず》いた。

「これは日本の金融システムの危機を先取りした下げになっている。ここまで銀行株がやられるのは日本経済の負の部分を詰め込んだのが銀行だという認識がある。そして、それは正しい」

銀行は不良債権の大量発生と共にそれまで持ち合いで持っていた株からの膨大な含み益が急速に消えるという二つのバランスシート上の問題を抱えた。

「これから不良債権をどう処理するか……日本の銀行は極めて難しい問題に直面する」

難しい表情の神宮に良太は言った。

「銀行はかなり引当金を積まないといけない筈《はず》ですが、株の含みもなくなる中では厳しいですね」

神宮は頷いた。

「不良債権を処理したくても処理する原資がない。そうなると……延々と不良債権を持ち続けないといけないことになる」

良太は米国との違いを考えながら言った。

「米国だと処理はあっという間にやるでしょうね。経営責任を明確に問いながら……」

そうだと神宮は言った。

「それが日本の組織では一番出来ないことだ。経営責任を問うということ。明確な犯罪を行ったりしていれば別だがそうではない責任を下の人間たちが経営や諸先輩に対して問うということは……日本では難しい。特に銀行というピラミッド組織では、な」

神宮の言葉に良太は同意した。

「金庫は良かったですね。融資が経営の傍流ということはありますが……殆ど不良債権らしいものがない。そして主要資産の国債からは膨大な利益が出続けている」

神宮は笑った。

「この組織はついてる。何度も言うがそういう〝つき〟がある。俺はこれを上手《うま》く使う」

どういうことですかと良太は訊《たず》ねた。

「増資をする。他の金融機関が苦しい状況にある中で金庫が大幅な増資をして力を見せつけるんだ。その準備を始めている」

良太は神宮の戦略性の高さに改めて感心した。

「うちの自己資本はあまりにも寂しいですものね」

神宮は頷いた。

「これまでずっと農共に利益を還元して来たために内部留保も乏しく資本も寂しい。それを今のうちに強化して次に備える」

「次とは？」

神宮の目が光った。

「それは金庫が日本最強の金融機関になってからのことだ」

そして神宮は気になることを言った。

「上ががらっと替わりそうだ。そうなると金庫を大きく強くする次の展開の為の増資話を持って行き易くなる」

良太には分からない話だ。

「今の理事長は無事退任することだけを考えている。その前に大仕事をやってくれるとは思えん。だが、次の理事長には期待できそうだ」

産中のトップ人事については良太には理解できない部分が多い。ただ神宮の戦略をこれから見られると思うと単純に楽しみだった。

「さて、株がどうなるかだが……そろそろ一服してもよさそうだな」

神宮の言葉に良太は頷いた。

日経平均はその後、平成四年の八月に一万五〇〇〇円を割ったところで良太は当面の底をつけたと思った。

平成元年の十二月二十九日の大天井三万八九一五円から平成四年八月十八日の一万四三〇九円まで三十二ヶ月で63．2％の下落率という凄《すさ》まじい下げだ。

大恐慌をもたらした一九二九年の暴落は大天井の一九二九年九月三日、ニューヨークダウ三八一・一七から一九三二年七月八日、三四ヶ月で四一・二二までの下落で89．2％だから遜色《そんしょく》がないほどの下げだ。

日本株がその前に暴落したのは昭和四十年不況の時、一九六一年七月二十一日の日経平均一八二九から一九六五年七月十二日の一〇二〇まで四十八ヶ月の下落で44．2％の下落率だから今回の下げが戦後最悪でいかに悲惨なものになったかが分かる。

良太は先物の売り建てを日経平均が一万五〇〇〇円を割った時から買い戻して全て売りポジションを閉じていた。先物の買い戻しの利益は現物株で保有するものの損切に使っていった。こうして産中の株式ポートフォリオは大きな損を抱えずにいられた。

産中の理事長が交代した。

農林水産省の前事務次官が天下りでやってくる定例の人事だが産中にとっては増資という大きな組織的な課題がある。農水から新しくやってきた理事長は堂田喜《どうでんき》一郎《いちろう》という人物だった。

そして新しい理事長の秘書となったのが三嶋祐二だった。札幌支店から秘書室に異動し理事長秘書を命じられた。

「理事長秘書というのは金庫の中で確実に役員になる道だ。但し理事長に嫌われないようにしてくれないと困るぞ」

嘗《かつ》て人事部長として三嶋を大蔵省に出向させた秘書役が三嶋にそう言った。秘書役は役員秘書室を統括する。

三嶋は複雑な表情になった。

「私は秘書など向いていないと思いますが……」

誰でもそう思うものだと秘書役は言いながら三嶋の肩に手をやって言った。

「君は大丈夫だ。農業が染み込んでいるし、札幌では漁業もしっかりと知った。新理事長はそういう人物をお好みだ」

「理事長も農家の出なんですか？」

秘書役は頷いた。

「静岡の豪農のご次男だ。お兄さまは県の連合会の会長。君と似ているだろう？」

三嶋は苦笑した。

「うちの兄は細々と米と苺《いちご》づくりです……それに私は細かなことに神経がいく人間ではありません」

秘書役は笑った。

「質実剛健で行ってくれよ。金庫を理想の姿にするのが夢だと君は言っていたじゃないか。

それを今度の理事長で実現できるように頑張ってくれ」

　そうして三嶋は堂田理事長と会った。

「失礼します」

　理事長室に入ると堂田はランニングシャツ姿で農水省から持って来た蔵書を段ボール箱から本棚に入れているところだった。

　その姿に三嶋が驚いていると堂田は笑った。

「君が秘書の三嶋君だな。宜《よろ》しく頼むよ」

　三嶋は直ぐお手伝いしますと段ボール箱の中から本を何冊か手に取った。

「すまんね。かなり処分して来たんだがどうしても手元に置いて直ぐ読めるようにしておきたい本が多くてね」

　三嶋はその蔵書の種類に驚いた。

　マルクス『資本論』、ケインズやシュンペーターの著作、そしてサミュエルソンなどの経済関係の書物からドストエフスキー『悪霊』、トルストイ『戦争と平和』、そしてゲーテの『ファウスト』……。

「理事長は凄《すご》い読書家なんですね」

　堂田は笑いながら本屋をやれるぐらい本が好きだと笑った。

　三嶋は『悪霊』を手に取り、自分はこれを学生時代から挑戦しているが読破出来ずにいるというと、堂田は『賭博者』を読むと良《い》いと言った。

「あれは短いがドストエフスキーのエッセンスが詰まっている。読んでみたまえ」

　ありがとうございますと三嶋は早速、『賭博者』とメモを取った。

「秘書役から聞いたが君も農家の次男坊らしいな？」

「はい。岐阜で米と苺を作っています。子供の頃は牛もおりました」

　そうかと堂田は人懐っこい笑顔を見せた。

（笑顔の素敵な人だな）

　三嶋はそう思った。

　そうして本を全て片づけると堂田はちゃんとスーツ姿になった。

「さて、君に初仕事を頼もう」

　三嶋は、はいと言ってメモを出した。

「神宮という男を呼んでくれ。産中で神宮といえば分かるといわれた」

◇

　良太は自宅、四谷のマンションで日曜日の朝を妻の紀子と過ごしていた。

　紀子はパン作りが趣味で良太の日曜日はパンを焼く匂いから始まる。

　その良太の仕事は珈琲《コーヒー》を淹《い》れることでコーヒーメーカーに水と挽《ひ》かれた豆をセットする。

　ロールパンが焼き上がってダイニングテーブルの上に置かれた。

大きなガラス製のボウルにサラダが盛られていて良太はそれを皿に取り分ける。

「お願い」

紀子の声がして良太は台所に向かった。

スクランブルエッグと焼かれたハムを手に戻ると良太は珈琲を二つのカップに注いだ。

日曜日の朝のこの時間が良太は好きだった。

相場をやる人間にとって目が覚めて何もする必要がないのは日曜日だけだ。

土曜の朝は金曜のニューヨークマーケットが引けた後だからそのチェックをする。

金曜日の金融市場は大きく動くことが多いため土曜日は朝の目覚めから緊張していることが多い。

そんな緊張を良太はもちろん嫌いではない。天職の相場の仕事として楽しんでいる。

それでも日曜日の朝は良いものだと良太は思う。リラックスということを心から感じられるからだ。

紀子もそんな良太を理解して土曜日の夜に準備をし日曜日に早く起きてパンを焼く。

紀子がテーブルにつくと二人はいただきますと同時に言う。

良太はロールパンに紀子お手製のマーマレードを塗り一口食べてから珈琲を口にした。

紀子はサラダから食べている。

「焼きたてのパンにマーマレードと珈琲……この瞬間に幸せを感じるね」

良太はなんとも嬉《うれ》しそうにそう言った。

紀子は笑った。

「この瞬間だけなの？」

良太も笑った。

「この瞬間は本当に最高だと思う。だからそう言ったんだ」

それは相場がないことから来ているのは紀子も分かっている。だが、敢《あ》えてそれを口にしない。

「でも嬉しい。あなたは嘘をつかない人だから……本当にそう言ってくれているから」

良太は頷《うなず》いてからスクランブルエッグを口にした。何気ない幸せの深い喜びを感じるように思った。

二人の間に子供はまだ出来ない。

紀子もそれを気にすることがなくなった。

二人ともお互いの自由を維持しながら結婚生活を送っていた。

昨年、紀子が翻訳した英国人のガーデニングの本がベストセラーとなり業界の話題となっていた。それが紀子の仕事への自信となり紀子自身そんな自分に充実を覚えていた。

子供が出来ないことを良太も紀子も重荷に感じることがなくなっていた。

朝食が終ると後片付けは良太がする。

それは週末のルールになっている。

紀子は新聞を読んでいる。

「あら？」

ダイニングルームから紀子の声がしたのを皿を洗っている良太が気づいた。

「ねぇ？　産中の理事長って新しい人になったの？」

そう大きな声がして良太は皿を片づけてから手をタオルで拭《ぬぐ》いながらそうだよと紀子に近づいた。

紀子の読む新聞に堂田新理事長の笑顔の写真と紹介記事が載っている。

「良太さんはこの人と会ったの？」

良太は首を振った。

「理事長に直接会うことは我々はないよ」

ふうんと言って紀子は堂田のプロフィールを熱心に読んだ。

「……時には大臣ともやりあう気骨の官僚って書いてある。そういう人なの？」

良太は首を振った。

「それは知らない。まだどんな人かは伝わってこないからね」

そして思い出したように言った。

「三嶋が理事長秘書だよ。今度会ったら聞いておくよ」

紀子が嬉しそうな顔をした。

「札幌でジンギスカンを食べた三嶋さん？　あの人がこの人の秘書なんだぁ！」

あぁと良太はなんともいえない表情になった。

「意外と合ってるんじゃないかな。三嶋に理事長秘書という仕事は……」

そう言いながらも具体的に何をしているのかは良太には想像できないし興味もなかった。

だが新しい理事長には大いに関心はある。

神宮がこれからの産中の大きな戦略に理事長を使わなくてはならないと言っているからだ。そんなことは紀子には言わずに良太は今日は映画に行かないかと誘った。

「ごめんなさい。今日は持ち帰った仕事があるの……映画は今度の週末にしない？」

良太はそれじゃあ自分は新宿《しんじゅく》の紀伊國屋書店に行ってくると言い、紀子はそれなら伊勢丹でケーキを買って来て欲しいと頼んだ。

「了解、どんなのが良い？」

「フルーツが沢山入った生クリームのとベイクドチーズケーキをお願い」

良太は地下鉄で新宿三丁目に向かった。

紀伊國屋書店ビルの地下の入口に着くと良太はエレベーターでまず最上階に上がる。そうして一階ずつ下りていくのだ。時間がたっぷり取れて大きな書店に行くときは必ずそうやって全てのフロアーを見て回る。それは神宮に教えられてからの習慣になっていた。

「月に一度は必ず大きな書店に行って全ての本の顔を見るんだ」

神宮は嬉しそうに言う。

「本の顔？」

あぁと神宮は答えた。

「背表紙や平積みの本……その顔を見ていると話しかけて来る。自分を読んでくれとね」

超のつく読書家の神宮ならではの言葉だった。あらゆるジャンルの本をそうやってチェックするのだと神宮は言う。

良太はひょっとしたら神宮と会えるかもしれないと思っていた。

書店の最上階にある美術書や写真集のコーナーで色んなものを手に取って良太は見て回った。

フェルメールの画集を手に取りながら紀子が世界中のフェルメールを全て見て回るのが夢だと言っていたのを思い出した。

良太は自分が仕事を辞めたら一緒に行こうというと紀子はとんでもないと言った。

「あなたは一生、相場から抜けられない人よ。だから私は一人でさっさと行かせて貰《もら》うわ」

良太は呆《あき》れたがそれはそれでいいと思った。

実際に去年、紀子は一人でオランダを訪れている。良太たちの自由な結婚生活は本当に互いにしか分からないものだった。

良太はそうして様々な本を見ながら一階ずつ下りていった。

そうして経済関係の棚があるところに来た時だ。

「？」

知った顔があった。が、神宮ではなかった。

（理事長だ！）

それは堂田理事長の姿だった。

ジャケット姿で熱心に棚に目を走らせている。

（何を読もうとするんだろう？）

良太は少し離れたところからその様子を窺《うかが》った。

そこはファイナンス理論などが書かれた本が多く揃えられている棚の前だった。

堂田は熱心に目を走らせている。

（ファイナンス……もう増資の話が理事長に上がっているのか？）

良太がそう思っていると堂田は棚から三冊選んでレジの方に進んで行く。

それを見送って良太は神宮の言葉を思い出していた。

「兎《と》に角、新しい理事長が来たら大幅な増資を実現させる。それがこれからの金庫のあり方の全てを決めるからな」

そしてもう理事長にはその話は伝わったのだと確信した。

「それにしても……」

新しい理事長は自分からその勉強もしようという人間であることに驚いた。

「農水からの天下りだが……楽におみこしに乗っているタイプではないということかな」

それが金庫にとって良いことか悪いことかを考えてみた。

良太はそこでまた神宮の言葉を思い出した。

「世界観だな」

組織に生きる人間にとって大事なものは何かと神宮に訊《たず》ねた時のことだ。

「どんな世界観を持っているか……特にトップになる人間にはそれが一番大事だ」

そう言われて自分はどんな世界観を持っているのかと良太は考えた。

「俺には世界観などない。気分が大事なだけ。それが相場の世界でやっていくことに合っている」

そう笑いながら良太は自分が買って手に提げている本のことを思った。

そこには映画や音楽関係の本が入っていた。

◇

(面白い！)

神宮は新理事長が就任その日に自分を呼びつけた時……そう思った。

「上手《うま》くいけば俺の構想を実現出来る。逆なら俺は飛ばされる」

神宮独特の感性が理事長秘書からの電話を受けた瞬間、その考えを想起した。

だが感覚的に悪くはないと思った。

神宮が産中の資産を自由自在に動かせるのは歴代の産中プロパーのトップである副理事長のハート&マインドを握ってきたからだ。

「神宮に任せておけば大丈夫」

それは産中というヘッジファンドの化物の宿命なのだとトップたちは刷り込まれていた。

今の副理事長も完全に資金証券関係では神宮に人事も含め任せている。まだ五十前の神宮が総資産五十兆円の組織の中核を牛耳っていることは内外に知られている。

「早々に俺と会いたいということか……」

どんな人物か神宮は楽しみになった。


神宮にとっては勝手知ったる役員フロアーの階にエレベーターが着き扉が開いた。

「？」

見慣れない男が待っていた。

神宮に頭を下げる。

「理事長秘書の三嶋です。突然、お呼び立てしまして申し訳ございません」

神宮は笑った。

「理事長が金庫の人間を呼んで申し訳もなにもない。金庫の中では絶対だよ」

そういう神宮に三嶋は思った。

（この人が神宮……博打《ばくち》の親玉か）

そんな腹の裡《うち》も知らず神宮は理事長室まで歩きながら三嶋にこれまでどこにいたのかと訊ねた。

「札幌で漁共を担当しておりました」

あぁという表情に神宮はなった。

「自主運用が上手く行っただろ？　全国的にも良いケースになった」

三嶋は驚いた。

「ご存知なんですね？」

神宮は頷《うなず》いたが自分が具体的なポートフォリオを指示したことなどは喋《しゃべ》らない。

「どうだい？　新しい理事長は？」

三嶋はまだどんな方か分かりませんが読書家ですと言った。

「それはいい！　話が合いそうだ」

そうして理事長応接に入った。

応接の隣の部屋が理事長の執務室になっていて、扉の向こうに理事長はいる。

神宮は応接のソファーに腰を掛けた。

すると奥の扉が開いた。

「神宮君、こちらに来てくれないか？　どうもそっちは広すぎて話がしづらい」

堂田理事長がそう言って顔を出したのだ。

「では遠慮なく」

そう言って神宮は執務室に入った。

理事長の大きな執務机の前に椅子が置いてあった。

そこへ腰を掛けるように神宮は言われた。

だがその前に神宮は本棚の前で立ち止まって中を見た。

「内容が本物の書籍を……これだけ置かれた理事長は初めてです」

そう神宮が言うと堂田は横に立って君の本棚はどんなものが並んでいるのかと訊ねた。

「何冊あるか数え切れません。書庫を新設してそこにもあります。ですが、座右の書としているものは……」

そう言うと堂田の目が光った。

「何かね？　〝産中の頭脳〟の座右の書とは？」

神宮は笑った。

「〝産中の相場師〟……そう農水では呼ばれているのでは？」

堂田は違うと首を振った。

「〝産中の帝王〟だよ。やはり『君主論』かね？」

そう皮肉っぽい目をして言った。

神宮はマキャベリはそれほど好きではありませんと言った。

「では？　座右の書は？」

神宮はゆっくりと本棚の中を見回して指をさした。

「今は……これです」

指の先には『方丈記』があった。

なるほどと堂田は納得したような表情で『方丈記』の冒頭を暗唱し始めた。

「ゆく河の流れは絶えずして、しかも、もとの水にあらず……」

次に神宮がそれを受取るようにした。

「よどみに浮ぶうたかたは、かつ消え、かつ結びて、久しくとどまりたる例なし……」

そして、堂田が最後を結んだ。

「世の中にある、人と栖と、またかくのごとし」

堂田が笑顔になった。

「君は『方丈記』のどこが好きかね？」

そう堂田に問われ全てがあるからですと神宮は答えた。

堂田はそれに頷いた。

「そうだね。ここには人間というものの全てが書かれている。ただ淡々と何もかも正直に描かれている」

その通りですと神宮は呟《つぶや》くように言った。

すると堂田がまた暗唱した。

「ここに、六十の露消えがたに及びて、更に、末葉の宿りをむすべる事あり。いわば、旅人の一夜の宿を作り、老いたる蚕の繭を営むがごとし……」

自分の今の状況を自嘲《じちょう》としてそのように言ったのだ。

ハハハと神宮は声を上げて笑った。

「逆ですよ、理事長。ここからが理事長の人生の盛りです。産中での人生、農水省でのそれより遥《はる》かに晴れやかなものになる筈《はず》です」

堂田は凄《すご》いことを言うねと芝居がかった表情を見せた。

神宮は真剣な表情になった。

「バブルの崩壊はここからの日本を鴨長明《かものちょうめい》が体験した京の都の惨状のような……いや、それ以上の悲惨なものにするでしょう」

堂田は驚いた。

「そんな状況下で産中はどうなるのかね？」

神宮は不敵な笑みを見せた。

「日本史上、最強最大の金融機関となります」

目を剝《む》く堂田に神宮は続けた。

「就任当日に私をお呼び立てになったということ。理事長は私という存在に興味を持たれた。世界最大のヘッジファンドを動かす男に……そういうことですよね？」

堂田は正直にその通りだと言った。

「空想でも大口でもありません。産中はここからの日本の金融機関の惨状の中で確実に大きく強くなっていきます」

堂田は頷いた。

「やはり……銀行の状況は悪いのかね？」

神宮はゆっくりと強い口調で言った。

「これから銀行が潰《つぶ》れます。都銀も潰れる。そして……長信銀が一番危ないでしょう」

「まさか！」

堂田は思わず声を出した。

「もし万一そんなことになったら産中も駄目なんじゃないのかい？」

盤石ですと神宮は笑顔になった。

「ですが、これから起こる金融危機をチャンスとしたいんです。産中を本当の意味で大きくしたい。すると……」

「すると？」

「産中に大蔵省や日銀も逆らえなくなります」

堂田は何ともいえない表情になった。

「大蔵も……逆らえない」

その言葉を繰り返した。

神宮は大蔵という言葉が新理事長のハート＆マインドを握るキーワードだと思っていた。

それをここで使ったのだ。

大蔵省は全ての省庁のトップに君臨を続ける。大蔵以外の各省庁で出世すればするほど、偉くなれば偉くなるほど……大蔵省の方針や意向というものがどれほどの力を持っているかを嫌というほど思い知らされる。

予算を握られていることの恐ろしさをまざまざと感じ、「大蔵には絶対に逆らえない」という事実に様々な臍《ほぞ》を噬《か》まされる中で分かっていくのだ。それだけに神宮が言った「大蔵も逆らえない」という言葉は響く。

農水省で事務方トップまで極めた官僚の中の官僚である人間だからこそ、その言葉が何とも蠱惑《こわく》的に響くのだ。

「本当だろうね？」

神宮は頷く代わりに本棚の中の別の本を指さした。

「これをお借りしても宜《よろ》しいでしょうか？」

堂田がどうぞと言うと神宮はその本を取り出した。

それは近代の禅僧、柴山全慶《しばやまぜんけい》『無門関講話』だった。

神宮はさもその本を読み慣れているという風に頁をめくり、その部分を堂田に開いて見せた。

「これが私の回答です。そして理事長にお願いがあります」

「何かね？」

「産中の増資を行いたいと考えています。今の五〇〇億から一兆円に」

堂田は表情を変えず黙っていた。

「それで大蔵も我々に逆らえなくなります」

それを聞いてから堂田は開かれた頁を見た。

「これが……産中のことかね？」

神宮は頷《うなず》いた。

脚を擡げて踏翻す香水海
頭を低れて俯して視る四禅天
一箇の渾身著くるに処無し
請う一句を続げ

香水海も四禅天も無限の広さと高さを示す宇宙を表し、その世界をも見おろすほどの大きさを大力量の存在は持つということだ。

しかし、それは「請う一句を続げ」という最後の一行あってのこと……行動あってのことだとしている。

堂田はじっと神宮を見た。

「じっくり聞かせて貰《もら》おうか。増資の話を」

◇

（本当にこの男なのか……）

理事長の堂田は推進部の次長、菅拓郎《すがたくろう》から増資に向けての説明を受けていた。が、その菅の説明がよく分からない。前もって神宮から増資に関する完璧《かんぺき》なレクチャーを受けていたので必要なことは全て頭に入っているが、菅の話は分からない。説明が下手で堂々巡りを繰り返すばかりだ。

（この男……馬鹿なのか？）

そう思って聞いていた。

普通ならもういいよと止めるところだが神宮から菅についてある言葉を聞いていた為に我慢していた。

「理事長には日本全国の連合会を回って頂かなくてはなりません」

産中の増資を引き受けるのは農共とその資金を県単位で受け入れている連合会だ。その連合会を説得して預金として産中に預けている資金のうち一兆円を資本に振り替えさせなければならない。

産中と連合会は複雑な関係にある。

産中をトップとしたピラミッド構造で農共金融系統は出来上がっているが、名目上の立場は産中よりも連合会のほうが強いのだ。

その証拠に産中の役員の最終承認には連合会の会長たちによる合意を必要とする。

「理屈で動かないのが連合会です。まずは彼らの面子《メンツ》を第一に考えなくてはなりません」

神宮の説明に堂田は頷いた。

「それはよく分かる。農共系統は皆そうだと聞いているし、役人の世界も同じだ。私が全国を回ることは承知した。喜んでやらせて貰うよ」

神宮はありがとうございますと頭を下げた。

そこから堂田は疑問に思ったことを訊《たず》ねた。

「だがどうなんだね。理事長が直々に頭を下げて来た。というだけで彼らはうんというのかね？　君は連合会と直接交渉する推進部の人間ではないが、産中の頭脳が直接彼らに話す方が良《い》いんじゃないのか？」

その問いを待ってましたとばかりの笑顔を神宮は見せた。

「当然その前に事務局から根回しは十分に行いますが……理事長に行幸頂く際には『最終兵器』を同道させます。おそらく現地でその兵器の威力を分かって頂けると思います」

堂田は怪訝《けげん》な顔つきになった。

「最終兵器？　それは産中の人間なんだね？」

神宮は何ともいえない微笑みを浮べた。

「はい。その人物のことは『最終兵器』としかいえません。連合会のトップとの人間関係が絡む難しい仕事は私のようなものが行くと逆効果です。適材適所、産中を見回しても今回のミッションの成功に向けてはその男しかいません」

神宮にそう言われて会っているのが目の前にいる菅なのだ。

(この男なのか？　本当に『最終兵器』といえる人物なのか？　冗談ではないのか？)

まだ菅の説明は終らない。堂田は菅の話は全く耳に入れず、ずっと「本当にこの男なのか……」とばかり思っていた。

そして神宮の次の言葉を思い出した。

「菅というのは産中と連合会が〝男女の関係〟になって産まれたような男です。それは連合会に一緒に行かれた時に分かると思います」

だが実際にその菅を目の前にして話を聞いているとキツネに抓《つま》まれたように思えて来る。

(この男が……最終兵器？)

産中では企画管理部で神宮を中心に増資プランが綿密に練られて行った。そして部を横断して作られたプロジェクトチームのスタッフを前に神宮は説明を行った。

「これはここから十年先を見越してのプロジェクトになる。増資の総額は一兆円だ」

そう言った時、どよめきが起こった。

「五百億円の資本金を一気に一兆円に？」

産中の過小資本は裏を返すと農共系統という組織を運命共同体としてのものだった。一人は全員のために全員は一人のためにという〝共同組合精神〟によって支えられ、資本金、つまり金によって互いの存在が縛られるものではないという不文律があったのだ。それによって産中は単年度の利益の殆《ほとん》ど全部を傘下に配分することで農共の組合員たちは一般の銀行預金より遥《はる》かに高い金利を得られて来ていたのだ。

神宮はそれを創造的破壊するつもりでいた。

資本の力で産中の収益力を高めて十分な配分は維持しようというのだ。その為にまず都市銀行並みの資本金に増強して〝次〟への備えとするとした。

「次とは何ですか？」

その質問に神宮は言った。

「世界の動きだ。全世界規模で国際業務を行う銀行に対する資本規制。これから世界の銀行は全てバランスシートを膨らませていく。その為にリスク資産と見なされるものに対して自己資本を厚くする必要がある。それを我々は日本のどの銀行よりも早くやるんだ」

それはＢＩＳ規制と呼ばれるもので総資産に対しての自己資本は８％まで持っていなければならないことになる。

優秀な推進部の若手が言った。

「神宮部長は８％を逆算して一兆円と仰《おつしゃ》っているんですね？」

その通りだと神宮は頷いた。

そしてきっぱりと言った。

「これまで連合会、そして日本全国の農共には我々が出した収益の殆ど全てを還元して良い思いをして貰って来た。その意味でここからの金庫の収益力強化の為に預金の一部を資本に振り替えて貰うのは当然ともいえる。これはここだけの話だが、な」

スタッフから笑いが漏れた。

「連合会の事務方への交渉と説明は推進部から行って貰う。そして、最後は理事長に日本全国を回って頭を下げて頂く。その了承は頂いている」

その言葉で皆は引き締まった。

そうして増資計画は動き出し、いよいよ連合会回りを理事長がすることになった。

そのスケジュールの説明に来たのが菅だった。相変わらず何を言っているのかよく分からない。いつまでも中身のない話をダラダラと続ける。堂田はまた思った。

（なぜこの男なんだ？　本当にこんなのが『最終兵器』なのか？）

連合会回りは最も難しい連合会と呼ばれる関西H県から行われることになった。

「H県連合会を落とせれば後は楽です。そのぐらい難しい相手です……ですが、ご心配には及ばないと思います。ただ一点、必ずどんな時も理事長のおそばには菅を置いて下さい。その一点、何卒《なにとぞ》宜《よろ》しくお願い致します」

そう神宮にいわれて堂田は新幹線に乗ったのだ。

H県連合会の会長は関西以西の連合会のドンとされている。産中の総役員会で最もうるさいことを言う人物だった。

連合会の会長室で堂田は会長に対して懇切丁寧な増資に関しての説明を行った。それは立て板に水の見事な説明だった。会長はずっと目を瞑《つむ》って微動だにせずに聞いていた。そして堂田の説明が終ると一言いった。

「綺麗《きれい》なお話でんなぁ。実に綺麗や」

目を瞑ったままだ。

「………」

前事務次官として農水官僚のトップまで登り詰め、今は第一次産業中央金庫の理事長の座にある堂田を前にしての態度ではない。

その時だった。

「会長……私からもご説明させて頂きます」

そう言ったのが堂田の横にいた菅だった。

菅が話し始めて堂田は驚いた。連合会の会長が何ともいえない笑みを浮べて菅を見ている。菅の説明は例によって何が言いたいのか内容がよく分からない堂々巡りだ。

（エッ？）

その菅に対して会長はウンウン頷《うなず》いている。そこには菅を慈しむような様子がある。

そうして菅の説明が終った。

（なんだ？ なんでこうなる？）

「そうか……中金さんも大変なんやな。菅ちゃんにそこまで頼まれたらしゃあないわ。やったげる！ ちゃんと関西以西も纏《まと》めたげるわ！」

それを聞いて堂田も菅もありがとうございますと頭を下げた。

その後は連合会がセットした割烹《かっぽう》での飲み会になった。

その場で連合会の人間たちは「菅ちゃん！　菅ちゃん！」とそばに呼び酌をさせて喜んでいる。堂田はそれを見ながら、どこまでも訳が分からなかった。

東京に戻った堂田は神宮を呼んだ。

「君の言った通り最終兵器が見事に働いてくれた。だが、なんでああなるんだ？　会長は私の話は無視し、菅君には相好を崩した」

神宮は笑った。

「菅は頭がありませんが、腹もありません」

その言葉で堂田はアッと思った。

「連合会は金庫の人間にコンプレックスがあります。共同組合の成り立ち的には自分たちの方が地位は上ですが、学歴や給与は産中の方が遥かに上、そんな産中に菅のようなタイプがいると可愛くて仕方がない。だから菅は過去二十年ずっと推進部で連合会を回って来ているんです」

菅は四国の農家の次男坊として生まれ子供の頃から農業を手伝って育った。

学校の成績は良くはないが入学試験には何故か強く高校も大学も実力以上のところに入れた。早稲田の法学部を卒業し産中に就職出来たのもそんな〝運〟に恵まれてのことと菅は思っていた。

だが産中に入って後悔する。

周りは東大や京大、旧帝大ばかり、地力の無い菅は「仕事の出来ない奴」というレッテルを直ぐに貼られてしまったからだ。

「辞めようかな……」

そんな風に弱気になった五年目、異動になった支店で推進の仕事に就き、県の連合会担当になった。

菅はここで安住の場所を見つけた。

うるさい上司がいて居心地の悪い支店にいなくとも朝「連合会に行って来ます」と出かけて夕方帰って来ても何も言われない。

サボっているのではない。連合会でずっと時間を潰《つぶ》しているのだ。

〝連合会〟というのは産中の中で水戸《みと》黄門《こうもん》の印籠《いんろう》のような効果を発揮する。連合会にいることは誰も咎《とが》めることは出来ない。

菅は連合会の担当者、課長、部長、さらには会長とまで……ダラダラと喋《しゃべ》り続けて時間を潰すのだった。

そんな菅を連合会の人間たちは心から受け入れた。

「菅ちゃん、あんた本当に早稲田出てんの？　そんな馬鹿なのに？」

「エヘヘ、まぐれってあるんですよぉ」

「中金にもまぐれで入れたの？」

「そうなんですよぉ」

そんな風に座は和んで沸いていく。連合会の人間にとってもこんなに打ち解けられる産中の人間は過去に一人もいなかったのだ。

「中金の人間は皆、上から目線なのに菅ちゃんは違う」

菅にとっても連合会の人たちとの時間は天国だった。酒に強い菅は連合会との飲み会にとことん付き合う。産中の担当者はせいぜい二次会までなのに菅は最後のひとりになるまで朝まで付き合う。

「菅ちゃんには心を許せる。共同組合の真の仲間だ」

連合会の人間たちは皆そう思い、仕事でもそれは示された。菅が持っていくと難しい案件でも連合会は難色を示さず通してくれるのだ。それによって産中内部での菅への見方が変わっていく。

「あいつは連合会に強い」

関西H県連合会のように昔から産中に対して厳しい態度を取る連合会の担当になってもその菅の力は発揮された。そうして産中内部では『連合会のスペシャリスト』『連合会への最終兵器』という異名が……半ば揶揄《やゆ》を込めて付けられていたのだ。

堂田は神宮から菅の話を聞き産中という組織の難しさを知ったように思った。

「理事長、ありがとうございました。これで増資は上手《うま》くいきます」

そう言った神宮に堂田は言った。

「これで……大蔵省に目にモノを見せられるんだな」

神宮はゆっくりと頷いた。

第八章　ニューヨークと稲

城山良太は三嶋祐二と神田の蕎麦屋《そばや》『室町砂場』で熱燗《あつかん》を呑《の》んでいた。

「ここは小林秀雄《こばやしひでお》も贔屓《ひいき》にしてた店なんだ」

そう良太がいうと三嶋が杯を持って懐かしそうな顔になった。

「現代文で一番悩まされたのが小林秀雄だった。本当に受験生を悩ませるために存在しているような人物だったな」

三嶋が杯を空けると良太が銚子《ちょうし》を差し出した。

「お前から飲もうなんて誘われて驚いたよ」

良太がそういうと三嶋が頷いた。

「今日は理事長が前農水大臣とゴルフで……プレーが終ってご帰宅を確認したからな。だから時間が出来たんだ」

良太は苦い顔をした。

「答えになってないな。それは時間が出来た理由で俺を呼び出した理由になっていない」

あぁそうだなと三嶋は言った。

「俺はずっと理事長の増資行脚に全国をご一緒した」

良太は頷いた。

「理事長秘書だから当然だよな」

そっけない言い方をし過ぎたかなと良太は少し反省した。

「まぁ、そのお蔭《かげ》で色んなことが分かった。理事長とは移動中に色々と話すからな」

そこで良太は増資のことを思い出し、よくやったなと三嶋をねぎらった。

「金庫が一兆円の増資だ。これで混迷の金融業界の中で燦然《さんぜん》と輝ける星になる」

その言葉で三嶋が厳しい表情に変わった。

「それは神宮さんの台詞《せりふ》か？」

良太はエッと思った。

「どうしてお前が神宮さんのことを訊《き》く？」

あぁと言って三嶋は苦い顔を続ける。

「理事長のところにしょっちゅう来るからな。秘書役が仰《おっしゃ》っていたが……それほど金庫プロパーを呼ぶ理事長はこれまではなかったそうだ」

ふうんと良太は言った。

　玉子焼きと焼き鳥が運ばれ、良太は焼き鳥に七味を掛けながら訊《たず》ねた。

「なんだ？　神宮さんが気になるのか？」

　あぁなると三嶋は言う。

「堂田理事長も完全に神宮さんにコントロールされている。出張中にどれだけ神宮さんの話を聞かされたことか……」

　良太は自分のことのようで嬉《うれ》しかった。

「そうか……理事長はどんな風に神宮さんのことをいうんだ？」

　三嶋は焼き鳥を一口食べてから答えた。

「大蔵省や日銀を凌駕《りょうが》出来る存在に金庫がなるとおっしゃる。神宮さんがいれば実現できる、と……」

　まぁそうだろうなと良太があっさり言うと三嶋は呆《あき》れた顔をした。

「お前は神宮さんの手下だからな」

　それを聞いて笑いながら良太は言った。

「じゃあ、今や堂田理事長も神宮さんの手下か？」

　三嶋が呑もうとした杯を止めた。

「なぁ、城山。神宮さんは本当にどんな人なんだ？　やはり博打《ばくち》の天才なのか？」

　良太がやってられないという顔をして反論した。

「お前はいつになったらちゃんと分かるんだ？　俺たちのやっていることは資金運用マネ

ージメントであってギャンブルではない！」

大きな声を出したので他の客がこちらを見た。気がついて良太はすまんと言ってから手酌で飲んだ。

三嶋はじっとその良太を見詰めた。

そしてもう一度訊ねた。

「神宮さんは本当にどんな人なんだ？」

天才だよと良太は呟《つぶや》く。

「その〝天才〟が金庫を完全にコントロールしている。そうだな？」

あぁそうだと良太は頷《うなず》いた。

「そして一兆円の資本を集めた。それは博打の掛け金をつり上げるためじゃないのか？」

（この馬鹿が！）

今度は大声を上げなかったが良太は三嶋を睨《にら》みつけた。

暫《しばら》く二人は睨みあった。

三嶋は心配なんだとぼそりと言う。

「ずっと連合会を回って簡単に資本が集まっていく。そして理事長はこれから金庫が強大になっていくと……取り憑《つ》かれたようになっている。そのことが本当に心配なんだ」

ようやくそこで良太は真剣に話をする気持ちになった。

「分かったよ、三嶋。大丈夫だ」

三嶋はその良太を見詰めている。

「何も心配いらない。金庫はこの資本増強で経営が安定する領域に入った。だから心配ないよ」

三嶋は首を振った。

「いや、違う。理事長は言っていた。金庫の利益はここから五年で五倍になると……」

良太は驚いた。

「何だと？　今何て言った？」

「神宮さんから言われたそうだ。ここから五年で金庫の決算規模を五倍にすると……」

良太は考えながらぼそりと口にした。

「大きくレバレッジを掛けてリスクを取ればありうる。だがそんな危険な真似を神宮さんはしない……」

良太の呟きを三嶋は聞いて言った。

「俺には理事長の心の裡《うち》が想像出来るんだ。五年で利益が五倍になれば既定の任期五年の倍の十年に及ぶ盤石な政権が出来る。それを神宮さんが実現してくれると思っているに違いないんだ！」

その言葉で考え込んだ良太に三嶋が訊ねた。

「やはり金庫は博打を広げようとしているんだな？　そうだろ？」

いや違うという言葉が良太から出てこない。

理事長が勝手に具体的な数字の話をする筈《はず》がない。確かにその利益が実現すれば理事長の空前の長期政権は可能になる。

黙っている良太を見て三嶋は初めて良太と意思の疎通が出来たように感じた。

（まさか、本当に神宮さんは……）

「城山、頼むから金庫に博打を――」

そこまで三嶋が言ったところで遮るように右の掌《てのひら》を前に出して良太は口を開いた。

「いいか三嶋、金庫は博打はやっていない。今のポートフォリオも国債が殆《ほとん》どだ。ここから日本の経済状況を考えれば金利の長期低下傾向で嫌でも利益が出る。その中で、その利益の範囲で、国内外の株を増やしている。これは極めて健全な資産マネージメントだ。だから、心配はいらない。だが……」

五年後の利益は良太の試算だと二倍、良くて三倍だ。

「もし、神宮さんが理事長に五倍と言っているとしたら……それは問題だ。真偽を確かめる。それを待ってくれ」

三嶋は分かったと言った。

二人は肴《さかな》を一通り平らげてしまい、蕎麦《そば》を頼むことになった。

「天もりでいいか？」

良太が訊くと三嶋はあぁと答えた。

「天もり二つ。蕎麦は大盛で」

良太が店員に告げた。

「今日は城山と本当の話が出来たように思う」

三嶋がそういうと俺もそうだと良太は正直に言った。

「これからの金庫をどうするか……しっかり考えなければいけないと思っている。それは俺もお前も同じだ」

良太の言葉に三嶋は頷いた。

「金庫……それにしても不思議な組織だよ。理事長秘書になってつくづくそれが分かった」

蕎麦がやって来た。

良太が一口食べてから訊ねた。

「連合会を理事長と回って何が分かった？」

三嶋は思い出したように言った。

「何といっても推進部の萱さんだ。あれこそ金庫の大事な部分なんだと思った」

良太の知らない名前だった。

「萱？　誰だそれ？　まぁ、推進部や連合会絡みのことは俺は何も知らないけど……」

三嶋はそこから萱の連合会での人気ぶりを語った。

「へぇ、優秀な人なのかい？」

三嶋は首を振った。

「理事長も首を傾げるくらい話が下手で……何が言いたいのか全く分からない。要点の見えない人なんだ」

良太は天麩羅《てんぷら》を一口食べて訊ねた。

「どういうことだ？　何故そんな人が連合会に人気があるんだ？」

三嶋から理事長と菅が連合会で増資のお願いをする様子を聞いても良太にはよく分からない。それを目撃した三嶋も金庫に戻って色んな人から話を聞いてようやく分かったという。

「連合会の人間には〝お高くとまるエリート集団〟という認識が金庫に対してはある。その逆が菅さんということなんだ」

そこで初めて良太は菅が二十年も推進部にいることを知った。

「なるほどなぁ……『荘子』に出て来る哀駘它《あいたいだ》のような人物なのかもしれないな」

「アイタイダ？　何だそれ？」

老荘思想の『荘子』……良太は神宮に感化されて色んな本を読むようになっていて『荘子』に挑戦していた。

その中に出て来る不思議な人物が哀駘它だ。

醜男《ぶおとこ》で頭も悪いが……女は妾《めかけ》でいいから哀駘它のものになりたいと思い、男はずっと一緒に暮らしたくなる……奇妙な魅力の持主だ。

「なぜそうなる？」

三嶋の問いに良太は答えた。

「自分を表に出さず……というか自分というものがそもそも無く、欲も得もなくただ『物と春をなす』……そんな人物なんだ」

三嶋はへぇと声を出した。

「物と春をなす……確かに萱さんは連合会の人たちとそんな感じだな」

良太も頷きながらその対極に神宮がいると思った。

「萱さんもいれば神宮さんもいる。そういう組織なんだ。金庫というのは……」

その夜、同期の二人は初めて互いに対して親しみの感情を持った。

◇

翌日、良太は神宮に会いに行った。

「増資は上手《うま》くいった。明日、プレスリリースされる」

神宮は満足そうな笑顔を見せた。

「夕べ、理事長秘書の三嶋から聞きましたが、神宮さんは理事長に金庫の利益を五年で五倍にするとおっしゃってるんですか？」

神宮は笑った。

「嘘も方便。と言いたいところだが本当だ」

良太は驚いた。

「どうやってそれを実現させるおつもりですか？」

すると次の神宮の言葉に良太は更に驚くことになる。

「お前にニューヨークへ行って貰《もら》う。ドル建て資産の運用を任せる」

良太は突然のことで声が出ない。

「俺はお前のために増資をやったんだ」

神宮が何を言っているのか分からない。

「ど、どういうことでしょうか？」

神宮は遠くを見るような目になった。

「増資は確かにＢＩＳ規制や経営安定の為ということはあるが、もう一つ重要な意味がある」

それは良太のニューヨークでの相場の原資の話だった。

「いいか城山。金庫は農共から円という通貨はどんどん上がって来るがその円をドルには替えられない。外国為替《かわせ》公認銀行として為替リスクは取れないからな。ドル資産を運用する時は米株がそうであるようにドルを借りないといけない。その借入枠は限界に来ている。それを取り払いたかったんだ」

あっと良太は思った。

「金庫の増資はＦＲＢ（米国連邦準備制度理事会）からのドル借入とセットに出来る？」

神宮は満足そうに頷《うなず》いた。

「これでお前にニューヨークで思う存分、相場を張って貰う。お前のこれまでの金庫人生の集大成を見せて貰う」

良太は雷に打たれたようになった。

「い、一体どの位、私が運用するんですか？」

そこからは神宮の現実的なところだった。

「まずはお前が自分で自信のある範囲で考えろ。俺はお前からの回答を待つ。但し――」

「但し？」

神宮は何とも言えない笑みを浮べた。

「五年後に決算規模を五倍にする。それから逆算でドル資産をどの位ここから増やしていけば良《い》いかを考えろ。いいな」

良太は神宮の深謀遠慮を知った。

（やはり、五年で五倍は本当だった）

そしてそこには自分の存在が不可欠のものになるというのだ。だが良太はまだその事実を完全には受け入れられなかった。それが何故なのか……良太にはよく分からなかった。

紀子は狂喜乱舞した。

ニューヨークでの生活はずっと紀子が憧《あこが》れていたものだったからだ。

紀子はどこか浮かない表情の良太に訊《たず》ねた。

「どうしたの？　あまり嬉《うれ》しそうじゃないみたいだけど？　相場をやれるんでしょう？」

あぁと良太は答えた。

「だけど……どこか、何だか気乗りがしないんだ」

エッという表情を紀子はした。

「良太さんが相場に気乗りがしないなんて……そんなことあるの？」

良太は頷いた。

「初めてそんな気分になっているんだ。何故だかよく分からないんだけど……」

そう言いながら蕎麦屋《そばや》での三嶋の言葉を考えていた。

「俺は金庫が心配で仕方がないんだ。これからどうなっていくのか……」

その言葉が頭の中でずっと繰り返される。

「神宮さんの金庫支配は完璧《かんぺき》なものになっている。どんどん金庫は大きく強くなる……だが」

良太が初めて感じる漠然とした不安がそこにあった。五年で五倍の利益ということが達成されたらその後には何が起こるのか。そして、そこから自分は金庫で何をやるのか。

「お前は俺の後を継いで貰わないといけない。それがお前に与えられた使命だ」

神宮から言われ続けていることだ。

「確かに神宮さんの後を継げるのは俺しかいない……だが」

金庫というものの姿をもっとちゃんと知る必要があると思えて仕方がなかった。

良太は三嶋と呑《の》んでから次の異動ではどこか地方の支店で推進関係の仕事をしてみたいと真剣に考えていた。

「俺が相場を離れることを考えるなんて……どうかしてるな」

そう思ったが心の奥底で持った神宮がやろうとしていることへの不安がそうさせていた。

そしてそれは良太が産中というものに対して初めて自分のアイデンティティーを持つようになった証《あかし》でもあった。

「どうする？」

その自分の心の流れとは逆に、自分の運命は神宮によって、神宮のために、神宮の考える方向へと流れていこうとしている。

「これでいいのか？　本当にこれで？」

良太はニューヨーク行きを悩み続けた。

だが神宮に逆らうことは出来なかった。

良太と紀子はニューヨークに移った。

十年前に良太が住んでいたマンハッタンのコンドミニアムに部屋を借りることが出来た。

「やっぱりニューヨークに来て良かったな」

紀子がニューヨークでの生活を本当に喜んでいることが良太には嬉しかった。

紀子の働く出版社は紀子に米国でのバイヤーを依頼していた。米国で出版されている本を紀子の目利きで選んで日本での出版権を取るのだ。

産中ニューヨーク支店はミッドタウンのパークアベニュー沿いのビルに入っている。

初日、出勤すると支店長から言われた。

「城山くんは治外法権だ。勘定は実質東京ブックとして支店での制限はない。トレジャリー（米国債）でも株でも何でも好きなように運用出来るようになっている。ドルのファンディングも必要なだけ出来る」

ありがとうございますと頭を下げながらも良太はどこかスッキリしない。

暫《しばら》くの間、何もしない日が続いた。

支店を抜け出してはニューヨーク近代美術館やメトロポリタン美術館へ出掛けた。

ジャクソン・ポロックの抽象画の前に立っては長い時間考えた。

「全てが俺の理想の筈《はず》なのに……何なんだこの違和感は？」

お膳立《ぜんだ》てされた最高の舞台の上で茫漠《ぼうばく》とした不安に付き纏《まと》われている。そんな良太の複雑な心の裡《うち》と共鳴するようなポロックの絵に惹《ひ》きつけられていた。

「…………」

自分の能力と気持ちの乖離《かいり》のようなものを良太は感じていた。相場に向かうには魂が必要だが今の良太にその魂がない。

「こんな状態で相場に入れば悪い結果を招く」

良太にはそれが分かっている。

だがこれも全て神宮に試されてのことかもしれないと思う。

「ある意味、俺はニューヨークで神宮さんのように全知全能を発揮し全てを支配しなければいけない。その苦しさ、孤独を知れということなのかもしれない」

ポロックがアクションペインティングと呼ばれる手法で描き出したもの……荒々しい中に秩序やリズムを感じさせる抽象画の最高傑作を見ながら良太は考え続けた。

「俺は変わったのか？　年をとったのか？」

そうも考えた。

こんな自分は神田の蕎麦屋『室町砂場』での三嶋との話からだ。

三嶋の不安と初めて同調した。

それまで一笑に伏して来た〝博打《ばくち》〟という言葉がそれまでとは違う響きを持って良太の心に棲《す》みついている。

「神宮さんや俺はポートフォリオマネージメントを、運用をやっているんだ。リスクとリターンを計って全てやっている」

だが五年間で五倍の利益にするという神宮の本心を知ってから、その神宮が完全に理事長を取り込み金庫の帝王として君臨していることに、違和感を初めて持った。

「俺は何を考えている」

そこにあるのは神宮への反発なのか、単なる不安なのか……。

「分からない。俺にはまだ分からない。ただ、こんな迷いを持っていて相場は出来ない」

良太はポロックの絵を離れた。

そして中庭に出てみた。

「…………」

摩天楼が立ち並ぶ景観の中のエアポケットのようなその場の空気に自分が包まれているのを感じる。

良太は深呼吸をした。

その時、良太の心に落ちるものがあった。

「そうか！」

それは座中に入って初めて持った〝意識〟だった。

「神宮さんの目で見ようとするからおかしかったんだ。金庫の目に、自分自身が金庫になり考えればいいんだ！」

それは良太の真の〝就職〟だった。

◇

「たまにはこういう場所で話すのも良いだろう」

神宮薫は堂田理事長と差し向かいで赤坂《あかさか》の料亭の座敷にいた。

こぢんまりとした部屋で落ち着く。

「ここは最後に出る鯛茶漬《たいちゃづ》けが旨《うま》い。それが食べたくてここにすることが多いんだ」

堂田はそう言って笑った。

神宮は接待の場には若い時から決して出向かない。仕事が終れば家に帰って読書をするか相場を考える。

そんな神宮を堂田は誘ったのだ。

堂田にとって神宮は知れば知るほどさらに知りたくなる人間だった。

（この男の知性と教養には底というものがない）

目の前で淡々と料理を口にしている神宮を見ながら杯に口をつけ堂田は思っていた。

その神宮が口を開いた。

「鯛茶漬けといえば……」

堂田が聞き入った。

「『吉兆』は確か最初は鯛茶漬けの店から始まっていますね。大阪の高麗橋《こうらいばし》で……昭和五年の筈です」

堂田はその言葉に苦笑した。

「申し訳ないな。『吉兆』にすれば良かったかな？」

神宮は笑った。

「いえ、ただ事実を思い出しただけです。思い出したり思いつくと口にしてしまうのが私の悪い癖です」

堂田はそれにしても君は何でもよく知っているなと言った。

「広く浅く、です。ただ好奇心が旺盛《おうせい》なことだけですね」

堂田は頷《うなず》き銚子《ちょうし》を差し出した。

神宮が受けてから返杯をした。

「ここからはお互い手酌でいこう。その方が自分のペースでやれるからな」

そう言う堂田に神宮は頭を下げた。

「ところで神宮君はどういうご家庭に育ったのかね？」

その問いに神宮の表情が一瞬こわばった。

「……父親は貧乏学者でした。京都大学で英文学を教えておりました」

「ほう！　専門は？」

「エリオットです。それで……子供の頃から『荒地』など原文で暗唱させられたんです」

「インテリジェンスそのものの家庭だったんだな」

どうりで君が読書家の筈だと頷いた。

神宮は小さく首を振った。

「それが幸せだったかどうか……貧乏だったのは金を全て父親が本のために使っていたからです。ある意味、子供の頃は本が敵のように思えました。逆にそれで図書館で敵討ちのように本を読むようになったんです」

堂田は納得して訊《たず》ねた。

「お宅は代々、学者さんだったのかい？」

神宮の目が光った。

「いえ……祖父は相場師でした」

エッと堂田は驚いた。

「戦前、大阪北浜《きたはま》でかなり鳴らした相場師です。父親が子供の頃は御殿のような家に住んで使用人が十人近くいたといいます」

堂田は深く頷いた。

「その血を君が継いでいるんだな」

複雑な表情をして神宮は言った。

「そういうことのようです。ですが祖父は相場に失敗して全てを失い……拳銃《けんじゆう》自殺をしています」

淡々とそう言って刺身を食べる神宮を堂田は瞠目《どうもく》したまま見詰めた。

「父は祖父を反面教師に学者への道を進んだんです。その父は若くして交通事故で死んでいます。四十三でした……」

「そうか……それでは君も苦労したんだろうな……」

そう言って神宮を見た堂田は凍った。

神宮は笑っていた。それも途轍《とてつ》もなく冷たい笑顔だ。

「母も後を追うように父の死の翌年病気で亡くなりました。私は兄弟がいませんから……

天涯孤独になった訳です。それが幸いした」

堂田には意味が分からない。

「なにが？　何が幸いしたんだね？」

「相場です」

その言葉に堂田はエッとなった。

「私は十五歳、中学三年の時に一人になりました。そこから相場を始めたんです」

「なんと!?」

驚愕《きょうがく》する堂田に神宮は不敵な笑みを浮べ続けた。

「ある意味、両親の死は私には僥倖《ぎょうこう》でした。私を相場の世界で生きて行かせるために二人は死んだのだと今も思っています」

その言葉を聞きながら堂田は背中に冷たい汗が流れるのを感じた。

（この男……やはり途轍もない）

「じゅ、十五歳からの相場はどうなったのかね？」

神宮は刺身を平らげてから杯を空け、ゆっくりとした口調で思い出すように語った。

「両親が残した少額の貯金を株で殆《ほとん》ど倍々ゲームで増やしていきました。東京大学経済学部に入学した時には……億を超える資産を持っていました」

ただ啞《あ》然《ぜん》とするしかない。

「そして、東大に入ってからは徹底的に別の角度から投資の研究をしました。誰も数学的に株や債券のあり方を考えた者などいなかった。それをやっていったんです」

　堂田は産中の役員から神宮が産中に最先端の数学を利用した資産管理の考え方を若くして導入したという話を聞いたのを思い出した。

「今の金融工学の走りを独自にやっていたということです。それが実際の相場に役立って行くことが楽しかったんです」

　堂田は何故、産中を就職先に選んだのかと訊ねた。

　フッと神宮は笑った。

「私は探していたんです。この国で本当に相場をやれる組織はどこか？　ずっとそれを大学時代に探した。そして見つけたのが産中だったんですよ。でも当時の産中は自分たちの組織がそんな組織だとは気がついていませんでした。だから私は入って自由に出来た」

　背中に嫌な汗が流れるのを堂田は感じた。

「君は……産中を最初から、新卒で入った時から……じ、自分の思い通りに出来ると思ったのかね？」

　神宮は頷いた。

「思い通りも何も誰も気がついていなかったと申し上げましたでしょう？　産中が持っているその途轍もないポテンシャルに気がついていたのは大学生の私だけだった。だから簡単に産中を自分の思い通りに動かすことが出来たんです。組織のあり方も私がどんどん提案して変えさせた。ですから産中が僕を育てたのではなく私が産中を今のように育てたんです」

俄《にわ》かには信じられない話だ。しかし、堂田は自分が産中に入って知った様々な事実から神宮の言葉は真実だと感じられた。

それだけに神宮の恐ろしさを堂田は体の奥底への衝撃として受けた。

「理事長、私は正直な人間です。嘘偽りは嫌いです。だから全て、理事長に訊《き》かれたことは正直に話しています」

堂田は暫《しばら》く何も言えなかった。

コップの和らぎ水を飲み干し、そこへ銚子の酒を直接全て入れてから一気に飲んだ。

「――――」

それでもまだ言葉が出てこない。

神宮に見詰められながらようやく口を開いた。

「き、君の全てを知っている人間、つまり、今君が喋《しゃべ》った内容を同じように伝えた人間はこれまで何人いたのかね？」

神宮は空を睨《にら》んだ。

「私が入庫してからの歴代の副理事長。理事長では……堂田理事長だけです」

「つまり、産中の真の経営者だけが知っていたということだな」

神宮はその通りですと言った。

「失礼します」

仲居が入って来た。

「お肉の用意をさせて頂いて宜《よろ》しいでしょうか？」

網で牛肉を焼く店のメインだ。

「あぁ、頼む」

ようやく堂田は一息つけたように思った。

肉が焼かれ二人は賞味した。が、堂田は味がしない。

神宮は旨《うま》そうに食べている。

その神宮に堂田は訊ねた。

「君の夢は何かね？　過去は分かった。これから将来の夢は何なんだね？」

神宮は怪《け》訝《げん》な表情になった。

「それは理事長もご存知の筈《はず》です」

堂田はうっとなった。

「産中を日本最強の金融機関に、いや、世界最強のヘッジファンドにすることです」

そう言い切ったのだ。

「あと五年、あと五年で利益を五倍にし、次の五年でさらに三倍にします。つまりここから十年、理事長が金庫におられる間に利益を今の十五倍、二兆円の経常利益を出す組織にするんです」

驚愕したままの堂田の目を見ながら神宮は言った。

「私個人は既に十二分な資産があります。個人としての資産形成には何の興味もありません。それよりも産中を純粋に日本の歴史上最強の金融機関にする。そこに理事長を君臨させる。それだけです」

堂田はようやくそこで腹が据わったように思った。

「分かった。君の夢、私の夢にしよう」

そう言って肉を口に入れた。

◇

平成元（一九八九）年末で株価が大天井を打って以来、不動産価格の暴落などのバブル崩壊が様々な現象となって現れていた日本だったが、平成九（一九九七）年と翌十年はその中でも特筆すべき年となった。

それまで様々な形でスキャンダルや不良債権の問題が取りざたされた証券業界や銀行業界だったが、その最悪の姿が現実となって現れて来たのだ。

平成九年十一月に三洋証券が倒産、次いで山一證券、北海道拓殖銀行が経営破綻《はたん》した。

「銀行や証券会社が潰《つぶ》れる？」

戦後の日本で不倒神話が出来ていた金融機関が次々と潰れていくのだ。

ありえないと思っていたことが起こることに国民以上に金融関係者が震えた。

産中は危機に瀕《ひん》した様々な金融機関から支援要請を秘《ひ》密裡《みつり》に受けていた。

「これに関しては私に一任を願います」

神宮は堂田にそう告げ一切タッチさせなかった。

「資金援助に関して役所が秘密裡に絡み双方の役員同士などで勝手なことを決められたりしたら大変なことになる」

神宮は様々な金融機関からの支援要請の窓口となり最終決定者にもなっていた。日本の金融機関の生殺与奪を握る存在となっていたのだ。

「自業自得だ」

山一證券の自主廃業が日経新聞の一面トップを飾った土曜日、自宅でその記事を読みながら神宮は三ヶ月前を思い出していた。

旧知の山一證券の幹部と山一本社の役員応接室にいた。大蔵省や日銀からも産中の資金支援を期待する旨が内々に伝えられている。

神宮は思っていた。

「役所は期待表明という口先介入をするだけ。それで支援先が潰れて金庫が焦げ付いたとしても何もしてくれない。そんなものにこちらが乗るとでも思っているのか！」

神宮は山一幹部の話を聞きながら壁に掛っている素晴らしいドガの馬の絵を見ていた。

（いつ見ても凄《すご》い……これだけで何億もする筈だ）

山一の幹部はなんとか産中からの支援を頂けないかと懇願した。

神宮は言った。

「もし、御社が噂されているようなことが無ければ考えましょう。どうなんです？」

その一言で幹部は黙ってしまう。

山一證券は多額の不良資産を海外に飛ばしていると噂されていた。

それは事実だったのだ。

そして最後には泣きながら社員は悪くないと頭を下げる社長の姿が衝撃的に伝わった。

神宮は思った。

「これからまだ大変なことになる」

何故なら同じような資金援助要請を長信銀各行からも受けていたからだ。

そして平成十年三月、金融機能安定化措置法案に基づく金融危機管理審査委員会の決定により日本長期信用銀行（長銀）に一七七六億円の公的資金が注入され、十月に国は特別公的管理を決定した。

国有化……事実上の倒産だった。

「長銀が潰れた？」

ニューヨークでそのニュースを知った良太は衝撃を受けた。

「あの長銀が……」

就職の時に第一志望で落とされた先だ。

日本長期信用銀行、ＬＴＣＢ……カッコいい銀行として気分だけの自分がずっと思いを寄せた特別な存在だ。

良太はなんとも複雑な気分になった。

自分は長銀に落とされたショックもあって産中に入っても辞めようと思っていた。

「もし、長銀に受かっていたら……」

カッコいい銀行に入ったと思って喜び、ずっと働き続けていただろう。

「その銀行が潰れた……」

良太には想像がつかない。自分が働いている組織が倒産するということが、だ。

バブル崩壊以降の銀行や証券会社の破《は》綻《たん》で既に何万人がその状況を体験している。

その中でも長銀は特別だ。

エリートの象徴の一つが墜《お》ちたのだ。

この時、良太の中でまた変化が起きた。

いやそれは既に起きていた変化のさらなる進化とも言えた。

良太は淡路島の農共を思い出していた。

「俺はあの農共で何かに触れた。それで金庫を辞めることを考えなくなった」

そして今、それでも良太にずっと就職失敗のコンプレックスとして残っていた長銀という存在が消えた。

ふと産中の理想という言葉が浮んだ。

日本の金融状況が悲惨なことになる中で自分たちの組織の理想というものを考えた。

「それは何だ？　一体どんなものだ？」

もし自分が長銀に入っていたら……今、どんなことを考えているだろうか？　その裏返しで産中の理想ということが良太の頭の中に浮んだのだ。

「淡路島の農共で俺に辞めることを止めさせ、長銀の破綻でその俺に理想の姿を考えさせる存在……第一次産業中央金庫」

ふとその産中が無くなったらと考えてみた。

仕事や収入がなくなるという具体的なことは何故だか心に浮んでこない。

「…………」

あるものが見えた。

淡路島の田んぼの広がりだ。

稲の苗が風でなびく光景と農共で働く人たち、そして農家で懸命に米や野菜を育て牛の世話をする人たちの汗だ。

「金庫がなくなっても農林水産業は決してなくなることはない」

改めてそのことを思った。

窓の外にはマンハッタンの無機的な高層ビルの連なりが広がっている。

ふと現実に戻り、良太は仕事のことを考えた。農林水産業という仕事からもたらされる金、それをこのニューヨークでの相場で動かしているのが現実の自分の仕事だ。

「金庫がなくなっても……なにも変わらないんじゃないか?」

自分が動かす金の不思議を思いながら、産中とは本当になんなのかを考えた。

「長銀も金庫も金を扱って来た。片方は潰れ片方は大きく強くなっている」

良太は今の仕事の現実に戻って考えた。

日本の銀行の破綻によって資金を取り入れる時に金利の上乗せを要求される〝ジャパンプレミアム〟というものが発生していた。〝ジャパン・アズ・ナンバーワン〟が完全にひっくり返っていたのだ。

「だが産中への信頼は米国でも厚い。それは農林水産業というものが土台にあるからだ」

良太は神宮から都市銀行で取り付け騒ぎが起こっていることを知らされていた。日本のマスメディアは完全に情報規制を敷いて微塵《みじん》も報道していなかったが、様々な大手銀行に預金の払い戻しを求めて大勢の人が列をなしていたのだ。銀行の本店の周りを何重にも人が取り囲んでいる光景もあるという。

「しかし、金庫からは一円たりとも抜けていかない」

神宮は嘗《かつ》て言ったことを繰り返した。

「金庫はメンバーシップバンクだ。運命共同体であるという意識が預金者である組合員の隅々まで行き亘《わた》っている。これが本当の金庫の強みだ」

その言葉は良太に何ともいえない自信を与えていた。

「金融機関の本当の強さは負債のあり方だ。銀行であればどんなところから預金を集めているかだ。都市銀行の預金者は不特定多数の個人や法人……危ないと思えば直ぐに逃げるのは当然だ」

　金融業の最も単純なことに今更ながら良太は気がついた。

　また稲の光景が甦《よみがえ》った。

「あの稲の苗が秋には穂をつけて米となる。それが金に変わって金庫に運ばれて来る」

　そして牛小屋を思い出した。

「あの牛たちから毎朝搾り出された乳、あれが金に変わって金庫に流れて来る」

　それから良太は資金証券部での自分の仕事を思い起こした。

「思う存分にその金を動かした。短期金融商品、債券の売買、株での運用……金を様々なものに換えてはまた金を作り出した。だが最初の金は稲や野菜や牛の乳なんだ」

　胸が熱くなって来た。

「長銀にあのまま入っていたら……自分は今どうしただろう？」

　全てに絶望し組織を信じることも出来ず、人生への疑問も湧いていたことだろう。

「そして、ただ自分と自分の家族の生活だけを考えた筈《はず》だ」

　そう思った。

「だが、金庫は違う」

　金庫が立脚する農林水産業の源である大地や森や海は永遠にあり続ける。そして共同組合を運命共同体とする人たちの支えがある。

目の前のマンハッタンのビル群はなんとも冷たい輝きで存在している。

良太は携帯電話をポケットから取り出し、自宅で仕事をしている紀子に掛けた。

「長銀が潰《つぶ》れたんだって？」

紀子には自分の過去のことは全部話していた。長銀に落とされて入った産中を辞めようとしたことも……。

「良太さん良かったね、金庫で」

「うん……」

良太は自分が泣いていることに気がついた。

◇

「大変なことになっていくな」

理事長室で堂田は神宮と話していた。

「大蔵や日銀からは様々な金融機関への個別の支援要請を受けてきましたが……全て断って正解でした」

堂田は満足げに頷《うなず》いた。

「君に一任して良かった。専務や常務の中には『支援して当局に恩を売るべきだ』という声も少なからずあったが……」

神宮は冷笑を浮べた。

「金庫には金融の何たるかを知らない人間が多いですから。ただ資金市場へは潤沢に資金を出すように心がけています。金融資金市場の安定化、流動性の供給に常に金庫が大きな役割を果たしていることは見せつけていますので……」

堂田はありがとうと言った。

「しかし、ここから日本の金融はどうなるんだ」

神宮は明確な口調で言った。

「銀行はどんどん合併をさせられるでしょう。都市銀行の数は半分になるでしょうね」

堂田は驚いた。

「長信銀という金融事業体はその過程でなくなるでしょう。そして、外資も入って来る」

はぁと堂田はため息をついた。

「群雄割拠が本当の意味で始まるということかね？」

神宮は首を傾げた。

「当局の指導が優先でしょう。そこに戦国時代のようなダイナミズムはありません。ただ〝お上〟の指導に従って銀行が数を減らしていく。そして公的資金が注入されて……その後はずっと役所主導での経営が続くことになります。それで日本経済は縮小均衡に陥るでしょう」

堂田には分からない。

「どういうことかね？」

「〝お上〟が主導する要件主義が蔓延《はびこ》る金融の世界がそこに現れるからです。羹《あつもの》に懲りて膾《なます》を吹く典型的な日本人の傾向に〝お上〟がかぶさって来る。そうなるとイノベーティブなリスクを取ることは銀行は出来なくなります。せいぜいサラ金を手に入れ、それで稼ぐ……そんな姑息《こそく》な銀行経営の未来しか私には見えませんね」

　堂田は笑った。

「あまりにもペシミスティックだね。まるでジョージ・オーウェルのディストピア小説『一九八四年』の世界じゃないか」

　まさにその通りですと神宮は言った。

「オーウェルの洞察力は本当に凄《すご》いと思います。思考を奪われた人間、国家に管理される社会……彼はそれを人間洞察で書いています。だがそこに世界の本質があるから描ける。人間というものへのペシミズムが通底している。それは正解でしょうね」

　堂田は頭を振った。

「そう考えると我々はこれまで良い時代を生きて来ていたということだね」

　我が意を得たりと神宮は笑った。

「その通りです理事長。我々は戦争を体験せず自分の国が右肩上がりに成長していく過程で生まれ育った。まさに人類の歴史の中でも極めて稀《まれ》な時代を生きた幸運な、途轍《とてつ》もなく幸運な世代ということになります」

堂田は笑った。

「そこは享楽的なんだね」

「事実ですから」

そう言ってから神宮は笑った。

「それで？ペシミスティックな未来環境で金庫はどうなるんだね？」

堂田は真剣な表情で訊《たず》ねた。

「盤石です。黙ってこのまま座っていても途轍もなく強い存在となっていきます」

何度も神宮のそんな言葉を聞いていて堂田には驚きはないが訊ねた。

「確かにここまで君のいう通りになって金庫は地位を高め今や日本最強の金融機関となった。だがこのままでいられるのかね？」

神宮は頷いた。

「何故なら都市銀行の資産内容が金庫に近づいていくことになるからです」

エッと堂田は驚いた。

「どういうことかね？」

神宮はゆっくりとそれが大事なポイントであると説明をしていった。

「このまま日本経済は縮小均衡となります。つまり銀行にとっての貸出先は限られてくる。本来的には海外企業への融資などに乗り出していかなくてはなりませんが、先ほど申しました通り当局の指導がありますからリスクは取れない。よしんば取ったとしても難しい海外案件をマネージする力はない。ですから、おのずと金は余ってしまいます」

堂田は理解した。

「資金全体は余剰となるということだね？」

神宮は頷いた。

「その通りです。そこで銀行は国債を買うしか仕方がなくなる筈です。日本で最も信用力のある国債をドンドン資産の中で増やしていくしかなくなる。つまり、金庫が好むと好まざるとにかかわらず過去からずっとそのようにしていたポートフォリオと同じものを全ての銀行が形成していくということです。そうなると……」

堂田にも理解が出来て強い口調になった。

「国債の価格は上がり続ける。金利は低下を続ける！　それによって産中の資産価値は上がり続ける。ある意味……他力で十分に強力な金融機関になるということだな？」

「金庫に企業融資の能力が無かったことがバブル崩壊をほぼ無傷で通り抜けた最大の要因でした……この金融機関はついていた。ラッキーだったということです」

その通りですと神宮は言った。

堂田は頷いた。

「そして、君という存在がいた。初めから産中のヘッジファンドとしての素質を見抜き、金庫に入ってからその巨大化を実現させた君という存在が……」

神宮は黙ってその堂田を見詰めていた。

そして、強い口調で言った。

「理事長ここからです。ここからが我々の本番です。日銀も大蔵も、彼らが畏怖《いふ》する存在としての金庫になる。それがこれからの――」

と、そこまで言って神宮は止まった。

嫌な胸の痛みを感じたのだ。

「どうしたね？ 大蔵や日銀すら畏怖する存在にここからどうやってなるのかね？」

胸の痛みは直ぐに治まったが、神宮はある懸念を思い出していた。だがそんな素振りを見せずに言った。

「大丈夫です。必ずそのような存在になりますので……」

その日のニューヨークの朝。

良太が支店の自分の席に着くと電話が鳴った。相手は神宮だった。

「おはようございます。いや、今晩はですね。長銀の国有化で東京は大変でしょう。海外の邦銀はそのとばっちりを受けての〝ジャパンプレミアム〟で大変です」

そう良太は言ったが神宮は黙っている。

「どうかされましたか？」

神宮は珍しく厳しい口調になった。

「いいか、城山。俺がお前をニューヨークへ送った理由が分かっているだろうな」

また来たかと良太は思った。

「はい。了解しています」

「いや、全く分かっていない」

良太は神宮が期待する様なドル・ファンディングによる資金運用を行っていなかった。それは神宮の想定の五分の一ほどの規模でしかなかったのだ。

「お言葉ですが……今の私にはこれがいっぱい、いっぱいです」

嘘だった。神宮が望む以上でもやれるが自制していたのだ。そこには産中のことを良太なりに考えることがある。神宮の理想とするものとは違うもの。まだ明確に見えてはいないが……それを自分が形作るためだ。その第一歩として自分なりの神宮離れだったのだ。

「何故そんなことを言う」

神宮は良太が嘘をついていることが分かっていた。だが、その理由が神宮には想像が出来ない。

(城山は体の具合でも悪いのか？)

そう神宮は思ったこともあったがそうではないようだ。

神宮は明確な口調で言った。

「いいか、お前にやって貰《もら》う本当の理由を言っておく。米国での金庫のポジションを確実に大きくすることによって大蔵や日銀にプレッシャーを掛けられる存在になることだ。米国をレバレッジに使っての金庫の巨大化がそこにある。お前はそれが分かっているのか？」

良太は少し息を吐いてから言った。

「そのことは分かります。ですが、本当にそれで良いのか分かりません」

良太は神宮が考えるような存在に金庫をしたくないと思っている自分を強く感じた。

神宮の考える巨大な存在、世界の金融を支配するような存在にしてしまったら……金庫にとって真に大事な部分、農林水産業から遊離してしまうのではないか？　それは第一次産業をベースとするメンバーシップバンクである金庫を考えればあり得ないことだ。しかし良太は思う……そのことを口にした。

「神宮さん、金庫は金庫が取るべき〝振る舞い〟というものがあるのではないでしょうか？　ドルをファンディングして大きなレバレッジを掛けて、ある意味究極のヘッジファンドとして途轍もない収益を上げる。それは金庫がベースとする農林水産業からもたらされる利益の何倍、何十倍になるでしょう。でも、それって本当に金庫が取るべき〝振る舞い〟なのでしょうか？　神宮さんの考えてらっしゃることは頭では分かります。でも心ではそれは〝違う〟と思えて仕方がないんです。それは金庫の身の程を超えている。そうとしか思えないんです」

神宮はその言葉で切れた。

「お前が何故俺に逆らうのか分からん！　いいか城山、今月末迄《まで》に今のポジションを倍にしろ。それから漸次ポジションをあげて半年で今の五倍にしろ。これは命令だ！」

良太は覚悟を決めた。

「しなかったら、いや、しないと言ったら……ニューヨークでは今のポジションが十分だと私が申し上げたら……どうされますか？」

間髪を容《い》れずに神宮は言った。

「ニューヨークでの運用は俺が東京から直接やる。お前はお払い箱だ。地方の支店へでも行ってもらう」

望むところですと言いたいところを抑え……良太は小さく「分かりました」とだけ言った。

第九章　真の金庫・理想の金庫

「太陽が痛いな」

長崎空港に着いて外に出た時、城山良太はそう思った。陽の光が肌を刺すように感じる。

「当たり前だが……ニューヨークとは違う」

到着ゲートを出ると迎えに来ていたのは産中の長崎支店の総務課長以下二人だった。

古参の総務課長は言った。

「ようこそ長崎へ。城山支店長」

良太は平成十一年七月の定期異動でニューヨーク特任から長崎支店長に〝栄転〟した。

産中の同期で最初の支店長だから〝栄転〟だが実際は神宮薫に飛ばされたのだ。長崎支店長と聞いた時、神宮の深謀遠慮を感じた。

「支店長なら辞めないと踏んだんだろう」

だが良太は平で支店勤めになっても産中を辞めるつもりはなかった。

勧業肥料株式会社の社長である岳父から専務として来るつもりはないかと誘われたが断った。

「お父さんは良太さんが継いでくれる気はないんじゃないかと心配してるのよ」

妻の紀子はそう言ったがまだその考えはなかった。

「金庫をもっと知りたい。金庫の真の姿を摑《つか》んでから次の人生を考えたい」

紀子は仕事の関係でまだ暫《しばら》くニューヨークに残りその後は東京住まいとなる。

「単身赴任か……」

それも悪くないなと良太は思った。

そして支店長は一国一城の主《あるじ》だ。専用車が付き送り迎えがされる。

クルマの前で運転手に挨拶《あいさつ》され良太は後部座席に総務課長と共に乗り込んだ。

「良いところですよ。長崎は」

「やはり九州ですね。光の強さが違う」

総務課長は高卒の叩《たた》き上げで壱岐《いき》出身だという。

良太は長崎で気楽な一人暮らしだ。

長崎駅に近い五島町《ごとうまち》のマンションが住まいとなる。総務課長は丁度良い物件を借りられたと来る前に連絡してくれていた。十階建ての最上階、家具付きで眺めは最高だという。

ニューヨークでの荷物は東京に送ることになっているから良太は殆《ほとん》ど手ぶらで長崎にやっ

て来ていた。

「でも本当に宜《よろ》しいんですか？　１ＤＫしかありませんが？」

「十分です。ハウス・キーピングのサービスがあるというのがありがたい」

毎週の清掃が付いている。

「マンションにご案内した後は長崎一の旅館にご宿泊頂きます。日昇館紅葉亭といいます。ゆっくり温泉とお食事をお楽しみ下さい」

新任支店長への歓迎ルーティンだがニューヨークから日本に戻った良太は温泉は有難いと心から思った。

旅館では温泉の後で卓袱《しっぽく》料理の膳《ぜん》を堪能《たんのう》してゆっくりと眠った。

翌日、日曜の午後にマンションに移り、当面必要で持ってきている衣類を備え付けの家具に整理してシンプルな応接セットの椅子に腰を掛けた。

「…………」

明日《あした》から支店長としての生活が始まる。

窓の外には夏の太陽が降り注いでいる。

良太は散歩に出た。

「久々に見る日本の景色が九州長崎とは想像もしなかったな」

グラバー邸を訪れてそう呟《つぶや》いた。

対岸に稲佐山《いなさやま》がそびえ造船所が見える。

良太は神宮の意に背いた自分を思った。

「良かったんだ。これで……」

産中が日本最強の金融機関となり更なる強大化のため良太は神宮にニューヨークへ送られた。だがその神宮の野望に疑問を持った。良太はそれまで産中の本質だと考えていたヘッジファンドとは違う……何か別の大事なものを産中から摑みたいと考えていた。その為に神宮に逆らったことへの後悔はない。長崎で完全に相場から離れた自分がどうなるか、それもここからの人生で楽しみになっている。

「勧業肥料を継ぐのはそれからでいい」

紀子にはそう言ってある。

「良太さんは変わりましたね」

ニューヨークで紀子からそう言われた。

「以前ほど相場が楽しそうではないのが分かります。別の何かに関心を持っている。それが何かはよく分からないけれど……」

良太はその時はちゃんと答えられなかった。

「別のもの……俺は何を求めているのか？」

それはまだ明確に良太に分からなかった。

それを知るには産中という複雑な存在を具体的に問い直す作業が必要だと思っている。

その過程で一つずつ求めるものを見つけていこうと思っていた。

「それにしても良い所だな」

長崎という土地の風光明媚《めいび》を実際に感じてそう口にした。学生時代に読んだ司馬《しば》遼太郎《りょうたろう》の『竜馬がゆく』を思い出した。そこでふと神宮と坂本竜馬《さかもとりょうま》の話になったことを思い出した。

神宮は司馬遼太郎が小説にするまで誰も坂本竜馬など知らなかったことに言及しながら良太に質問を出した。そこには歴史とは何かを考えさせる命題の意味がある。

神宮は訊《たず》ねる。

「城山、お前は坂本竜馬をどう評価する」

良太は薩長《さっちょう》同盟を成し遂げた点は明確な事実でそこが最大の評価点だと言った。

「それはその通りだな」

神宮はそこから薩摩《さつま》と長州《ちょうしゅう》というもののあり方について語った。

「あの時代、日本で最も先端的な藩のマネージメントを行っていたのが薩摩だ。それは何故だか分かるか？」

良太は考えた。

「やはり江戸から最も遠いところで外様大名として生き残るために様々なことを考えなくてはならなかったからではないですか？」

神宮は頷《うなず》いた。

「それも薩摩藩という特別な存在を作った理由のひとつだが、外様の藩は他にもある。薩摩だけが全く違うことがあった。それが先端的でかつ非日本的マネージメントを育《はぐ》むことになっている。それが分かるか？」

良太は暫く考えたが分からないと言った。

「それは琉球《りゅうきゅう》という他の国を支配したことだ。日本とは別の存在を支配し管理する。それは他の藩にはなかったことでそこで多くを薩摩藩は学んだ。日本的枠組みで物事を考えず今でいうグローバル思考、煎《せん》じ詰めれば〝他者〟とどう付き合うか、どう〝他者〟をマネージし、どう〝他者〟を管理するか、そのノウハウを蓄積していったんだ」

良太は神宮の歴史やものの見方には感心させられるばかりだった。

「俺が理解するに竜馬は薩摩のエージェントの一人だ。長崎でグラバーの使い走りをするうちにビジネスを覚え、ビジネスの観点から全てを発想するようになっていた。そんな竜馬はあの時代の異端で日本人の中では〝他者〟だ。そんな男、〝他者〟を、マネージする能力に長《た》けていた薩摩が上手《うま》く使った。そういうことだ」

良太は質問した。

「でも薩長同盟は竜馬のアイデアですよね？」

ああと神宮は言った。

「ビジネスの観点からそのアイデアが生まれたのだろう。海援隊というカンパニー、会社を作ったことで全てをビジネスから発想するようになった。経済から政治や戦争を見るようになった。そんな人材のアイデアを重宝したのが大久保《おおくぼ》利通《としみち》や西郷《さいごう》隆盛《たかもり》が動かす薩摩という組織だったということだな」

　良太は質問を重ねた。

「会社、カンパニー……経済を、利益を、嫌でも考えなくてはならない。そんな器が竜馬を作ったということですか？」

　神宮は頷いた。

「その通りだ。器は人間を作る。竜馬はカンパニーという器が作った。それが竜馬を取り巻く時代を動かしていった。俺はそう考えている」

「政治も戦争も経済で考えなくてはならないということ……それは本当だな」

　今そのグラバー邸、長崎というところに立っている自分がいる。良太は改めて産中という器はなんなのだろうと思った。

「神宮さんは産中にヘッジファンドという器を発見しその器に相応《ふさわ》しい組織を作って大きくし人材も育てた。俺もそのひとりだ」

　だがその神宮の思う通りなら良太は長崎にこうして立ってはいない。良太は神宮に逆らったからここにいる。

「！」

　その瞬間、良太に何かが起こった。

「景色！　そう景色だ！」

相場という一つの景色の中にいた自分はある意味で他の景色を見ることがなかった。ずっと同じ景色の中にいた。相場は千変万化だが〝数字という景色〟であることは変わらない。景色、海や田んぼや山のある景色、そこで働く人たちのいる景色……。

「それこそ金庫という器を作るものじゃないか！」

そう思うと良太は嬉《うれ》しくなった。

しかし時代は優しく簡単ではなかった。

経済に金融、数字はついて回る。良太は風光明媚な長崎でバブル崩壊の爪痕《つめあと》と闘わなくてはならなくなる。

それは思いもよらないものだった。

◇

支店長となって良太はまず支店の全員と個別に昼食をとることにした。

全て良太のポケットマネーで支店近くの手頃な店で食べた後、喫茶店でも話を聞く。

人間というのは不思議なもので一緒に食事をするだけで上下関係の緊張が解けるのか、本音を話してくることが多い。

良太は支店に問題点がないかそうやって非公式の場を設けて知ると共に各部署からは現

状の説明を受けていた。支店の人員の半分まで〝支店長昼食会〟が進んだ頃だった。佐賀出身だという預金担当の女性職員と長崎新地の中華街でちゃんぽんを食べている時、

「実は先日実家に帰った時に……」と気になる話をその職員が切り出した。

彼女の話は……実家の近所の幹線道路沿いに数年前にラブホテルが出来、皆が眉《まゆ》をひそめたと思ったら、あれよあれよという間にそのラブホテルがチェーン展開していったというのだ。

「バブルというのはそういうことなんだね」

良太は苦笑しながら相槌《あいづち》を打っていた。

「銀行が金を出してその手のホテルをどんどん作ったという話は各地であるから……」

そこまで言うと女性職員は声を潜めた。

「それが……地元の人の話では長崎の農共が資金を出したというんです」

良太は驚いた。

「そんな融資……農共は出来ないだろう？」

「私も詳しい融資の要件は分かりません。でもどうやら事実のようなんです」

良太は嫌な予感がした。

「それで……ラブホテルはどの位あるの？」

「佐賀と長崎を合わせると二十軒近くあると言われています」

「そんなに！」

支店に戻ると直ぐに推進課長を呼んだ。

「いや、そんな話は聞いたことがないですね。農共がラブホテルに金を出しているなんて……」

「我々だけでは分からない。連合会に行って県下の農共でそんな話がないか確認しよう」

すぐに課長と共に良太は連合会を訪れた。

連合会は会長が直々に対応に出て来た。

(会長のおでましとは……まずいぞ)

良太の嫌な予感が的中した。

「実は……先日、そのことが内部検査で判明しまして……。完全な迂回《うかい》融資、それと枠取りのためのドレッシングもされていました」

会長は暗い表情でそう言う。

「ドレッシング？」

良太は迂回融資よりもドレッシングという言葉に驚いた。融資枠を不正に拡大させていたということだからだ。

「一体、農共はいくらそのラブホテル業者に貸しているんですか？」

「五〇〇億です」

良太も課長も椅子から転げ落ちそうになった。単位が一つ違う。

「ご、五〇〇……」

会長は頷いた。

「その農共の総貸出残高七〇〇億のうち……その業者に五〇〇億流れていたんです」

金額に驚いたが、驚くのはまだ早かった。

「その五〇〇億のうち四〇〇億が回収不能と判明しました」

会長はそこまで言うと項垂《うなだ》れた。

良太はバブルの恐ろしさをまざまざと知った。その業者はラブホテル建設を不動産投資として行い採算を考えていなかったという。

「仮にラブホテル経営が上手《うま》くいっていたとしても直ぐに融資を回収しなければならない案件です。連合会さんはどうされるおつもりですか？」

会長は頭を抱えた。

「この件、産中さんに早くお知らせしなければと思いながら……このままでは農共だけでなく連合会も潰《つぶ》れます。それを考えると二の足を踏んでしまって……」

良太は目の前が暗くなるように思えた。

どうすべきか頭に浮ばない。

「…………」

暫《しばら》く重い沈黙が流れてから会長は突然土下座した。

「支店長！　何卒《なにとぞ》ここは産中さんにお助け頂けますよう……この通りお願い致します！」

良太は直ぐに会長の手を取って起こした。

「会長、まず正確な情報を下さい。それからでないと私も動けません」

こうして農共の問題融資処理が始まった。良太は書類が纏《まと》まると直ぐに東京の本店へ飛んだ。どう処理するか推進部と協議のためだ。

「城山くんも……ついてないな」

推進部長の言葉に良太はカチンと来た。

「ついてるついてないの話ではありません。どうこれを金庫として処理するのか、それを部内でまず協議して頂きたいんです」

部長は何ともいえない表情のまま暫く黙った。

「農共を助けるといっても額が大きすぎる。連合会本体ならなんとか考えられるが農共直接となると……」

良太は間髪を容《い》れずに言った。

「それでは連合会が潰れます。それはどう考えても黙ってはいられませんよね」

ピラミッド構造の様々な仕組みのあり方がここで問題になって来た。

「兎《と》に角、農共を直接助ける前例がないんだ」

良太は声を荒げた。

「前例があるかどうか現状では関係ありません。連合会を救わなくてはならない。推進部で早急に救済スキームを考えて頂かないとなりません。支店では対応不可能です！」

推進部長は天を仰いだ。

「農共がラブホテルに融資……それで四〇〇億の焦げ付き……マスコミが知ったら系統金融は徹底的に叩《たた》かれる。場合によっては国会で野党から問題にされかねない……何とかしないといけないな」

良太はようやく部長が具体的に考え出したと思った。

「私の方で地元マスコミは抑えるように動きます。こうなると迅速な処理以外に問題を表面化させない方法はありません」

部長は分かったと言った。

その夜、神田の居酒屋で良太は三嶋祐二と呑《の》んだ。

「明日《あした》は理事長はお休みだ。今晩なら付き合える」

良太が秘書室に電話するとそう三嶋は返事をしてくれたのだ。

生ビールで乾杯した後、三嶋が言った。

「どうだ？　博打《ばくち》を止めて足が地についた仕事をするのはいいものだろう？　地方で農共系統というものの本当の姿に触れられて良かっただろう？」

その三嶋に良太は小声で言った。

「その農共が博打より悪いことをやってくれてたんだ」

「何ッ？」

三嶋が息を呑んだ。

そこから無声音で良太は詳細を語った。

三嶋はただ驚いた。

「そんなことが……でもこれは直ぐに理事長の耳に入るな」

良太は言った。

「助けて欲しい。ここは金庫が農共を助けるスキームをちゃんと作ってやらないと連合会が持たない。推進部が全力で協力するようにお前から理事長に上手く頼んでくれ」

三嶋もことの重大さは分かった。

「城山が博打から足を洗って堅気になったと思ったらこれか。やはりお前はまともではないということだな」

良太はふてくされて見せたが反論はしなかった。

その後、良太は月に二回、長崎から東京本店の推進部を訪れての協議を三ヶ月重ねた。

「表沙汰《おもてざた》にならない裡《うち》に速やかに処理すべし」

そう理事長から直接指令が降りていたために予想より早く進んで行った。

「三嶋もやる時はやってくれるな」

そうして救済案は出来上がった。

問題農共のラブホテルへの融資は地元信金に譲渡し不良債権処理に必要な四〇〇億円を

産中が連合会を経由して資金援助する。件《くだん》の農共は隣接する農共と合併させ、さらに資本注入を五〇億円行って健全化させる。

金の処理は金で、そして処理は早ければ早いほど上手く行く。良太はそれが出来る産中というものの力を思い知った。

そうして良太の長崎での最初の問題案件は無事に迅速に処理できた。マスコミに嗅《か》ぎ付けられずに処理できたことは僥倖《ぎょうこう》だった。

良太は県の連合会から大いに感謝された。

「会長は丸山《まるやま》の『花月』で城山支店長をご慰労申し上げたいと申しております」

連合会の担当者からの申し出を良太は固辞し、一人で諫早《いさはや》にある鰻《うなぎ》の名店『福田屋』に出掛けて自分へのねぎらいとして食べた。

「旨《うま》い！」

熱々の器に入ったホクホクの鰻を頬張りながら良太は心からそう思った。これまでの相場人生とは違う仕事を成し遂げた喜びが旨さとなって体中を巡っていくように感じた。

「産中の持つ景色、その一つを見ることが出来た」

◇

城山良太が長崎支店の支店長となって三年目の夏、理事長が交代した。

新しい理事長も農林水産省の事務次官からの天下りだった。

それまで専務理事だった神宮薫は副理事長に昇格した。堂田前理事長の予想外の早い退任以外は全て既定路線だ。

理事長秘書だった三嶋祐二は推進部長に栄転した。

良太は不良債権処理のために嫌というほど推進部とのやり取りをしたために推進部のことは十二分に把握していた。

一言でいって農共系統の牙城《がじょう》だ。

古くからの農共、県や道の連合会、そして産中というピラミッド体制をどう円滑に問題なく維持するか……それが仕事の最初であり最後、アルファでありオメガだ。

農共系統ピラミッド体制ほど複雑さを備えたものはない。産中はピラミッドの頂点として農共系統全体が潤うように利益を挙げる頭脳でありエンジンであるが名目上の立場は一番下ということになっている。

「下部構造が上部構造を規定する」

マルクスが書き綴《つづ》ったものをスターリンが大々的テーゼとしたこの考えがそこにある。下部構造を構成する全国一万三千の農共の組合員が立場上は最上位にあって、その次が連合会、そして産中は最下部にはあるが全ては下部の利益のためと意向を最大限に尊重する組織であるため、となっているのだ。

名目、建前はピラミッドはひっくり返ったものとされているのだ。

実質は良太たち産中が農共の不良債権を処理したように産中によるトップ・ダウンで様々な事業は進められるが名目は名目として厳守される。

名目維持の際たるものとして連合会の役員選出の承認には農共が、産中の役員選出の承認には連合会が関与することだ。総代表会と呼ばれるものでその承認が行われる。これまでの産中の歴史で産中側からの人事提案を総代表会で否決された例はない。推進部の根回しが必ずそこにはある。

今回の新理事長の承認や新しい役員の選出承認もこれまで通り何事もなく終った。

支店長会議で東京本店を訪れた良太は推進部長となった三嶋を訪ねた。

「神宮さんの副理事長昇格、これで名実共に産中は神宮さんのものになったということだな」

その良太に三嶋は、ぼそりと言った。

「神宮さんはプロパー理事長になる」

良太は驚いた。

ニューヨークで神宮に逆らって以来、良太は神宮に口を聞いて貰《もら》えない。支店長会議で顔を見て話しかけようとしても無視される。

「本当か三嶋？」

三嶋は頷《うなず》いた。

「堂田前理事長との間での密約があったんだ。そこには今の日本国の政治状況がある」

与党が官邸主導で政策を行う際にバリアーとなる霞が関の旧体制を邪魔だと考え解体に動くようになっていた。その追い風にバブル崩壊後の世間の霞が関への批判の嵐があった。過剰接待などの不祥事だ。

「その元凶は天下りにあり」

旧大蔵省や厚生省、農水省の事務次官経験者の行政監督関係先への直接の天下りが許されなくなる空気が醸成されつつあった。

「天下りを社会的問題とし続けてマスコミにあることないことリークしているのも与党だ」

霞が関の弱体化がそこに見えている。

「その中で農水省の事務次官が金庫の理事長への天下りが続くのはけしからんと与党から相当な圧力が農水に掛った」

良太はピンと来た。

「それを堂田前理事長は金庫の強い希望として次の理事長も農水から迎え入れられるようにした？」

三嶋は頷いた。

「俺も大蔵省に出向していた時に痛いほど知ったからな。官僚にとって天下り先を持つことは宝で、ＯＢの就職先を斡旋《あっせん》することは勲章だ。これで堂田前理事長は農水省のヒーローとなった。表立っては知られていないがな」

良太は産中の役員のことを考えてみた。いつの間にか大蔵省や日銀から天下りで専務や常務で来ていた存在はなくなり、理事長職だけが天下り先として農水省のために用意されている状況になっている。

「理事長の席も天下りとしては風前の灯火《ともしび》だったのか……」

良太の呟《つぶや》きにその通りだったんだと三嶋は言った。

「それを神宮さんは金庫の内部を纏《まと》め上げて与党の圧力を蹴《け》って新しい理事長も農水から迎えることにした。堂田さんに官僚としての最高の勲章を与えることがそこにあった」

良太は神宮らしいと思った。

「その見返りが自分の金庫プロパー理事長の実現ということか……神宮さんとしてはこれまで理事長は自分の傀儡《かいらい》として動かせたが、金庫の人間が理事長となるとなかなかそうもいかなくなる。そこで自分自身がプロパー理事長となることを選んだ」

金も地位も名誉も神宮は必要としない。

ただ合理的に産中のヘッジファンドとしての理想的なあり方を作るためだけの判断の結果だと良太は納得した。

三嶋は言った。

「新理事長は最短任期の三年で降り、その後は神宮さんにバトンタッチされる」

良太はその時に自分はどうするかを考えたが直ぐに止めて言った。

「まぁ三嶋、とにかく金庫の人間として農共の理想を考えるように我々はしようや。神宮さんは神宮さんだ。金庫の一面の頭脳でありエンジンだ。金庫はその一面だけで出来ている訳じゃない」

三嶋が笑った。

「城山がそんな風に言うとはな！　信じられないな。やはり博打《ばくち》を離れて支店暮らしをするとそんなになるんだな」

良太は苦笑した。

「金庫がヘッジファンドであることは永久に変わることはない。だが組織の中核になにを大事なものとして据えるか。それが分かったということだよ」

ほうという表情を三嶋はした。良太は続けて言った。

「俺は以前、金庫がヘッジファンドだということに縛られていた。何でもそうだが縛られていると見えないものだ……自分のいる場所の本質が……」

そこまで言ったところで良太は強いデジャヴを感じた。

「！」

自分の結婚の時のことを思い出した。神宮が見合いの話を持って来た時の言葉だ。

「これでお前は金庫に縛られずに済む。そんな人間でないと金庫は分からないし、ちゃんと動かせない」

良太にゆくゆくは一部上場企業の社長の座のある結婚を神宮がお膳立《ぜんだ》てしたのは真に金庫のためだったのだとそこで改めて良太は理解した。

「……」

神宮に会ってみようと思った。

良太は役員フロアーの長い廊下を副理事長室に向かって歩いた。

毛足の長い絨毯《じゅうたん》が敷かれているためにいつもそこは歩きづらく感じる。

秘書が部屋の前で待っていた。

良太に頭を下げてドアをノックした。

「城山支店長がおいでです」

そう言って良太を中に案内した。

「…………」

副理事長室は手前に応接用のソファーがあり、奥に執務机がある。

神宮の姿はパーティションで見えない。

良太は秘書に促されてソファーに腰を掛けた。神宮が直ぐに現れる気配はなく、秘書がお茶を二つ運んで来てから出ていった。

神宮は机を離れようとしない。

良太は黙って待っていた。

(まるでこれまでのことをちゃんと反省しろと言っているようだ)

そう思いながら金庫に入ってからの神宮との様々なやり取りを思い出していた。

良太が資金証券部に異動となった日に神宮にいわれた言葉が忘れられない。

「城山、金庫には直ぐに大蔵省の誰それと会ったらこう言っていた。日銀の彼はこう言っていたなどとさも自分が重要な情報を取ってきたように言う奴がいるがそんなものは情報ではない。本当のプロの情報というのは切り口だ」

「切り口？」

「そう、切り口。自分が今の経済、金融、相場をどんな切り口で見ているか。それこそが真のプロの情報であり、プロの情報の交換とは切り口の交換のことだ」

それを思い出していた時、声がした。

「城山、こっちへ来い」

良太は立ち上がりパーティションの向こうにいる神宮のもとに歩いた。

「!?」

良太は神宮の執務机を見て驚いた。

十二面のディスプレーが配置されたディーリングルームでも最新の情報装備だ。

様々なマーケット状況や経済情報、金融ニュースが刻々と映し出されている。

良太は座っている神宮の後ろに回り久しぶりにみるそれらを凝視した。

暫《しばら》く経って神宮は良太に訊《たず》ねた。

「今の株式市場をどう思う？」

良太は自分の切り口を披露した。

――現与党政権を支援する為に日銀が行っている異次元とされる超金融緩和政策が金融

市場のカネ余りを加速させ日本株は更なる上昇となるが……規制緩和や産業構造の転換は進まない。その為に新たな成長をもたらす企業は日本の中からは出ないことから日本株の上昇には限りがある。中長期で株価を考えれば米国のＩＴ企業への集中投資が最も高い収益を生むだろう――

そう良太は言った。

すると神宮は満足そうに頷いた。

「やはりお前は俺の一番弟子だ。それを忘れるな」

ディスプレーを見詰め続けながら神宮はそう言った。

「それだけだ。もう行け」

ありがとうございますと良太は頭を下げて役員フロアーを後にした。

◇

推進部長となった三嶋祐二は担当役員である専務の菅拓郎に呼ばれた。

あの『最終兵器』……頭もないが腹もない男が産中の資本増強の論功行賞によって専務にまで出世していた。

（相変わらず何を言っているのかよく分からないな……）

三嶋は思った。だが、菅の話している内容は途轍《とてつ》もなく重要なことだった。

新理事長の肝いりで連合会と農共の統合を進めることになったというのだ。

だが菅自身はやりたいのかやりたくないのかその話からははっきりしない。

菅は口癖にしている言葉を発した。

「成るものはなるし、成らないものはならないからなぁ……」

三嶋はそんな菅を見詰めた。ここで禅問答やこんにゃく問答をしている場合ではない。

「専務はどうお考えなんですか？」

菅は困ったような顔で頭を振った。

「三嶋君、理事長から直接話を訊《き》いて来てよ」

三嶋は呆《あき》れたがその方が早いと思った。

新理事長の宇佐美《うさみ》忠孝《ただたか》は堂田のような切れ者ではなくお神輿《みこし》に乗るタイプだが官僚としてのプライドは人一倍高い男だった。

「自分は農水出身最後の産中理事長だ」

そうであることは前理事長の堂田からも申し送りが明確になされている。

「任期は三年。その間にどうしても何か、レガシーを残しておきたい。目に見える何かを……」

それが農共系統改革、連合会と農共の統合だったのだ。だが産中の推進部はそれがいかに難しいことかを知っている。

三嶋は宇佐美理事長の話を聞いた。

「兎《と》に角、僕がいる間にそれを成し遂げたい。そして統合の最終形態は産中との一体化だ」

三嶋は呆れた。金庫の人間として即座にこれは潰《つぶ》さないといけないと思った。

（実態を知らないとはこういうことだ。系統組織のピラミッド構造の難しさを何一つ分かっていない……）

そう考えた三嶋だったが我知らず真逆の言葉が口をついて出た。

「理事長、それによって農共系統がこれまでの矛盾した構造ではなく明確なピラミッド構造になることが出来ます。理想の形、理想の系統金融の実現が出来るかもしれませんね」

（エッ？）

三嶋は自分で自分が言ったことに驚いた。

それを聞いた宇佐美は喜んだ。

「三嶋君！　君は素晴らしいことを言った。そうなんだ！　理想が実現できるんだ。理想の農共の足掛かりにこの統合はなるんだ！」

三嶋はその宇佐美の言葉に撃たれたようになった。

（そうだ！　これが俺の求めていたものだったんじゃないのか？）

三嶋は〝産中マン〟となるようにいつの間にか自分に憑《つ》いていた狐が落ちたような気がした。〝農共の理想〟を求めて入った産中だった筈《はず》だ。

「……………」

自分が産中という組織の都合ばかり考えるようになっていたことに三嶋は気がついた。

本来追い求めていたものを組織の論理で失っていたことに……。

「どうかね？　三嶋君、実現できるかね？」

三嶋は少し考えてから自分を奮い立たすようにきっぱりと言った。

「物凄《ものすご》い抵抗勢力が産中、連合会、そして農共の中にいます。それが束になって掛って来ます。戦うお覚悟はございますか？」

宇佐美にも系統組織の岩盤のような強さは分かっている。

「いざとなると守旧派は与党議員と結託して産中の統合推進派を蹴散《けち》らそうとする可能性もあります」

そう言うと宇佐美は狼狽《うろた》えを見せた。

「そ、そこまで大変なことになるのか？」

三嶋は頷《うなず》いた。

「ご承知のように系統組織は各々の組織の論理と力学で出来上がっています。その別々の組織を統合するんです。外から見たら同じ系統ピラミッド組織の部分と部分でしょうが……水と油ほどの違いがあります。つまり本来的には混ざらないもの。それを混ぜるんです」

宇佐美は黙ってしまった。

（……そんな度胸はないということか？）

そう三嶋が思った時、宇佐美の雰囲気がガラッと変わった。

「三嶋君！　やろう！　統合を推進しよう！」

宇佐美の腹が据わった瞬間だった。

（大きく叩《たた》けば大きく鳴る人か？）

三嶋は驚きながらそう思った。

すると三嶋の中でも〝理想〟という言葉が大きく鳴り響いた。

三嶋は冷静にもう一度言った。

「本当に大変なことになります。理事長も私も刺されるかもしれません。それでも宜《よろ》しいですね？」

「やる。死んでもやる」

腹を据えた宇佐美は泰然自若の雰囲気でそう言った。

「分かりました。では私も全力で掛ります」

宇佐美は嬉《うれ》しそうな顔を見せた。

「三嶋君とこうして直接話せて本当に良かった。これからもお互いが必要と思ったらいつでも連絡を取り合おう」

光栄ですと三嶋は言った。

「それにしても良かった。菅君の話は何を言っているのかよく分からなくてね。正直、なんでこんな男が産中の専務なのかと首を傾げていたんだ」

三嶋は笑顔になって言った。

「理事長。菅専務は対連合会『最終兵器』です。今回の統合推進でも絶対に必要になります。ですので大事にして差しあげて下さい」

宇佐美は怪《け》訝《げん》な表情になった。

「対連合会『最終兵器』？」

三嶋は頷いた。

「系統組織の水と油を混ぜる触媒と言い換えても良《い》いかもしれません。菅専務は絶対不可欠ですので宜しくお願い致します」

宇佐美は今一つ納得できない表情のまま分かったと言った。

「さぁ、大変だぞ！」

推進部に戻って三嶋は真新しいＡ４のノートを二冊取り出した。

一冊の表紙にはＴＳ、もう一冊はＴＨと書いた。

ＴＳは統合賛成、ＴＨは統合反対の意味だ。

ＴＳの方には統合に向けた理念とプロセス、そして産中内で確実に推進に動く人間の名前を挙げていった。

それに対してＴＨの方には反対の理屈、そして産中での守旧派として考えられる人間の名前を書き連ねた。

ＴＨの方はＴＳの倍のページ数となった。

「…………」

それを見ながらことの大変さを改めて思った。推進畑のエリート達は全員大反対に決まっている。

産中の〝本来的王道〟である推進畑の人間は連合会との間で〝本音と建前〟を絶妙に使い分けることで互いの利益の落としどころを見つけるのが仕事だ。そこには合理で割り切ることの出来ない複雑性があり人間関係がものを言う。

「菅専務がその典型だが……専務は理事長の手駒だ。本人に腹はないからそのまま理事長に従う筈だ」

守旧派が結束して菅を担いで統合反対に回ることが予想されるが、それは阻止出来ると三嶋は思っている。

「理事長には飴《あめ》と鞭《むち》で菅専務を自らの『最終兵器』として使うようにして貰《もら》う」

そして反対の理屈で書き出した箇条書きをもう一度眺めた。

「統合は最終的に金庫が農共を直接指導することになるわけだが……実態を知っていればいるほどそれは不可能だと思ってしまう。その常識を破壊しないといけない」

三嶋は自分一人でこれは無理だと判断した。

「推進部長としての俺だけでは部内で殺されてしまう……他の部からの援軍が必要だ」

三嶋は考えた。

「推進のことを熟知しているが冷や飯を食わされてる奴……そういう奴を使うことは出来ないか？」

そう考えて色んな人間をピックアップしてみた。

「アッ？」

一人いた。

同期で総務部長の勝井《かつい》武史《たけし》だ。

勝井は推進の仕事を長く務めていたが同期の中では周回遅れで完全に出世コースから外れている。女癖が悪くそれが勝井の評価を実力以下に貶《おとし》めているのが実際のところだ。

産中内の気に入った女性に新幹線の切符を送り付けて「一緒に京都に行こう」と誘い、困った女性が人事部に駆け込み、それで厳重注意ということが何度もあるのだ。

「女好きの勝っちゃん」

そう呼ばれ裏の人気者としての評判は全国の連合会の中では悪くない。

「あいつを引き込もう」

「面白いかもしれんな」

三嶋の話に勝井は乗ってきた。

「勝井、ハッキリと言わせて貰う。これはチャンスだ。統合推進派が勝てば、お前に役員の道が開ける」

勝井は何とも言えない目をした。

「超エリートの三嶋ちゃんからそう言われるとぞくっと来るねぇ」

三嶋は理事長に必ずそれを約束として取り付けると言った。

「分かった。乗ろう！　まずは総務部長として俺が金庫と連合会の主だった人間が統合に向けてどう考えているかをヒヤリングして情報を集める。それで推進派か反対派かの名簿を順次お前に渡す」

「助かる。頼んだぞ！」

勝井は三嶋の予想する以上に政治力を発揮して統合反対派を一人ずつ推進派に寝返るように説得までしていた。

名簿の推進派の名前は日に日に増えて行く。

「これでいい。後は推進畑エリート集団、ＯＢを含めた岩盤を崩す」

三嶋は〝理想〟という文字に燃えた。

◇

産中プロパーのＯＢ会、実友会。

半年に一度の集まりで三嶋は推進部長として『農共系統の未来について』という演題で講演を行った。

その中で連合会と農共との統合の早期実現の重要性を強調した。

講演が終ると立食形式でのパーティーとなるが出席者の殆《ほとん》どが老齢なので壁の周りに配

置されている椅子に座る者が多い。その並びには序列があり歴代の副理事長から専務、常務、監査役、本店部長、支店長と産中での最後の役職順に自然と座っていく。

「誰かが指示しているわけでもないのに見事に正確に嘗《かつ》ての序列通りに座っていく。これが組織というものなんだな……」

三嶋は改めてそう思った。

そして序列順に三嶋は挨拶《あいさつ》をして回った。

「良い講演だった」

そこでそう言われれば統合に向けてその人物は問題がないと判断出来る。

歴代の副理事長は全員統合推進であることが分かる。

「現理事長、前理事長の根回しがしっかり効いているな」

三嶋はそう思った。

しかし、専務経験者以下からは「三嶋君、あれはないぞ！」という者が現れる。

(この人が最大の岩盤だな)

そう三嶋が思ったのが推進畑エリートとして専務理事まで務めたものの副理事長の座を神宮に奪われた脇屋《わきや》篤志《あつし》だった。

「専務のご意見をお伺いしたいのですが……」

ＯＢには産中での最後の役職で呼ぶのが通例だ。脇屋は今、産中がメイン・バンクとなっている一部上場乳業メーカーの副社長に就いている。

三嶋は脇屋を別室に案内した。

ソファーに座るなり脇屋は言った。

「私は絶対に無理だと思っている」

三嶋は笑顔で頷《うなず》いた。

「本当に大変です。諸先輩のお力をお借りしないと到底不可能です。何卒《なにとぞ》、ご協力のほど宜《よろ》しくお願い申し上げます」

三嶋は統合推進が既定路線であるということを強調した。

「私は絶対に無理だと思っている」

脇屋は同じ言葉を繰り返した。

三嶋は笑顔を崩さずに訊《たず》ねた。

「専務は金庫の推進畑のトップでいらっしゃいました。専務のご意見は絶対だと思っております」

敢《あ》えて三嶋はそう言って従順な笑顔を見せた。

脇屋は憮然《ぶぜん》とした表情で言った。

「君はさっきの講演の中で『統合以外の選択肢は時代への逆行』という言い方をしていたが、もし統合をすれば金庫は時代に押し潰《つぶ》されて内部から崩壊するぞ。それが分かっているのか！」

三嶋はそこでようやく反論した。

「専務、お言葉ですがこれは農共の理想の実現が掛っています。金庫が真の意味で農共系統でのリーダーシップを発揮できる第一歩となります。何卒ご理解頂きたく……」

脇屋は語気を強めた。

「君は推進を何年やった。金庫では十年以上推進をやって初めて一人前の推進担当と呼ばれるんだ。農共、連合会の実態を知りもしないでよく理想などといえるな」

三嶋はそれこそが今重要なのだと語った。

「実態を知らない、ある意味で初めから否定するからこそ理想が、革命が実現できるのではないでしょうか？」

脇屋はその言葉に怒った。

「何を青臭いことを言っている？　推進の改革など君が口にする資格はない！」

三嶋は脇屋を怒らせる作戦だった。

そこで極秘事項だとして脇屋に言った。

「統合が実現すると金庫のプロパー理事長の誕生が待っています」

脇屋はまさかと笑った。

「本当です。これは堂田前理事長と現宇佐美理事長の間での申し送りとなっています。宇佐美理事長は三年で退任、次はプロパー理事長の誕生です」

ごくりと脇屋は唾《つば》を呑《の》み込んで恐る恐る言った。

「つまり……神宮が理事長に？」

三嶋は頷いた。

　そこから三嶋は大芝居を打った。

「理事長がプロパーとなるということはこれまでの慣例を破っての役員人事が可能になるということです」

　脇屋はその言葉に反応した。

「新たな役員人事が可能に？」

　三嶋は頷いた。

「釈迦《しゃか》に説法ですが今の役員に脇屋専務以上の推進のプロはいらっしゃいません。そしてその下の役員候補にもいない。統合後に様々な難しい問題は必ず起こって来ます。それを抑えるために……必ず脇屋専務は必要とされる筈《はず》です」

　脇屋は思ってもなかったことを三嶋から聞かされグッと心が動くのを感じた。

　三嶋はそこを突いてダメを押した。

「神宮さんが理事長となった時には脇屋専務を副理事長として戻って来て頂くことをお考えなのだと思います」

　脇屋の顔がパッと明るくなった。

「但し……」

　三嶋はそこでもったいつけた。

「但し？」

三嶋は笑顔を作ってから言った。

「脇屋専務がＯＢを完全に統合推進で纏《まと》められたら……ということだと思います」

これは完全に三嶋の作り話だった。

脇屋が神宮に確かめることなど絶対に出来ないと踏んでのことだ。

「…………」

脇屋は暫《しばら》く黙った。

産中では終ったと思った自分が再び役員で返り咲く可能性を知ったことは全てを薔薇《ばら》色《いろ》に変えることに等しかった。

「副理事長として……」

それは死んだ自分が甦《よみがえ》るのに等しい。

「三嶋君、今の話……話半分でも信じていいんだな？」

三嶋は大きく頷いた。

「ハハハ！」

神宮は大笑いをした。

三嶋は翌日、副理事長室に神宮を訪ねて脇屋の話をしたのだ。

三嶋は前理事長堂田の最初の秘書として五年務め、その後は人事部の次長、そして今回の異動で推進部長となっている。

神宮とは堂田前理事長の時代、ほとんど毎日堂田が神宮と話し合いを持っていたことから、図らずも神宮の直属の部下のようになってしまっていた。

〝産中の博打《ばくち》の権化〟

神宮へのその認識は三嶋の中で変わることはない。だが、その神宮あっての産中であり、農共の理想の実現が可能だと思うと対応も変わっていた。

「神宮さんを使わせて貰《もら》う」

産中という組織の中ではどれだけ力を持っていようと歯車のひとつだと思うようにしたのだ。その考えの一つの具体的な実行が今回の脇屋の調略だ。

神宮はその話を聞いて大笑いをしながら三嶋に言った。

「お前は大悪人だな」

三嶋は黙っていた。

「金庫の中には小悪人は沢山いるが大悪人はそういない。褒めてやる」

まだ三嶋は黙っていた。

「脇屋さんは俺の二つ上だ。推進畑最後のエリートとして俺も一目置いて来た。その意味でお前の空手形の話、俺が裏書してやろう」

三嶋はありがとうございますと深々と頭を下げた。

「勝手な真似をして申し訳ございませんでした。ですが、統合推進に向けてのＯＢ対策は絶対に必要ですので」

神宮は分かっていると頷いた。

「でもな、三嶋。俺が裏書すると言ってもどこまでもお前が振り出した空手形だ。それだけは忘れないようにしてくれよ」

三嶋は承知しましたと言った。

「三年後のことは分からない。その時、俺が本当に脇屋さん以外に副理事長はいないと判断したら……そうする。しかし、そうでなければお前が全部被るんだぞ」

「分かっています。重ねてお詫《わ》び致します」

三嶋は深々と頭を下げた。

「大悪人登場か……いやぁ、これで金庫は安泰だ」

はぁという表情を三嶋が神宮に見せた。

「俺は初めて俺がいなくなっても金庫がさらに大きくなれると思ったよ。大悪人の三嶋と大相場師の城山がいるからな」

「城山良太……ですか？」

あぁと神宮は頷いた。

「あいつは本物の相場師だ。俺がいなくなれば金庫はあいつを必要とする。その時、あいつはちゃんと相場に戻る。大ヘッジファンド、産中のために、な」

三嶋は何とも嬉《うれ》しそうな表情になった神宮を見詰めていた。

第十章　稲のためのヘッジファンド

城山良太は大阪支店の支店長室で経済新聞の一面トップを読んでいた。

――農共と連合会統合　産中による系統金融一元管理へ――

二年後を目途に農共が都道府県連合会と統合され産中の監督のもと一元的に管理されていくことが書かれていた。

「やったか……」

良太は長崎支店長を二年半やった後、大阪支店長となっていた。

「あんたが支店長で戻って来るとは思わんかったなぁ」

新人時代に指導係だった女性からそう言われた時は笑った。

「ほんと、僕もまさかこんな風になるとは思ってもなかったですよ」

良太は産中という組織の真のあり方を探し続けていた。そうする中で自分の居所を産中の中にどう見つければ良いのかを考えていた。

勧業肥料の社長である紀子の父は良太が「やる」と言えばいつでもその席を譲るとしている。

「だがまだ早い」

良太はそう思っていた。

紀子との間に結局子供は出来なかったが夫婦関係は上手《うま》くいっている。別居結婚というのがお互いの性格や状況に合っているのかもしれないと思った。それぞれの人生の大事な部分を独立した形で守れている。

紀子は東京の出版社で書籍編集長にまでなって様々な企画を成功させていた。

長崎に続いて大阪でも単身赴任の良太は時間があれば様々な勉強をしていた。不思議なほど四十を超えてから向学心に燃えるようになった。経済や金融だけでなく哲学や歴史、そして数学などの専門書をどんどん読んでノートに纏めていく。だがそんな時、ふとその勉強で得た知識を相場に応用しようとしている自分に気がついて苦笑することがあった。

「俺はやっぱり相場が好きなのかな」

神宮の意向に逆らってニューヨークでは大きな相場のポジションを取らなかった。その為に神宮が構想していたドルベースの大幅なバランスシート拡大は遅れた。

「あの時、俺は金庫のことを考えようと思った。神宮さんが支配する金庫、神宮さんが考えているものとは違う大事なものが金庫にはあると思った。それを自分が摑《つか》まなければならないと思った」

そうして長崎支店に行き様々な問題にぶつかった。そこで分かったのは〝頭脳〟だけでなく〝筋肉〟も必要だということだ。

「懸命に動く人々と共に汗をかいて問題を解決していく。あるべき姿に農共系統金融を持って行く。相場での汗とは違うものがそこにある。それが分かったことは大きかった」

そして大阪支店でも問題案件を良太は処理した。

大阪港に隣接する土地に反社会勢力が産業廃棄物を長年に亘《わた》って放置、その処理費用を要求された漁共が産中の資金を転貸する形で違法な処理会社に出資したのだ。

そんな時に筋肉がモノをいうことを良太は嫌というほど知った。警察と連携して反社会勢力を排除し、問題債権は整理回収機構に売却することで処理をつけた。

「支店長は腹が据わっていますね」

警察の人間にそう言われたが相場での緊張に比べればなんでもなかった。

そしてまた別の大きな問題も処理した。

関西の連合会が使っていた電算システムが金を食うだけで全く役に立っていないことが分かったのだ。

「年間十億円以上の実質損を十年以上に亘って出している……」

システムを請け負っていた会社を特別清算させ産中のシステムをそれに代替させて決着させた。

「金融というものは色々な問題が起こる。金に色はついていないからどこへでも行こうとする。それを農共というものをベースとしたあるべき姿にすることが産中の仕事なんだ」

必要なのは態度であり姿勢なのだと良太は思う。金はどこへでも誰の手にも流れていこうとする。それをどんな態度で使うのか。

「その金の源泉が何かでそれは決まる」

産中の場合は農業、林業、水産業から生まれた金だ。

「金に色はついていないがその源泉を立脚点として忘れずにいなくては駄目なんだ」

産中に入って長い年月が経っている。

ようやく良太は〝良太の産中〟というものが摑めて来たように思えていた。すると今度は自分自身のことを考えるようになっていた。

「産中での自分。あるべき自分。本来的な自分と本来的な産中」

そんな風に考えていく。

それはこの頃勉強している哲学の影響もあった。

「良太さんって面白いわね。何だかどんどん変わっていってるように思えるわ」

そう言ったのは紀子だった。

それは良太が長崎支店長になり夏休みに紀子がニューヨークから長崎までやって来た時のことだ。

二人で雲仙観光ホテルに泊まった。長崎から山道をクルマで二時間ほどの場所にあるそのホテルで二泊三日を過ごした。スイスコテージ風の部屋で良太は紀子からそう言われたのだ。

あなたはどんどん変わっていると……。

「どうして？」

そう訊《たず》ねると紀子は笑った。

「だってあれだけ間を置かずに相場をチェックしていたのにしなくなった。私はあれがあなたにとっては水を飲んだり空気を吸ったりするのと同じだと思っていた。でもそうじゃなくなっている。でも何だか楽しそうにしている。それは変わらない。だから私は嬉しい」

雲仙の森の爽《さわ》やかな空気を感じながら紀子にそう言われた時、良太も嬉しかった。

「そうか……何だか楽しそうにしてるんだ」

紀子は頷《うなず》いた。

「良いことじゃない。そう思われるって。奥さんにそう思われてるって大事じゃない？」

その通りだと良太は頷いた。

そして長崎から大阪の支店長となった。

だがどこまでもいつまでもプレイングマネージャーでいたい。

そして良太は相場からも離れてはいなかった。距離を取りながら相場を俯瞰《ふかん》し、様々に勉強したことを合わせながら相場を見られるようになっていた。ある意味、本当の相場師の道を無意識に歩いていたのだ。深く広く相場を見ようとしている自分がそこにいた。そして以前には考えられなかった角度からも相場を見るようになっていた。

神宮に言われた切り口がどんどん研ぎ澄まされていた。

「だが神宮さんには疎まれた。このまま神宮さんが金庫初のプロパー理事長となった時、俺はどうなるんだろう？」

良太は考えてみた。

「お前は俺の一番弟子だ」

そう言われたあの日、嬉しかった。

子供のように嬉しかった。

だが神宮との距離はずっと置かれたままだった。

「まぁ、それも成るものはなるし、成らないものはならない、か……」

そう呟《つぶや》いて笑った。優秀でもないのに専務になっている菅の口癖だと同期の三嶋から聞いたことを思い出したからだ。

「菅さんも金庫、神宮さんも金庫、三嶋も金庫だし、俺も金庫だ」

そう思ってまた新聞の一面トップの記事を見た。

「農共が統合されると金庫の指導責任は重くなる。人の問題も簡単ではない。三嶋は推進部で大変だろうな」

二年後の統合に向けて最も難しいのは人をどうするかだということは分かる。

「金庫から連合会に大勢出向させたり、連合会から金庫に受け入れたり……」

だがそこで良太はふとまた明るい気分になった。

「農業、林業、水産業というものが基幹にある。皆、同じ地球の上にいる。だから最後は何とでもなるだろう」

そう考えている自分が愉快だった。

だがその産中に不安なことがあった。

良太は産中のバランスシートが急速に大きくなっていることに懸念を持っていた。

それも良太が神宮に反旗を翻した形になったニューヨークでのドル・ファンディングによる資産拡大だ。

「こいつが……その中でも嫌なんだ」

英語で書かれた金庫のアニュアルレポートの中の資産の部にある言葉……『サブプライムローン』というものが気になっていた。

「米国債や株は暴落してもなんとかマネージメントは可能だが……こいつは分からない」

それが不安の種だった。

「でも……天才、神宮さんが保有を認めているということは大丈夫ということなんだろうが……」

この良太の不安が現実となる。

◇

二十一世紀は米国の二〇〇一年九月十一日に起こった同時多発テロから始まった。

金融市場の混乱と混迷、先が見通せない中、世界の中央銀行は無尽蔵かと思わせるほど紙幣を刷り徹底的な金融緩和を行った。

そしてその効果は米国社会にハッキリと現れた。空前の不動産ブームとなったのだ。

米国の成長の根本は国民のライフスタイルにあると言って過言ではない。若くして住宅金融から金を借りて家を建てる。その時に家具や家電、自動車を買う。平均して米国人は生涯家を三度買い替える。そうして持った家をリフォームし家の価値を維持向上させて売却し新しい家を購入する。その時にまた家具や家電、自動車を買い替える。そんな個人の消費のあり方が経済成長の基盤を作ってきていた。住宅をローンで購入することが全ての生活消費の始まりであるだけに米国では金利は経済の方向性を大きく左右する。二十一世紀に入っての急速な金利の低下は不動産購入を大きなブームにした。それまで不動産を手に出来なかった低所得層も購入できるようになった。そこには金融緩和と共に金融工学と呼ばれるものの発達による新たな金融の枠組みがあった。それが『サブプライムローン』と呼ばれるものだった。

サブプライム……つまり信用度の低い住宅ローン債権を大量に集めて金融商品として販

売するのだ。大量に集めることで分散の効果が現れて保有リスクは低減される。そしてそこに高度な金融工学としてのクレジット・デフォルト・スワップなるものが絡められての金融商品となっていた。それらの商品には格付け会社による格付けがなされ信用度は示されるとされていた。体裁の整えられた情報開示があることで市場では安心して売買出来る商品とされた。

　低金利が続く中で運用難となっていた保険会社などの機関投資家が購入を進め、多くの証券会社が組成や販売に参入し空前の不動産ブームと相俟《あいま》って活況を呈していたのだ。

「サブプライムローン？」

　神宮が初めてその名前を聞いたのが二〇〇三年のことだった。

　ニューヨークに送った城山良太が意に反して相場に背を向けたために更迭しその後に送った人材にドルを借り入れての運用体制を構築させた。全て神宮の指示で資産は形成されている。その運用は拡大を続け、利益も大きく出続けていた。そうして金庫の中で神宮は巨大な存在となっていた。

　その神宮に金融の最先端であるサブプライムローン商品を組み入れたいとニューヨークが言って来た。だが何度担当者の説明を聞いても合点がいかない。そんな場合、神宮は絶対に手を出したりしない。ただ神宮にも時代というものを知る羅針盤は必要だった。

「最先端の運用商品の研究、ということで一度買わせてみるか……」

そうしてニューヨークの担当者に購入を一任させた。

「但し、上限は日本円で五〇〇億までだ。それなら仮にゼロになっても米国サイドで処分できる」

担当は了解の旨を伝えてサブプライムローン商品をまずは一〇〇億購入する。その後の二年、面白いように価格は上昇しニューヨークでの稼ぎ頭となり、総額も神宮が指示した五〇〇億に達していた。

二〇〇四年の夏、良太は紀子と共にハワイに滞在していた。

紀子の父がオアフ島に持っているコンドミニアムでの滞在だ。二十年前に五十万ドルで購入したと聞いている。ビーチが綺《き》麗《れい》に見える間取りで最高のロケーションにある。百五十平米の広さだが米国では普通のサイズと言っていい。

「嘘だろ……」

良太はたまたま滞在中に掛って来た電話を受けて驚いた。不動産業者からで良太たちの部屋を五百万ドルで買いたいというのだ。

紀子もそれを聞いて驚いた。

「売りたいけど……なくなったらハワイに来る時、困るものねぇ」

良太もその通りだと思ったが溜息《ためいき》が出た。

「確かに良い物件だが……これは完全にバブルだな」

そして翌年、そのバブルが弾《はじ》けたのを良太は同じハワイで感じた。

少しビーチを離れると売り物件の表示が目につくようになったのだ。去年までは全くなかった光景だ。

「試しに訊《き》いてみるか」

そう思い不動産業者にコンドミニアムを売りに出したいがどのくらいが相場かと訊《たず》ねた。

「エッ？」

昨年の五百万ドルが三百万でも難しいというのだ。

「ハワイはアメリカで最も端にある所だ……不動産のバブルは一番遅れてやって来て一番先に弾ける。ということは……これからアメリカの不動産は大変なことになるぞ」

二〇〇五年の夏、良太はそう思った。

しかしそれが、産中と自分の運命を左右するものになるとは想像していなかった。

「売れない？　どういうことだ」

神宮はニューヨークとの電話に声を荒げた。

二〇〇六年の夏に入って神宮はサブプライムローンの変調に気づき、担当者に売却を指示した。

「売ろうと思えば売れますが……半値以下になります」

「何だと？」

五百億円の商品から三百億以上の損が発生するというのだ。物理的に離れた米国でのミス……神宮はそこで致命的な判断をしてしまう。本来の神宮ならその場で損切を決めた筈《はず》だが躊躇《ちゅうちょ》したのだ。

「米国で三百億以上の損……埋め合わせるとなると米国での運用をシャットダウンしないといけなくなる」

同じことが東京で起こったなら恥も外聞もなく相場師である神宮は損切を決断した筈だが体裁を考えたのだ。

「米国のことだ……さらに大幅な緩和が行われてマーケットが一変する可能性がある」

神宮はその長い相場人生で初めて希望的観測をしてしまった。

自分が買いを指示したとはいえ、そもそもはニューヨークサイドからの要望で始まったサブプライムローン商品の購入だ。そこに神宮の買いの相場の魂が入っていなかったことが全ての間違いだったのだ。

二〇〇八年、米国の不動産市場の暴落に端を発した金融市場の大混乱が始まった。

米国政府はことの重大さに気づき様々に手を打っていった。

住宅ローン供給の要《かなめ》である連邦住宅抵当公庫に対して政府の支援機関による買取単価上限額の引き上げや、投資上限の撤廃などが実施された。しかし、サブプライムローンなどの延滞率は急速に上昇、住宅差押え件数も増加を続け、歯止めが掛らないことを受け、二〇〇八年九月八日、財務省が三兆ドルの資金注入を行う旨が決定された。

そして、九月十五日、大手証券会社の一角であるリーマン・ブラザーズが倒産した。

リーマンショックと直ぐに呼ばれ、世界の金融市場は史上例を見ない暴落を経験する。

神宮はその日、自分の目の前で起こっていることが現実とは思えなかった。

リーマン倒産の情報が流れた日本のマーケットの暴落はそれまで神宮が何度も経験したものとは全く異なる様相だった。

「なんなんだ……これは？」

相場人生においてどんな状況でも思考を止めたことのない天才、神宮が思考停止に陥ったのだ。何故なら株も債券も……あらゆる金融商品が同時に暴落しているのだ。

そんな経験は一度もない。

そして、株式市場では想像も出来なかったことが起こっていた。

神宮はディスプレーのページを替えながら東証全銘柄の値動きを見て茫然《ぼうぜん》とした。

「何でこんなことになる？」

個別銘柄は暴落と暴騰が混在しているのだ。五％下がるものがあれば五％上がっているものもある。だが市場全体としては……底なしの暴落だ。

金融工学を駆使したプログラム売買。その逆回転が原因であり、暴落を加速させていた。

天才、神宮の知性も知識も経験も、全く遮断された相場がそこに現実としてあった。

「ヘッジファンド産中が……停止する」

そう思った瞬間、強烈な胸の痛みと共に目の前が真っ暗になった。

「?!」

神宮は意識を失った。

◇

良太の妻、紀子の父が亡くなった。

スキルス性の胃癌で発見された時には手遅れであっという間に逝《い》ってしまった。

四十九日法要の後で良太は勧業肥料株式会社の専務である紀子の弟に呼ばれた。

「今までは父がおりましたから、会社の重要な決定事項……設備投資計画や借入、そして部長から上の人事に関して……全て父がやっていました。しかし、それが無くなります」

良太は黙って聞いていた。

「お義兄《にい》さん。僕は一人では経営を続ける自信がありません。直ぐに勧業肥料を手伝って頂けませんか？」

良太は即答しなかった。

「少し考えさせてくれませんか」

そう言って大阪に戻ってからもずっとそのことを考え続けた。

紀子も是非そうしてやって欲しいと言う。

良太は産中を辞める決断をした。

「こういうのを潮時というのだろうな。丁度いい時かもしれない」

朝、支店長室で秘書との打ち合わせの時に便箋《びんせん》を買って来てくれるように頼んだ。

「便箋と封筒？　珍しいですね」

「あぁ、こんな時代でも必要な時があるんだ」

それに退職願をしたためるとは思っていない女性秘書は笑顔で承知いたしましたと言って下がった。

「…………」

辞めるとなると色々と考えるものだった。

もっとスッキリした気持ちになるのかと思ったがそうではない。

「本当に人間というのはそういう風になるんだな」

死の間際の一瞬で自分の一生を走馬灯のように思い出すというが今の良太もそうだった。

就活の時の思いもよらない産中からの電話、人事部の甘言、長銀に落とされたショック、最初の配属先の大阪で辞めようと考えていた日々……。

「そうか……この大阪で前も辞めようと思っていたんだな」

そして淡路島での農共体験で何かが変わった。仕事が面白くなり、資金運用に巡り会い天職と思った。相場の世界に生きることが生きがいとなっていた。

「資金証券部、国際金融部、ニューヨーク……」

そこには常に神宮という師がいた。

だがその師に逆らい疎まれてからは……長崎、そして大阪。それぞれでトップながらプレイングマネージャーとして仕事をしっかりとやった自負はある。

「俺の金庫人生はなんだったのかな？」

産中という特殊な組織。不思議な構造の組織で様々な職業人生を送った。だがそこでまだ確固たるものを摑《つか》んでいないように思える。

「お待たせしました」

秘書が良太の注文通り上質紙の便箋と対になる封筒を買って来てくれた。

良太は万年筆を取り出した。

中学生の時に父親が買ってくれたパーカーのソネットだった。

「……………」

便箋を前に深呼吸した。

その時、何故か相場が気になった。

良太はパソコンを開いて目を疑った。

「なんだ……これは？」

凄《すさ》まじい暴落のあり方に唖《あ》然《ぜん》としていると秘書が飛び込んで来た。

「本店からお電話です。副理事長が……お亡くなりになったと……」

良太は一瞬、何を言われたのか分からなかった。

「今……なんて言ったの？」

「神宮副理事長がお亡くなりになったそうです」

三嶋祐二は大混乱となっている産中の中でまず自分を落ち着かせようとしていた。

リーマンショックによる前代未聞の世界的金融市場の混乱の最中、産中の資金運用の全てを支配していた男が急死したのだ。暴風雨の沖合で高波に呑《の》まれようとする船が船長を失ったのと同じだ。

緊急役員会が招集され主要各部の部長も協議をしたが三嶋の目から見ても運用ラインの役員も部長も思考停止に陥っている。

「一体どうなるんだ……この組織は」

その不安を一番強く持っていたのは理事長の宇佐美だった。

神宮という神輿《みこし》の上で最後の農水出身理事長として三年の任期を全うすることだけだと思っていたら難破しようとする巨大船の舵取《かじと》りを任されてしまったのだ。

宇佐美はその状況を見て農水の先輩である前理事長の堂田に電話をした。

「推進部長の三嶋君だ。彼を頼れ！」

堂田は自分が理事長だった時に秘書だった三嶋の名をあげた。

緊急会議のあと理事長室に呼ばれた三嶋は宇佐美から運用をどうすれば良いのかと問わ

れて進言した。

「神宮副理事長の後で運用をやれるのは一人しかいないと思います」

三嶋はそう断言し城山良太の名をあげた。

そこには神宮の言葉があったからだ。

「大悪人の三嶋と天才の城山がいれば俺がいなくなっても金庫は安泰だ」

三嶋は決して自分を悪人とは思ってはいないが産中という組織の理想のためには何でもやってやると思っている。

「今、この混乱の極みで産中の運用の舵取りを出来るのは大阪支店長、城山しかいません。それだけは断言できます」

宇佐美は頷《うなず》いて直ぐに呼ぶように命じた。

「連絡は行っていて……副理事長の御遺体のもとに駆けつけている途中だと思います。直ぐにつかまえて連れて参ります」

良太は世田谷の神宮の自宅に着いた。

邸宅といってよいほどの立派な自宅の和室居間に神宮の亡骸《なきがら》は安置されていた。

神宮には子供はなく妻と二人暮らしだ。

金庫の総務部の人間が忙しく通夜・葬儀の準備に立ち働いていた。良太の同期の総務部長・勝井武史が陣頭指揮を執っていた。

「勝井は生き生きしているな」

同期の中でパッとしなかった男がここ数年で見違えるようになった。

「…………」

良太は神宮の死顔に手を合わせた。

「なんだか……寂し気だな」

そう思った次の瞬間、神宮の声が聞こえた気がした。

「城山？　ここでなにをしている！　こんな時に相場を見ないでどうする！　相場から逃げるな！　思考を止めるな！」

良太は苦笑した。

「もう……僕は相場から離れています。神宮さんに逆らって離れてしまいましたから」

そう呟《つぶや》いたら涙が零《こぼ》れた。

そして言った。

「実は金庫を辞めます。まさかこんな形で神宮さんにご報告することになるとは思いませんでした」

死顔は何も言わなかった。

ボロボロ涙を落としている良太の頭に〝敵前逃亡〟という言葉が浮んだ。金融市場が大混乱に陥る中で産中は大変な事態を迎えている。その産中を去ることがそうはならないかと考えた。

「ならないですよね。神宮さんに疎まれて長崎、大阪と相場とは関係ないところを回されたんですから。僕はもうヘッジファンド産中とは関係のない身なんですもんね……」

そう神宮の亡骸に言って自分を納得させた。

だがその良太にまた神宮の同じ声がした。

「城山？　相場から逃げるな！」

良太はその声を振り切るように首を振った。

そして力なく立ち上がった。

神宮の妻に懇ろにお悔やみを言い、お通夜にまた参りますと言って神宮邸を後にした。

門を出てタクシーを拾おうと大通りまで来た時だった。

黒塗りのクルマから男が出て来た。

「城山！　このまま乗ってくれ！」

三嶋祐二だと気がついて良太は驚いた。

良太は三嶋に産中本店の宇佐美理事長のもとに連れていかれた。

「三嶋君から君のことを聞いた。神宮君が自分の後を託せるのは君しかいないと言っていたということだ」

良太は黙っていた。

「産中は混乱の極みだ。ここからどうなるか役員や部長の話を聞いても全く五里霧中だ。

頼む、城山くん！　君がここから運用の統括を行ってくれ！」

そう言って頭を下げる。

良太の頭の中を様々なことが巡った。

色んな状況、色んな人間の顔や言葉が浮んでは消える。しかし、最終的には一人の男の声だけが聞こえる。

「城山！　相場から逃げるな！」

良太は思った。この状況こそ人生最大の相場なのだと。

「敵前逃亡は出来ない」

承知しましたと良太は頭を下げた。

◇

「無念だったろうが……相場師としては本望となる死に方だな」

良太は副理事長室に三嶋らと入り十二面の情報端末ディスプレーを前にして死んだ神宮のことを言った。

システムの人間がコンピューターのロックを外し再び立ち上げた。秘書役が神宮の机の鍵《かぎ》を開け、中から書類やファイルを出してチェックしていった。

「ん？」

その中に『城山良太様』と記されたA4サイズの封筒があった。

「君宛てのものだから君が見なさい」

良太はそれを開封し書類を取り出した。

「これは？」

それは神宮が自分に万一のことがあった場合に良太に託した産中の運用マニュアルだった。そこにはコンピューターの中に保管されている神宮の相場日誌へのアクセスや今の産中の運用関係者の能力評価……誰は使えて誰は使えないか、それぞれへの指示の出し方までが書かれている。

「金庫を支配していた神宮さんの責任感だ。自分に何かあった時に金庫を守るという」

良太はそれを見ながら自分が託されたことに胸が熱くなると同時に恐ろしさも感じた。

「やはり神宮さんはお前しかいないと思っていたんだな。相場師は相場師を知るということか……」

良太は三嶋の言葉に笑った。

「お前が相場師と言ってくれるのは嬉《うれ》しいな。以前はずっと博打《ばくち》うちだったもんな」

「俺も少しは勉強した。だが、博打は博打だと今も思っている。それは変わらない」

良太は頷いてから暫《しばら》く一人にして貰《もら》いたいと言った。

二人が出ていくと神宮が克明につけていた相場日誌を直近から遡《さかのぼ》って読んでいった。

「やはり神宮さんでもこのリーマンショックは予測できなかったのか……」

そこに金融工学というものが入り込んだ米国マーケットの複雑さがあった。

「ちゃんとサブプライムローンには早めに手を打とうとしていた……でもそれが米国ブックのために処理を躊躇《ちゅうちょ》した。さすがの神宮さんも処理できなかったのか……」

ただその残高が円換算で五百億で最大でも損はそれで済むことには良太は安心した。

「もしこれを拡大させていたら……米国で産中が大変な問題になっていた筈《はず》だ」

ただ既にリーマンショックは途《と》轍《てつ》もない金融市場の下落をもたらしている。

良太は産中全体での金融資産の値下がりから決算時の推定損失の算出を試みた。

「債券はある程度戻るとしても……外国株、国内株、そしてスワップ絡みのデリバティブでの推定損……それらを合わせるとどのくらいになる？」

その作業に没頭した。

気がつくといつの間にか三嶋が来ていた。

「あれから二時間経った。まだいるのか？」

良太は時計を見た。午後十一時を過ぎている。三嶋は明日の朝八時に全役員と資金証券部長、国際金融部長が招集され緊急会議が行われると伝えた。

「俺はこれから徹夜になる。分かったことをそこで説明する」

三嶋は頷いてから言った。

「明日の夜が神宮さんのお通夜。明後日《あさって》の午後一時からご葬儀だ」

「分かった。それから頼みがある」

良太は言った。

「仮眠用のブランケットとカップ麺《めん》、それと水を頼めるか？　国際金融部に常備してある筈だ」

「三嶋」

三嶋はお安い御用だと言った。

出て行こうとする三嶋に良太は言った。

「お前、優しいな」

三嶋は笑った。

「俺の理想を守って貰うためにお前には頑張って貰わないといけないからな」

そう言った三嶋に良太は真剣な目で言った。

「地獄になるぞ」

三嶋はグッと背筋を伸ばしてから出て行った。

「四〇〇〇億から五〇〇〇億……」

良太の出した産中の推定赤字額に全役員そして運用関係部長は息を呑《の》んだ。

何故、大阪支店長の城山良太がここにいてその話をするかについては宇佐美理事長が最初に説明していた。

「城山くんには理事長特任、運用本部長として部を横断した形での権限を持ってもらいます。城山君に運用に関しての指揮を執って貰うことは神宮副理事長の遺言です」

そう言った時、ホッとした表情を見せたのが資産運用ラインの役員と部長たちだった。

良太はそれを見逃さなかった。

(これで自分たちは責任を負わずに済むと胸をなで下ろした。そして、この異常な相場に立ち向かわずに済むと……)

だが良太の言った赤字額はここにいる誰もが責任を免れない大きさであることを示していた。良太はまず世界の金融市場の惨状と今後の見通しを悲観と楽観の二通りに分けて具体的に説明してから言った。

「このタイミングで神宮さんがお亡くなりになったことは金庫にとって最悪の事態です。ここからは金庫の全セクションで善後策を考えなくてはなりません」

良太はそう言って全員の顔を見回した。

「どんなに楽観的に見ても四〇〇〇億円の損は計上することになります。つまり、今のままでは金庫の存続は不可能になります」

皆が息を呑むのが分かった。

理事長の宇佐美が訊《たず》ねた。

「君の運用によってここからそれを埋めることは出来ないのかね？」

良太は苦笑した。

「理事長、私は魔法使いではありません。仮に神宮さんが生きていらしても……今私が申し上げた損失は免れ得ないと思います」

宇佐美はがくりと首を落とした。

「私がやれることは……金庫の運用そのものが安定的に機能するようにポートフォリオを立て直すことと考えています」

その良太に運用担当専務が言った。

「安定的に機能させる……それは神宮さんの常套句《じょうとうく》じゃないか！　それでもこの状況に陥った。それを城山くんはどう考えるんだ」

良太は冷静な顔つきを変えずに言った。

「百年、いや千年に一度のことが世界の金融市場で起きてしまったということです。ですから我々も千年に一度の善後策を取る覚悟が必要です」

そして推進部長の三嶋の方を見た。

「金庫を潰《つぶ》さないためには増資が必要です。最低一兆円、出来れば一兆五千億」

三嶋はじっとその良太の顔を見ていたが他の人間たちは一斉に下を向き首を振った。

「系統は農共と連合会の統合決定以降、金庫を目の敵にしている。自分たちが築いたものを金庫に根こそぎ持っていかれると考える者が多い。そして……一年後の統合をひっくり返そうとする動きもある。そんな中で増資をお願いしますと言ったら……」

推進担当常務がそう発言し一呼吸置いてから言葉を継いだ。

「泥棒に追い銭だと言われ系統金融そのものが瓦解《がかい》しかねない。今この状況でそんな増資は不可能です」

　その言葉で重苦しい空気が一気に支配した。

　その時だった。

「大丈夫です。やれます。やれますよね？　菅専務」

　そう言ったのは三嶋だった。

　菅は最初何を言われているのか分からない様子だったが三嶋の顔を見て頷《うなず》いた。

「成るものはなるし成らないものはならない……だが、これが成らないと農共も連合会も共倒れです」

　初めて菅さんはハッキリ皆が分かるようにものを言ったなと三嶋は思い全員に向かって言った。

「腹を決めないといけません。どれほど罵倒《ばとう》されようとなじられようと、殴られようと蹴《け》られようと、金庫の役員から職員全てが農共と連合会を回り金をかき集めて来ないと金庫は潰れ……系統金融は潰れます」

　その三嶋の言葉に皆は従うしかないと思った。

「兎《と》に角、全員が一丸となってその方向で動く以外、生き残りの方策はない」

　理事長の言葉に皆は頷いた。

　否定的意見を言った常務は下を向いた。

　理事長の宇佐美はそこで明確な口調で言った。

「増資に関しての総指揮権は推進部長の三嶋君に一任します。それでいいね？」

専務の菅と常務は頷いた。

良太はその様子を見て神宮が嘗《かつ》て言った言葉を思い出した。

「金庫はついている。何故だか分からんがついている。危機だと思った時に不思議と上手《うま》くすり抜けられる。そういう〝つき〟があるんだ」

それを良太なりに解釈した。

「それはやはり農業、林業、水産業にいる神様が守ってくれるからなんだろうな……我々が今から集めようとしている金もそこから生まれたものなんだから」

良太は幻視した。

青々とした苗が、風に吹かれていた稲の苗が育って穂をつけ、それが米となり、つやつやの炊き立てのご飯となって無数の人々の食卓にのぼる光景を……。

「米や野菜、魚……それらに人々が関わることで生まれるもの。金は確かにその一つだ。だが一つに過ぎない。農業、林業、水産業に人がたずさわることは天や地や海の恵みを受けることなんだ。その恵みの中に我々が扱う金がある。金庫の金は恵まれたものだということを絶対に忘れてはいけない」

そう思って三嶋を見た。

三嶋はその良太に微笑んで頷いた。

「良い笑顔だ」

そう良太は思った。

◇

リーマンショックは世界の金融を大きく変えた。

アダム・スミスやデヴィッド・リカードが提唱した古典派経済学に基づく市場経済・自由貿易、それを発展させてきた二百年に亘《わた》る流れ……二十一世紀にはグローバリゼーションという名のもとに世界経済を加速的に成長させた大きな潮流とそれに伴って巨大化していった金融産業。その金融産業が激震に揺れ世界は大混乱に陥った。

株価は暴落を続けた。

リーマンショック直前、一万二〇〇〇円台だった日経平均が翌月には七〇〇〇円を割った。バブル崩壊以降の最安値を更新したのだ。

良太はそれを見ながらも落ち着いていた。

「下がるところまで下がらせればいい。でないと次の上昇相場に繋《つな》がらない」

どこか達観したようなところが良太にはあった。

「やはり今期の決算は五〇〇〇億の赤字は覚悟しないと駄目だな」

マーケットを見ながらそう思っていた。

理事長特任運用責任者として良太はずっと神宮の使っていた副理事長室の机で十二面の

ディスプレーに囲まれながら様々な指示を資金証券部と国際金融部に出していた。

「次に繋がるようにしておかなくてはならない。来期再来期、その後へと繋がるように……」

相場は一瞬一瞬の勝負だと若い頃は思っていた。しかし、それも次に繋げるというしっかりとした意思がないと駄目だということを神宮から教えられた。

「銀行であろうと保険会社であろうとヘッジファンドであろうとそれは同じだ。組織の中での運用というものの究極の目的は繋げるということだ。瞬間瞬間の判断、一回一回の勝負も全ては繋げるためにある。その意識というか信念というか、それが絶対に必要なんだ」

良太はその言葉をこの未曾有《みぞう》の危機で初めて分かったと思った。

そして、良太には自信があった。

「俺は神宮さんよりもこの状況を上手《うま》く乗り切れる」

神宮が創り上げた産中という世界最大のヘッジファンド、その産中を支えている一番大事なものを自分が理解しているという自負があったからだ。

リーマンショックが始まって世界中の金融機関がパニックに陥っている中、産中から預金は一円たりとも抜けていなかった。寧《むし》ろ何もなかったように預金は積み上がっている。

「この金のあり方だ。どこからこの金が、産中にとっての絶対的な金がどこから来るのか。俺はそれを真の意味で知っている」

三嶋祐二は推進部長として理事長や担当専務の菅と全国の連合会を回っていた。

「城山からは今期五〇〇〇億の赤字を覚悟してくれと連絡が入っています」

理事長の宇佐美も菅もグッと緊張の度合を高めた。

「決算が出る前に、『産中は今こんな大変な状況です』と連合会や農共に伝えること。それが増資を可能にするただ一つの手段です」

三嶋のその言葉に宇佐美も菅も従っている。

「本当に……そんなことをして大丈夫なのかね」

宇佐美は不安げだったが三嶋はそれが農共系統なのだと言った。

「我々は運命共同体です。それを常に示すこと、そのことが何より大事なんです」

こうして宇佐美と菅が頭を下げに下げ、三嶋が懸命に説明を行うという三人四脚の毎日が続いた。

連合会の中には産中の資産内容やここからの運用についてもっと詳しい説明が欲しいというところもあった。そんな時、三嶋は直ぐに城山良太に来て貰《もら》った。

秋が深まってから良太は三嶋からの電話で大分に向かった。

九州の連合会が良太から直接、資産についての説明が聞きたいということだった。

「これで今月は三回目だな」

大分空港に降り立つと三嶋が迎えに来ていた。

良太はそのクルマに乗った。

「理事長と菅専務は湯布院の旅館だ。一泊ぐらいは温泉で休んで貰おうと思ってな」

三嶋の言葉に皆本当によく頑張るよなと良太は言った。

「城山だって頑張っている。相場で疲れているだろうに……呼べば必ず来てくれる」

良太はその三嶋の顔を驚いたように見てから言った。

「三嶋、お前優しいな」

二人は笑った。

「どうだ、その後？」

良太は訊《たず》ねた。

「皆厳しいことをいうのは同じだ。金庫が博打《ばくち》をやっていたからこんなことになった。その尻拭《しりぬぐ》いを我々にやらせるのか？　それが常套句《じょうとうく》になっている」

そう無表情で語ってから三嶋は笑顔を見せて続けた。

「だけど……最後は『お互い系統ですから』の一言を言ってくれる。有難いものだ」

良太もその言葉に微笑んだ。

「菅専務は『最終兵器』ぶりを発揮しているかい？」

三嶋は頷いた。

「あの人は大きい。本当に頭はないが腹もない。そんな人間がこの系統の危機を迎えた時にどれほど重要なのかよく分かった。皆最後は『菅ちゃんに頭を下げられたら……しょうがないもんなぁ』と笑ってくれる。そして菅さんは言うんだよ。『この後、とことん飲みますから』と……」

　そうかと良太も安心した。

「本店では総務部長の勝井が異常に張り切って多方面に動いている。あれも三嶋が上手く使ったのか？」

　三嶋は少し黙ってから笑った。

「以前に神宮さんからお前は大悪人だと言われたんだ」

　良太は驚いた。

「大悪人？　お前が？」

　あぁと三嶋は頷《うなず》いた。

「連合会と農共の統合を進める時に勝井や元専務だった脇屋さんを使った。勝井は推進は長いが冷や飯喰《ぐ》いだった。俺は統合絶対反対の推進畑エリートに対抗するのにあいつを使おうと思った。そして脇屋さんにはOBを抑えて貰った」

　そこから三嶋は統合に成功したら役員になれるという話で勝井を、副理事長になれるということで脇屋を釣ったのだと話した。

　良太は大笑いした。

「神宮さんにその話をしたらお前は大悪人だと言って『お前の空手形に俺が裏書してや

る』と笑われたんだよ」

三嶋はそこから空手形がこれで本物になったと言った。

「この決算が終って増資が成功した後で役員は総退陣となる。責任は免れないからな。そして、産中のサバイバルに功績のあったものが役員になる」

良太は興味なさそうな顔つきになって訊ねた。

「理事長はどうなる？」

「次はプロパー理事長だ。それは既定路線だからな」

良太はでは次の理事長は誰かと考えたが浮ばない。

「次は菅さんが理事長だ」

三嶋の言葉に良太は呆気《あっけ》にとられた。

「連合会、農共の菅さんへの信頼、いや愛着といった方がいいだろうな。増資の論功行賞もあるから……理事長は菅さんだ」

良太はそういうものかと呟《つぶや》いた。

「頭はないが腹もない大人《たいじん》の菅さんが理事長で、脇屋さんが副理事長に返り咲き、勝井が常務……そして、お前も俺も常務になる」

三嶋にそう言われて良太は難しい顔をした。

「まぁ、順当だが……どうするかな」

どういうことだと三嶋は訊ねた。

「俺は金庫を辞める直前だったんだ。それが……辞表を書いている時に神宮さんの死を知らされた。それで今に至った」

三嶋は驚いた。

「何故辞めようとしていたんだ？」

「金庫でやるべきことはやったと思った。ヘッジファンドとしての金庫の真髄に触れた。系統としての金庫も知った。組織としての金庫で職業人としてのあり方も分かった。それに勧業肥料の義父が亡くなって社長をやってくれと頼まれている」

良太は語った。

「そうだったのか……」

三嶋は黙って考えた。

「だが城山。あと五年、いや、あと三年、一緒にやってくれないか！」

三嶋は良太に初めて懇願した。

「なんだ？　お前が次の理事長になるのを手伝えっていうのか？」

良太は皮肉っぽい目をしてそう言った。

「そうじゃない。だが、俺は俺の理想を実現したい。金庫という組織の理想を……」

良太はその三嶋をみながらお前の理想はなんだと訊ねようとして、止《よ》した。

自分にも分かっていると思ったからだ。

「！」

車窓の外には田んぼが広がっていた。

黄金色の稲穂が波のように揺れている。

「理想……」

良太はそう呟いてみた。

「天や海や大地からの恵みの理想」

稲穂の海は黄金のように輝いていた。

本作品は書き下ろしです。
本書はフィクションであり、登場する
人物・組織などすべて架空のものです。

黄金《おうごん》の稲《いね》とヘッジファンド

波多野《はたの》 聖《しょう》

令和3年 2月25日　初版発行
令和6年 10月30日　再版発行

発行者●山下直久

発行●株式会社KADOKAWA
〒102-8177　東京都千代田区富士見2-13-3
電話　0570-002-301(ナビダイヤル)

角川文庫 22540

印刷所●株式会社KADOKAWA
製本所●株式会社KADOKAWA

表紙画●和田三造

ISBN 978-4-04-110903-8　C0193

角川文庫発刊に際して

角川源義

第二次世界大戦の敗北は、軍事力の敗北であった以上に、私たちの若い文化力の敗退であった。私たちの文化が戦争に対して如何に無力であり、単なるあだ花に過ぎなかったかを、私たちは身を以て体験し痛感した。西洋近代文化の摂取にとって、明治以後八十年の歳月は決して短かすぎたとは言えない。にもかかわらず、近代文化の伝統を確立し、自由な批判と柔軟な良識に富む文化層として自らを形成することに私たちは失敗して来た。そしてこれは、各層への文化の普及滲透を任務とする出版人の責任でもあった。

一九四五年以来、私たちは再び振出しに戻り、第一歩から踏み出すことを余儀なくされた。これは大きな不幸ではあるが、反面、これまでの混沌・未熟・歪曲の中にあった我が国の文化に秩序と確たる基礎を齎らすためには絶好の機会でもある。角川書店は、このような祖国の文化的危機にあたり、微力をも顧みず再建の礎石たるべき抱負と決意とをもって出発したが、ここに創立以来の念願を果すべく角川文庫を発刊する。これまで刊行されたあらゆる全集叢書文庫類の長所と短所とを検討し、古今東西の不朽の典籍を、良心的編集のもとに、廉価に、そして書架にふさわしい美本として、多くのひとびとに提供しようとする。しかし私たちは徒らに百科全書的な知識のジレッタントを作ることを目的とせず、あくまで祖国の文化に秩序と再建への道を示し、この文庫を角川書店の栄ある事業として、今後永久に継続発展せしめ、学芸と教養との殿堂として大成せんことを期したい。多くの読書子の愛情ある忠言と支持とによって、この希望と抱負とを完遂せしめられんことを願う。

一九四九年五月三日